从悬疑深入现实

凶手正等着被拆穿

边篆 —— 著

台海出版社

图书在版编目（CIP）数据

凶手正等着被拆穿 / 边篆著. -- 北京：台海出版社, 2024.10. -- ISBN 978-7-5168-3900-3

Ⅰ. I247.5

中国国家版本馆CIP数据核字第2024J5V842号

凶手正等着被拆穿

著　　者：边　篆	
责任编辑：王　萍	策划编辑：李　栋　官维屏
版式设计：李　一	封面设计：张稳稳

出版发行：台海出版社
地　　址：北京市东城区景山东街20号　　邮政编码：100009
电　　话：010-64041652（发行、邮购）
传　　真：010-84045799（总编室）
网　　址：www.taimeng.org.cn/thcbs/default.htm
E - mail：thcbs@126.com

经　　销：全国各地新华书店
印　　刷：河北盛世彩捷印刷有限公司
本书如有破损、缺页、装订错误，请与本社联系调换

开　　本：710毫米×1000毫米　　1/16
字　　数：224千字　　　　　　　　印　　张：18.5
版　　次：2024年10月第1版　　　印　　次：2024年10月第1次印刷
书　　号：ISBN 978-7-5168-3900-3

定　　价：52.00元

版权所有　翻印必究

目录

全员嫌疑人：是妻子教唆情人杀害丈夫，还是丈夫教唆妻子杀害情人　　　　001

前女友死后，复仇计划才刚刚开始　　　　045

上门女婿：岳父对我太好了，我不得不杀了他　　　　095

做局：失窃的八万美元变成了八万元人民币　　　　131

坟地杀人案：是连环杀人案，还是模仿犯罪　　　　171

警察你好：我要举报自己　　　　211

为了暗恋的男神，她毁了自己的容貌　　　　237

不要喝陌生人的饮料，里面很可能加了"听话水"　　　　269

全员嫌疑人：是妻子教唆情人杀害丈夫，还是丈夫教唆妻子杀害情人

赵千峰可不像你们看到的那么老实，我也看错他了。他这个人软弱、阴险，不相信我和罗勇已经一刀两断，非要让我证明给他看。你们说，我能怎么证明，剖开心给他看吗？

你们不能把公正与不公、善良与邪恶分开，因为它们并立于阳光下，就像黑线与白线交织在一起。

——纪伯伦

（一）魏成

魏成是凌江市靖江区人民检察院第一检察部的一名检察官，毕业于国内知名法学类院校，已从事检察工作12年。检察机关内设机构改革前，反贪局、侦查监督科等各个部门，他都待过。

魏成是天生的办案人，思维缜密，业务能力突出，被同事们推为靖江检察院专办疑难复杂案件第一人。不过，领导和同事们对魏成的评价，除了"业务能力强""学历高"，就是"脾气怪""难相处"。

关心魏成的老领导蒋文渠偶尔好言相劝，但都被魏成一句"您说得对，但是这跟我没有关系"给顶了回去。蒋文渠拿这个自己一手带起来的徒弟一点办法都没有。当时与魏成一起招录进凌江市检察系统的人，如今不少已经走上了中层干部管理岗位，甚至有的已经坐上基层检察院副检察长的位子，魏成却还只是一名普通检察官，这与他特立独行，总让他人吃瘪的性格是分不开的。

2022年4月，魏成从负责重大犯罪案件的第二检察部转岗到了办理普通刑事案件的第一检察部。在他转岗前的2月初，检察院批准逮捕了一起故意杀人案件的嫌疑人罗勇。根据级别管辖的规定，嫌疑人可能被判处无期徒刑、死刑的案件由中级人民法院管辖，并由同级检察机关起诉。故意杀人案属于可能判处无期徒刑、死刑的案件，因此罗勇故意杀人案审查逮捕由基层检察院靖江区人民检察院办理，审查起诉由凌江市人民检察院第一分院办理。2022年9月，罗勇故意杀人案件侦查终结后，他被移送至检察机关审查起诉。

凌江市人民检察院第一分院负责审查起诉该案的检察官张穆，办案向来以小心谨慎著称。他审查后认为，认定罗勇故意杀人的证据不足。经过一次退回补充侦查，他仍然认为该案定为故意杀人证据不足，于是准备以故意伤害罪起诉。在案件审结之前，一分院邀请了区院审查逮捕的魏成及当时任第二检察部主任的蒋文渠前去讨论，想要听听基层院承办人审查逮捕时的意见。

在刑事诉讼过程中，公检法的分工对于普通人来说可能抽象又神秘。简单来讲，侦查权、检察权、审判权分别由专门机关依法行使。除了法律另有规定的如职务犯罪由监察机关调查、司法人员利用职权实施侵犯公民权利等犯罪由检察机关侦查、发生在监狱的案件由监狱侦查等，一般情况下，对刑事案件的侦查、拘留、执行逮捕等由公安机关负责，批准逮捕、提起公诉由检察机关负责，审判由人民法院负责。

以普通刑事案件为例，一起案件发生后，经公安机关立案侦查，发现犯罪嫌疑人，认为需要采取逮捕强制措施的，公安机关需要提请检察机关批准逮捕。检察机关结合公安机关此时查明的案件事实和证据，对是否需要对犯罪嫌疑人采取逮捕强制措施进行审查，并作出批准或者不批准逮捕的决定。不批准逮捕主要包括没有犯罪事实或不构成犯罪的绝对不捕、证据不足的存疑不捕和犯罪嫌疑人社会危险性不大的相对不捕。

检察机关批准逮捕后，公安机关继续对案件进行侦查，进一步收集证据，直至侦查终结。对于需要追究刑事责任的，移送检察机关审查起诉。检察机关受理审查起诉案件后,通过审查案件材料、讯问犯罪嫌疑人等,作出提起公诉或者不起诉的决定。

关于侦查机关、检察机关、审判机关在刑事诉讼中的关系,早些年一直有一种比喻——侦查机关"炒菜",检察机关"端菜",审判机关"吃菜"。但如今在"以审判为中心"的诉讼制度下,检察机关不再对侦查机关移送的案件"照单全收"式地被动起诉,一律"端"到法院面前让其判决,三机关的关系更接近于侦查机关"买菜",检察机关"炒菜",审判机关"吃菜"。

这里的"菜"就是案件的事实和证据。虽然检察机关不再被动起诉,但检察机关能烹饪出什么品质的"菜",主要还是由提供食材的侦查机关决定。

通俗地说,侦查机关负责发现是谁最有嫌疑实施了犯罪,同时收集相关证据材料,并将此人捉拿归案。检察机关负责根据侦查机关提供的证据材料,审查此人是否有罪以及犯了什么罪,并且向法庭证明。审判机关是"被动"的裁决者,依据检察机关和犯罪嫌疑人提供的证据材料,对犯罪嫌疑人进行宣判,作出无罪、有罪的判决。此时,一场案件才有了结果,得以告终。对于检察机关,在同一案件中的审查逮捕、审查起诉阶段的侧重点也并不相同。而对于同一起案件,公检法三机关在罪与非罪,此罪与彼罪之间的看法也未必一致,所以检察机关以A罪提起公诉的案件有时会以B罪宣判告终。

关于罗勇故意杀人案,会上大家总体上同意张穆的看法,唯独魏成全程一声不吭。会议接近尾声时,分院公诉处严处长环视会场,看见了魏成,于是点名道:"小魏,这个案件是你负责的,你什么意见哪?"

魏成像是拍掉手上的灰尘一样,两只手掌心相对上下拍了拍,轻叹了一口气。蒋文渠看他这个样子,心里暗暗觉得不妙。

"故意伤害罪的既遂和故意杀人罪的未遂在实践中比较难区分。故意杀人罪客观上有非法剥夺他人生命的行为，主观上具有非法剥夺他人生命的故意。而故意伤害罪客观上是非法损害他人身体健康的行为，主观上只有伤害他人身体健康的故意。"魏成徐徐地说，"这个案子，罗勇具有杀人故意，应该是故意杀人未遂。如果认定为故意伤害罪，两名被害人鉴定下来都是轻伤，轻伤的处罚轻，罪责刑将不相适应。而且，两名被害人刘洋和赵千峰也很有问题，案件疑点很多，还有补侦空间。刚才张老师说的困难，我认为都不是案件的关键，如果张老师觉得有困难，我可以借调过来参与办案。"

魏成噼里啪啦说完这番话，笃定的语气让会议室里顿时鸦雀无声。

蒋文渠感到有些尴尬，便打圆场道："这个案件在侦查阶段侦查羁押期限就延长过很多次，不管公安那边还是分院，已经做了很多努力，很多疑点确实难以查清。究竟是认定故意杀人还是故意伤害，我个人认为其实关键还是对客观证据情况认识的问题，法律适用的问题反而偏弱。小魏呢，就是比较有讯问和收集证据的心得，说话比较直，又是个倾向于追诉的'激进派'，大家别见怪。张老师经办了那么多大案要案，对案件客观证据评估、法律适用的能力肯定比咱们强。"

一般情况下，犯罪嫌疑人被捕后，侦查羁押期限不得超过2个月。但罗勇故意杀人案件，先是因为案情复杂延长了1个月，后来又因案件重大复杂，以及可能判处10年以上有期徒刑，又分别延长了2个月，共4个月。直到2022年10月前才侦查终结移送检察机关审查起诉。到了审查起诉阶段，他又被退回补充侦查过一次，目前已经穷尽了办案期限。

在张穆看来，在用尽侦查期限的情况下，这起案件"食材"只能这样了，"丑媳妇总要见公婆"。虽然在案证据认定不了罗勇犯故意杀人罪，但是如果退而求其次，认定罗勇犯故意伤害罪还是没问题的，毕竟罗勇砍伤两名被害人是事实，也有相关证据能够证明。

（二）杀人

2022年1月30日，腊月二十八即除夕的前一天晚上，靖江区三杉镇福民路三巷32号101室的刘洋家里来了不少客人，都是丈夫赵千峰这边的亲戚。赵千峰在陪客人们喝酒聊天。女儿赵涵懂事地在厨房帮忙。饭菜热气腾腾，烟酒味道在空气中弥漫，让这间一居室的出租屋充满了节日氛围的热烈。

刘洋穿着笨重的羽绒服，戴着围裙，麻利地将炖猪蹄从高压锅里盛出来，放在一边。她将最后一盘蔬菜倒下锅，翻炒了两下，香气扑鼻。

刘洋端着猪蹄汤穿过院子，刚到屋门口，就听见已经喝高的赵千峰哥哥赵千山说："刘洋的事，你自己心里要有点数，她和那个罗勇真的断干净了？"

饭桌上的众亲戚假装没听见，偷瞄赵千峰。赵千峰盯着电视屏幕没有说话。

"你是找不到话说了吗？"赵千峰的嫂子骂道。

"我这都是为了小峰好，要不是老家拆迁款下来了，刘洋能乖乖回来？她就是为了我们家的钱！"

赵千峰依然低头扒饭，赵千山反而更加肆无忌惮了。

"人小峰家自己的事儿，你起什么劲。大过年的，你少说两句，能憋死你？"

"呸，大过年的，说什么死不死的。"赵千峰的妈妈数落儿媳妇。

"你们都别说了，我自己的事情我自己清楚。"眼见着赵千山没打算住嘴，赵千峰终于搭话，并起身要去关门，正好看见刘洋端着菜回厨房。

这顿饭吃得压抑又漫长。晚饭后，赵千峰被赵千山拉到一边，两人争执了几句，随后赵千山怒气冲冲地走了。送走了亲戚，女儿赵涵去自家开的生鲜店铺，跟着奶奶睡。赵千峰帮着收拾好桌椅板凳，看看时间，已经快到午夜一点。他穿着厚外套和外裤蜷在床上看电视剧，显得心事重重的样子。刘洋不声不响地坐在床边泡脚，看起来很不高兴。

赵千峰猜想，刘洋可能听见了吃饭时屋里的对话。

过了一会儿，刘洋擦干了脚，出去倒洗脚水。

房间里只剩下赵千峰一人，电视画面的影子在床头的铁棍上闪动，这让赵千峰的心也跟着紧张起来。刘洋出去不到一分钟，院子里忽然传来她的尖叫声。赵千峰一个激灵，一把掀开被子，从床上腾地一下跳起来。

"罗勇，你疯了吗？"刘洋披头散发，边说边光着脚惊恐地跑进屋。刘洋刚要关门，一把斧头砍在了门框上，紧接着一个男人闯了进来。

"罗勇，你还真敢来！"赵千峰抓起放在床边的铁棍子，箭步上去对着罗勇就是一棍。罗勇也不甘示弱，拿着斧头朝赵千峰乱砍。混乱之中，罗勇的斧头脱手，哐当一声掉在了地上。赵千峰抓住机会挥着棍子往罗勇身上打。罗勇来不及捡斧头，便去抢赵千峰的铁棍，两人扭打在一起。赵千峰很快占了上风，将罗勇按在地上，用棍子死死卡着罗勇的脖子。罗勇被压得喘不上气，一阵扑腾，抓到落在地上的斧头，胡乱用力砍在赵千峰的胳膊和腰上。

赵千峰感到一阵疼痛，松了棍子去抢斧头，斧头在两人手上几次易主。刘洋上前劝架，双手也受了伤。见拉不开两人，刘洋便跑到院子里呼救。邻居们听到刘洋的喊叫，穿上衣服出门一看，赵千峰和罗勇已缠斗到了院子里。刘洋后脑勺淌的血，已把衣领染成了红色。赵千峰挥着斧头追着罗勇满院子跑。他们出租屋里的桌椅板凳倒在地上，一片狼藉。三人身上和地上都是血迹。

"快报警！"有人喊道。

几个男邻居很快合力将赵千峰、罗勇两人拉开。不一会儿，接到报警的派出所民警赶到了现场。三人随后被送到医院治疗，受伤程度不一。罗勇左手拇指和食指断离，胳膊、背部、大腿有多处砍伤。刘洋后脑勺有一道砍伤，双手手臂也有几处伤痕。赵千峰手臂、手掌、腰上有多处伤口。之后经鉴定，罗勇重伤，刘洋和赵千峰两人轻伤。

（三）故意

罗勇因涉嫌故意杀人罪被刑事拘留，后由凌江市公安局靖江分局提请靖江区人民检察院批准逮捕。

魏成审查了公安机关移送的案件材料。根据几人在派出所的笔录，赵千峰、刘洋、罗勇三人是湖南同乡。刘洋家生活贫困，她是家里人捡来的，下面还有一个小她两岁的弟弟刘涛。刘洋模样生得漂亮，高中毕业就去了外面打工养家，是一个苦命人。

家里人都希望刘洋能找个有钱人嫁了，但是她眼光很高，父母给她介绍在老家有些经济基础的，她都不满意。刘涛也不让家里省心，对象谈了几个，但没有一个能长久的，主要原因还是家里凑不齐婚房的首付款。因此，父母也更加卖力地为刘洋张罗婚事。因为只要刘洋结婚了，刘涛买房的首付款也就有了着落。刘洋反感家里的做法，但是又无可奈何。

六年前，刘洋在家人的极力撮合下与同乡赵千峰相亲结婚。赵千峰一家在凌江市靖江区开了一个生鲜超市，生意不错，这些年挣了不少钱。婚后，刘洋跟着赵千峰到了凌江市，结婚第二年两人生了一个女儿。

不过，刘洋对婚后生活并不满意。本来她对赵千峰就没有什么感情，家里生意又都是公婆做主，赵千峰遇事也没有主见；再加上当初结婚，刘洋家向赵千峰要的20万彩礼钱都成了刘涛结婚买房的首付，没有一点儿剩余，赵家人对此多有不满。

刘洋始终觉得赵家人多少有些看不起她。赵千峰私下虽然对刘洋百依百顺，但他明面上从不敢违背父母的意思，甚至对大哥赵千山的意见也是言听计从。刘洋觉得自己男人窝囊，这些年为了孩子，她一直隐忍不发。刚结婚时，刘洋、赵千峰与公婆一家一起住在生鲜超市同小区二楼。后来，他们因为吵了几次架，刘洋和赵千峰便搬出来单独住，白天再去超市帮忙，他们的孩子一直跟着爷爷奶奶一起住。

2019年春天，刘洋认识了在汽车店打工的同乡罗勇。罗勇粗犷阳刚，与唯唯诺诺的赵千峰形成鲜明对比，刘洋觉得自己死水一潭的生活有了希望。罗勇也对漂亮的刘洋心生爱慕。两人很快干柴烈火，冲破婚姻束缚，走到了一起。纸毕竟包不住火，两人的不正当关系很快还是被赵千峰撞破。

魏成在审查逮捕时，曾经造访过赵千峰和刘洋家，向两人分别了解了相关情况。

"当时，如果他敢打我一顿，我反而会高看他一眼。"刘洋毫不避讳地向魏成袒露自己对赵千峰的看法。说这话时，她眼里甚至带着一丝对自家男人的嘲讽。

赵千峰不想把事情闹大，便向家人隐瞒了刘洋出轨的事情。但这并没有换来刘洋的回头是岸，反而令刘洋对他更加鄙视。2019年7月，刘洋干脆跟着罗勇跑出去一起生活了两个月。

只可惜罗勇也并不是什么好人，他脾气暴躁，生性多疑、善妒，并且行为极端，动不动就会对刘洋恶语相向，甚至大打出手。两个月后，刘洋实在不堪忍受，又无处可去，只好厚着脸皮回家。赵千峰不顾家人阻拦，还是选择原谅刘洋，和她重新开始生活。

但是经过罗勇的事，赵千峰家人更加看不起刘洋，平日里说话总是阴阳怪气，含沙射影，话里话外都是指责刘洋道德败坏的意思。很快刘洋再次觉得在这个家里待不下去，又分别在2020年2月和2021年6月离家出走，前前后后在外和罗勇生活了大半年。2021年8月，罗勇和刘洋发生争吵。刘洋声称要回家，罗勇气急，竟然拿刀威胁刘洋——如果刘洋敢离开他，他就杀了刘洋一家。

几次吵架过后，刘洋再也无法忍受罗勇的多疑和暴力。2021年9月，刘洋坚决要和罗勇分手。她回了家，并且向赵千峰赌咒发誓，再也不会和罗勇往来。2021年9月，恰好也是赵千峰老家的房子开始动迁签字的时间。

"在这之后，你就再没有和罗勇联系过吗？"魏成问道。

检察官助理向前看见刘洋瞥了眼在屋外打扫院子的赵千峰。赵千峰表情有些紧张，脸上还有打架留下的淤青。他不时向室内张望，不知道是在着急刘洋，还是在着急别的什么事情。

向前是侦查学专业研究生，2017年考入靖江区检察院，内设机构改革前一直在侦监科，之后到了第二检察部，是院里有口皆碑的好助理之一，与魏成合作一直比较愉快。

2022年4月，魏成到一部后，蒋文渠就在发愁应该给魏成安排哪个助理。魏成工作要求高，性格直来直去，平时说话做事免不了无意间伤人感情。

蒋文渠思来想去，也没有找到合适人选。正在他一筹莫展之际，魏成厚着脸皮几次找到他，坚持把向前要去一部。

蒋文渠被魏成唠叨得没办法，也厚着脸皮多次向分管领导申请，最后终于将向前调到一部，继续给魏成做助理。

刘洋点点头："之后就没有联系过。"

"罗勇说，2022年1月29日中午，也就是案发前两天，他在集市外石桥边看到赵千峰骑车载着你。你们过石桥的时候，你看到罗勇，先跟他比了一个1，接着又比了一个2，打了一个12的手势，有这回事吗？"向前问道。

刘洋摇头回道："29号中午，我和赵千峰是去了菜市场，但是我没有见到过罗勇，也没有打过什么手势。"

据罗勇在公安机关的供述，他声称案发前一天刘洋在桥上给他打了一个12的手势。他以为刘洋想让他晚上12点去家里带她走，所以当天下午他到集市一家店买了把斧头。第二天，也就是30号晚上，他买了瓶白酒，趁着夜色来到刘洋家。他躲在厨房外面的排水沟里，一边喝酒，一边等赵千峰家亲戚离开。到了31号凌晨一点多，他看见刘洋出来倒洗脚水，这才出来找刘洋。他想要和刘洋说话，但刘洋一见他就跑。他想去拉刘洋向其解释，就这么一直跟着进了屋。进屋后，赵千峰突然发难，冲过来就用棍子打他。他为了防卫，这才和赵千峰扭打了起来。

由于罗勇所说的石桥的路段没有监控，刘洋向他打手势这事的真假难以查证。

"还有一个问题，赵千峰说你进屋时，头上有血。你还记得你后脑勺的伤是怎么来的吗？"

"我不记得了。"刘洋摇头回道，"我当时看到罗勇在院里，手里拿了把斧头。因为以前吵架的时候罗勇说过，我要是敢跟他分手，他就杀了我全家，所以我当时很害怕，赶忙就往家里跑，腿都吓软了。我也不晓得我头上是什么时候受的伤。后来警察来了，邻居说我衣领上有血，我才感受到身上和头上很痛。这个时候，我才知道头上有伤。"

虽然刘洋不记得头部何时受的伤，但刘洋和赵千峰都记得罗勇追着刘洋进门，一斧头砍在了门框上。

"我先是听见刘洋的惨叫声，接着就看见罗勇冲了进来，一斧头砍在门框上。我赶忙拿了防身的棍子，想去把他赶走。"赵千峰回忆道。

"刘洋进屋时已经受伤了吗？"魏成问。

"受伤了，我看到她后面的衣领上有血。"赵千峰肯定地说，"罗勇肯定是砍她头了！"

"罗勇说，2022年1月29日中午，也就是案发前两天，他在集市外石桥边看到你骑车载着刘洋，刘洋还跟他打了手势。你当时看见罗勇了吗？"魏成问。

"那天中午我跟刘洋是去菜市场买年货的，我们确实经过了石桥，但是我没有看见罗勇，也不知道刘洋有没有打手势。"

结束对赵千峰和刘洋的询问后，魏成和向前来到看守所，提审罗勇。罗勇对案件经过的描述和在派出所的一致。

"刘洋跟我说，赵千峰家里人对她不好，还是想跟我过，但是赵千峰不许她出门，所以让我去带她走。"

"按照你说的，既然是刘洋让你去找她，为什么她一见你就跑？"

"当时院子里光线暗，可能她没有认出是我，所以误会了。"

"为什么带斧头？"

"我带斧头是用来防身的。"罗勇说完，又补充道，"刘洋以前跟我说过，赵千峰第一次知道我们的事情之后，就在床头放了铁棍。还说过，如果我敢去，他就弄死我。"

魏成看了眼笔录，罗勇关于携带斧头理由的供述十分稳定。在侦查阶段的几次笔录里，他都是这样说的。

"刘洋说，你在2019年9月买过一个15寸的活动扳手防身，现在为什么又买了一把斧头？如果是防身，为什么不用之前的扳手？"魏成继续问道。

"搬家之后，那个扳手找不到了。"罗勇回道。

"什么时候丢的？"

"2020年4月吧，刘洋回去之后，我搬了家。"罗勇镇定地回道，"搬家的时候不见了。"

为了验证罗勇这话的虚实，魏成问道："刘洋一共到你家找过你几次？分别在什么时候？"

"一共找过我三次，2019年夏天有一次，还有2020年春节之后，再就是2021年的夏天也来找过我一次。她每次来找我，都是因为离家出走。这几次，我们都一起住过一段时间。"

"你到刘洋家找过她几次，分别在什么时候？"

"五六次吧……"罗勇想了想，"2019年夏天，刘洋离家出走来找我之前，我去找过她。还有2020年5月，她回家之后，我去她家找过一次。2021年夏天，大概是8月底或者9月初，我们吵架后，她就回去了，我找她道歉算一次。2022年1月过年前，她要和我分手，我又去找过她两次，加上1月30日晚上，一共六次。"

魏成在笔记本上写下"四次"和"六次"，并重点圈画出"四次"，追问说："其他时间，你们不见面吗？"

"我们一般不去对方家里找，都是约出来去别的地方。"

"案发当天去找刘洋前，为什么喝酒？"

"……因为心情不好。"

"难道不是为了杀人壮胆？"魏成厉声质问。

"不是不是，就是心情不好。"

"既然刘洋给你打手势让你去找她，你应该高兴才对，为什么心情不好？"

罗勇的眼神有一瞬的闪躲："……我不想这样继续了。我们这样名不正言不顺的，算怎么回事呢？……我那天其实是想去和刘洋把事情说清楚，我跟她还是算了。"

"是什么让你突然决定不再和刘洋继续来往？"

"刘洋年前走的时候已经说了，要和赵千峰一起好好过日子。而且，之后我给她打电话，她也不接，短信不回。我觉得我们之间缘分尽了，没意思。"

魏成听罢，若有所思，接着问道："2021年6月至8月你和刘洋同居期间，刘洋说，你不止一次威胁她，如果她敢离开你，你就杀了她再自杀，有这回事吗？"

"我那是和她开玩笑的！"罗勇争辩道，"我这个人脾气不好，说话不经过大脑。刘洋肯定是误会了。她说的肯定是有次我们吵架，我看她生气了，就给她切西瓜，想要哄哄她。我和她开玩笑说：'你再和我生气，我就给你像切瓜一样切了。'她就笑了。我是和她开玩笑的，我怎么可能伤害她呢？"

"你口口声声说，你不会伤害刘洋，那你跟我解释解释刘洋后脑勺的砍伤怎么来的？"

"我没有砍刘洋啊！"

"赵千峰看见刘洋跑回屋里的时候，头部已经被砍伤，你又怎么解释？"

"赵千峰是在陷害我！他在说谎！我没有砍刘洋，我那么爱她，怎么可能伤害她呢？她肯定是来劝架的时候被砍伤的，说不定是赵千峰砍的。我没有想要伤害任何人！我是正当防卫！"

虽然赵千峰称刘洋进屋时已经被砍伤，但罗勇并不承认砍过刘洋，而更为关键的是，刘洋本人也不记得自己头部何时受伤，办案人员也没有在现场提取到相应证据印证赵千峰的说辞。

区分故意伤害和故意杀人，使用的工具、打击的部位和强度是重要的评判标准。如果罗勇真的使用斧头砍向刘洋的头部这样容易致人死亡的部位，很难说他没有杀人故意。但是赵千峰和罗勇的说法互相矛盾，形成了言辞证据一对一的局面。在言辞证据一对一，又没有其他相应客观证据佐证的情况下，按照存疑有利于被告人原则，很难认为刘洋是在进屋前被罗勇砍伤的，这也导致很难证明罗勇具有杀人故意。所谓存疑有利于被告人原则，是指案件事实难以认定时，选择认定有利于被告人的事实，这是刑事司法的一种重要理念或原则。

"赵千峰看见你进门时一斧头砍在门框上，这一点刘洋也可以证实，你还说不是在追砍刘洋？"魏成追问。

"当时门口太黑，我脚被什么东西绊了一下，就往前扑了一下，所以斧头才撞到门上。我真的没有砍刘洋。"罗勇仍然坚持自己的说法。

狡辩！

魏成的脑海里顿时蹦出这两个字。

（四）争论

罗勇诡辩的嘴脸在魏成眼前闪现，不等魏成开口，分院负责审查起诉的检察官张穆说道："我明白魏老师的意思。你们在审查逮捕阶段掌握的案件情况和证据情况比较少，可以理解。我也承认，本案具有一定的认定罗勇故意杀人罪的空间。比如，罗勇案发前曾扬言会因为刘洋离开他而杀人报复，而且案发当天半夜一点多，他拿着斧头躲在被害人院子里，还喝了半瓶白酒壮胆。但是，这些都是间接证据。"

对于这个案子的审查，张穆还是有把握的。

他接着说道："刚才魏老师也说了，故意杀人罪客观上必须有非法剥夺他人生命的行为，主观上必须有非法剥夺他人生命的故意。这个案子不论是从客观上还是主观上，都很难证明罗勇是故意杀人。首先，在客观上存在如下疑点。第一，嫌疑人使用的斧头没有开刃，这样的斧头是不锋利的。罗勇从购买斧头到第二天案发，他有足够的时间去开刃。如果他想要杀人，而且明知道对方和自己都是身强体壮的人，还准备了防身的铁棍，他没理由不找一把更锋利的斧头。第二，区分故意杀人和故意伤害，行为人使用什么工具、打击什么部位很重要。本案中，罗勇到底有没有用斧头砍刘洋头部是关键。虽然赵千峰证言里提到，他看见刘洋进屋时，刘洋已经被砍伤，但是刘洋并不记得自己的头部是什么时候受的伤，罗勇本人也不承认自己砍过刘洋。在案证据没办法对赵千峰或者罗勇的说法加以佐证，存疑有利于被告，不能认定罗勇砍了刘洋的头部。而且，罗勇进屋后和赵千峰发生过打斗，刘洋曾经去拉两人，因此不能排除她头部的砍伤是在劝架过程中形成的这一可能性。即使案子以故意杀人罪诉到法院，到了法庭上，这个疑点辩护律师肯定也会提出来。另外，我和公安的同志沟通过，从现场门外提取到的血迹，既有刘洋的，也有赵千峰和罗勇两人的。血迹污染严重，客观证据没法证明血迹究竟是罗勇在进屋前砍伤刘洋留下的，还是刘洋在其他时间被砍伤后留下的。

"其次，在主观上，由于无法证实罗勇用斧头击打过刘洋头部，罗勇本人也并不认罪，因此不能证明其存在杀人的故意。更何况，罗勇现在甚至还辩解自己是正当防卫。

"最后，就是魏老师所说的补侦空间。这个案件本身侦查阶段已经用足了时间，也已经退回补充侦查了一次，再退查很有可能还是同样的结果。我不知道魏老师所说的补侦空间在哪里，也不知道魏老师所说的被害人的可疑之处在哪里。"

根据《中华人民共和国刑事诉讼法》的规定，退回公安机关补充侦查的案件，应当在一个月以内补充侦查完毕，退回补充侦查以二次为限。

这时，办公室几位领导都看向魏成。对于张穆的分析，魏成不为所动，他回应道："这个案子的关键是证据调取，案件很多细节都能证明罗勇有杀人故意，而且可疑的不止罗勇，刘洋和赵千峰也有问题。对这些细节和疑点加以查证和甄别，就很有可能找到关键证据。"

张穆对魏成的言论不以为然，问道："什么细节，哪些疑点？"

"各位领导，张老师，石头也没有开刃，不代表不能砸死人，要看砸哪里，这一点大家都赞同吧。如果能证明刘洋头上的伤是罗勇砍的，再结合其他情况，就可以证明罗勇具有杀人故意，这一点张老师也赞同吧？"

"这一点，我也从来没有否认过。"

"刘洋和赵千峰的证言里都提到过，罗勇在跟着刘洋进屋前，曾经一斧头砍在门框上。我去现场看过，门框砍痕里有血迹，这说明当时斧头已经见血。门框上的砍痕的位置和刘洋头部的高度相近，如果鉴定能够明确血迹是刘洋的，那是不是可以印证赵千峰的证言，证实罗勇进屋前曾持斧头砍伤刘洋头部。不知道张老师有没有请公安采集过门框上的血迹？"

"我知道魏老师决定逮捕后，做了继续侦查提纲，建议公安提取门框上的血迹。罗勇被捕后，公安机关确实也提取了门框砍痕里的血迹，但是里面不仅有刘洋的血，还有赵千峰的。"

"这就更奇怪了，赵千峰和刘洋的证言都证实，门框上这一斧头是罗勇进门前砍的，里面怎么会有赵千峰的血呢？"

"兴许是后面打斗的时候溅进去的。不管是怎么造成的，现在客观证据就是这样，讨论血迹怎么会这样形成对案件办理意义不大吧？"

"好，那我们说另外的问题。罗勇在知道赵千峰备了铁棍之后，于2020年春天买了一把扳手用来防身。我提审他时，他脑子转得很快，说扳手搬家的时候不见了，所以才买了斧头。我又问了扳手丢失的时间，罗勇的回答是2020年4月。按照罗勇的说辞，他买扳手是为了防身，但是只用过一次就丢了。从扳手丢失到案发前，罗勇又去刘洋家找过刘洋四次，他都没有携带防身的器具，案发当晚突然又带了一把斧头防身，这合理吗？没有正当理由，带着凶器到被害人家里，却口口声声说是防卫。如果这样的防卫也能成立，那大家都可以持凶器穿堂而过进行所谓的防卫了。"

严处长若有所思地问道："小魏，你刚才说刘洋和赵千峰都很可疑，又是怎么回事？"

"先说刘洋。罗勇始终坚持刘洋给他打过手势，可现场没有监控，这一点无法查证。但是罗勇关于刘洋在车上跟她打手势的描述非常具体，不像是在说谎。罗勇和刘洋都删除了两人之间所有的通话和短信记录，这不合常理。刘洋并没有说实话，她和罗勇一直还有联系。"魏成回答说。

"公安那边利用技术恢复了罗勇和刘洋的聊天和通话记录，刘洋确实和罗勇一直藕断丝连。但是，魏老师，婚外情中的拉扯再正常不过，刘洋甚至在案发前几天和罗勇还有联系。刘洋隐瞒这些，或许只是害怕赵千峰知道自己和罗勇还有联系。这虽然不符合道德，但符合人性，我看不出这有什么问题。而且，这和罗勇是故意伤害还是故意杀人根本没有关系。"张穆说。

"刘洋删除联系记录可以理解为是怕赵千峰发现，可是罗勇为什么也要删除所有的联系记录？他怕谁看见？他俩一起删除了所有的联系记录，这是不是太凑巧了？"魏成回应。

"罗勇删除所有信息不正好印证了他说要和刘洋分手的辩解吗？"张穆质疑道。

"罗勇声称，当天他是去和刘洋做一个了断的，彼此不再纠缠。他的这个转变未免太过于突然。对于为何突然放弃两人的关系，罗勇说是因为刘洋不接他电话，不回他信息，但是这和通信公司保留的记录恰好相反。很显然，罗勇和刘洋都在说谎。可他们为什么要说谎？两人的短信记录确实没有异常，但如果两人的通话内容有异常呢，如果罗勇真的是刘洋叫去的呢？那么，刘洋在本案中的角色和性质将会发生根本变化。"

"所以，小魏你怀疑罗勇是刘洋叫去的，两人预谋对赵千峰不利？"严处长说。

"这都是你的主观推断。"张穆不客气道，"你不能凭空作出一些假设，然后再无限制地扩大你的假设的可能性。"

"真的是我凭空臆测吗？刚才那些反常之处，张老师所掌握的证据都能够给出合理的解释吗？"

"我只有义务排除合理怀疑，不合理的怀疑难道我也要一一回应？"张穆反驳道。

蒋文渠见现场火药味越来越浓，便岔开话题问道："你刚才说赵千峰也可疑？"

"既然张老师认为那都不是合理怀疑，是我凭空臆测，我为什么要给大家展现我的想象力？"

"嘿，你小子……"蒋文渠知道魏成的倔脾气上来了，再说什么也不顶用，只能在心里暗骂，自己选的徒弟，跪着也要带下去。

魏成和张穆的争议主要围绕案件的客观事实和证据，但是实际上影响张穆决定的还有一个因素——"诉判不一"的诉讼风险。"诉判不一"简单理解就是，检察机关起诉与法院判决认定的罪名不一致，或者检察机关认为有罪，法院最终判决无罪的情况。这是检察机关内部管理中案件评查的重点。因为"诉判不一"可能意味着公诉精准度和办案质量不高，在检察机关内部考核中，这是负面评价。因此，为了避免"诉判不一"，案件承办人在起诉时，对起诉的事实和罪名内心总是要有足够的确信和把握。

在罗勇故意杀人案件中，起诉罗勇涉嫌故意杀人罪存在被法院改判的风险。因此，在张穆看来，魏成有些站着说话不腰疼。但是就魏成而言，他只是实话实说。

"小魏考虑得还是很周全、细致的。"严处长此时打断了两人的争执，他看着魏成和张穆，语气平和地说道，"这个案件在侦查阶段是以罗勇涉嫌故意杀人罪立案的，按照审查逮捕阶段的证据和事实情况，以涉嫌故意杀人罪逮捕罗勇是没有问题的。现在考虑到在案证据情况，确实也不足以认定为故意杀人罪，认定为故意伤害罪似乎更为适宜。"

听严处长说完，张穆的脸色也缓和了下来。

严处长和蒋文渠做了一个眼神交流，接着说道："蒋主任说得对，这个案子主要还是证据收集的问题。基层院的同志办理案件量大，见多识广，还是更有发言权。既然现在只退回公安机关补充侦查了一次，这不是还有一次机会吗？既然还有机会，我们就应该把握，查清案情，排除合理怀疑。小魏刚才提到的一些疑点，是突破口。"

严处长的目光再次回到魏成身上，笑着说道："至于小魏提到的针对案件其他可能性的推测，我们办案是要讲事实、讲证据的。大家围绕没有证据的推测争来争去，确实没有必要，又不是搞辩论赛，打口水仗。现在我们谁说服谁都不管用，还得人家法院认可才管用，你们说对吧？"

领导既肯定了审查逮捕阶段的工作，同时也保全了张穆的脸面，还为调查留了一个口子，兼顾了基层院的意见。会后，罗勇故意杀人案第二次被退回补充侦查。

（五）退查

尽管会上张穆与魏成针锋相对，但会后张穆还是冷静地考虑了魏成提到的疑点，将它们列入了补充侦查的提纲，方便公安机关依据补充侦查提纲，明确进一步侦查需要补充、收集、固定的证据。不过，补充侦查的情况如张穆所预测的，补侦后和补侦前差别不大。

对于补侦的结果，张穆本身也没抱什么期待。

第一，关于门框上血迹的侦查取证。现场勘查通常一次采集完毕，除非房屋主人已经死亡或暂时没有人居住，需要保存现场，而且保存现场需征得事主同意。本案中赵千峰和刘洋居住的出租屋在勘查结束后，便由住户自行处理了。刘洋和赵千峰从医院回家后，打扫了家里，过了正月十五，两人退租搬回了湖南老家。生鲜超市由赵千峰的父母，还有哥哥赵千山两口子经营。赵千峰退租后，房东还把出租屋重新进行了装潢，想要再在现场发现什么证据，几乎是不可能了。

第二，关于两人同时删除通话记录的事。凌江市公安局靖江分局刑侦支队警官李毅对刘洋和罗勇重新做了两份笔录。因为刘洋走不开，李毅只好带着徒弟去了一趟赵千峰老家。刘洋承认自己确实主动联系了罗勇，因为她害怕罗勇报复她，所以为了稳住罗勇，才和他继续保持联系。但是她既然决定回归家庭，也怕赵千峰不高兴，所以就把通话记录都删除了。罗勇也改了口，承认刘洋确实联系过自己。虽然刘洋主动跟他联系，但是她并不是想复合。罗勇认为刘洋是在吊着自己，觉得没意思，所以一气之下才删除了记录。

第三，关于斧头的问题，罗勇也提出了辩解。他说，前几次没带防身的东西，只是因为没想起来，案发当天正好想起来了。

李毅和同事还对案发前罗勇的日常表现再次进行了走访调查，但没有新的收获。另外，他们还调取了罗勇的银行流水。两人交往期间，罗勇在刘洋身上花了不少钱，前后加起来近 8 万块。对于罗勇来说，这是他的全部身家。

如果罗勇因此记恨刘洋，似乎也说得过去，但这也并不能证明罗勇具有杀人的故意。

2023年2月初，蒋文渠把魏成叫到办公室。罗勇故意杀人案件，公安机关第二次退回补充侦查完毕，再次移送审查起诉。经过综合审查，张穆还是决定以故意伤害罪起诉。

魏成大概也猜到蒋文渠为什么找他。他刚在办公桌对面的椅子上坐下，蒋文渠的电话响了。电话是张穆打来的。蒋文渠接听完电话，皱着眉头，满脸愁云地问魏成："罗勇那个案子，门框砍痕里的血迹，既有刘洋的血，又有赵千峰的血，你认为是怎么回事？"

"赵千峰和刘洋都证实砍痕是罗勇在进门前留下的，那么砍痕里面要么只有刘洋的血迹，要么没有血迹。但是，现在里面却有刘洋和赵千峰两个人的血迹，这说明很有可能被人搞了破坏。案发时间是1月31日凌晨，罗勇当晚被送去医院，之后被刑拘，罗勇没有机会动手脚。案子是春节后2月7日送上来的，我去刘洋家是2月8日，批捕后的取证在这之后。中间隔了这么长的时间，如果有人想做手脚，时间足够了。"

"你怀疑是刘洋？"

"刘洋的嫌疑最大，不过也说不好。刘洋的表现前后矛盾，态度也很暧昧。赵千峰说，刘洋在进门时，头被砍伤，但是刘洋本人却不记得。刘洋不记得的可能性有多大？刘洋确实有袒护罗勇的嫌疑，但是如果她一心袒护罗勇，为什么不按照罗勇的说辞来？比如，不承认罗勇进门时追砍她。这说明刘洋的袒护有所保留。她的行为前后矛盾，有可能是顾忌赵千峰的感受，也有可能是她和罗勇之间还有什么不可告人的秘密，让她不敢把事情做绝了。"

"之前在一分院讨论案情的时候，你说赵千峰也可疑，你发现了什么？"

"案发时间是凌晨一点三刻，赵千峰的家人离开是在十二点半。赵千峰和刘洋收拾、洗漱好是一点，此时距离案发时间一点三刻还有整整45分钟。在这45分钟里，赵千峰一直穿着外衣和外裤在床上看电视。"

"穿着外衣怎么了？"

"如果准备休息，至少会脱掉外套。可赵千峰一直没有睡觉的意思，就像他早知道罗勇要来，所以穿着外衣在等他……如果是刘洋让罗勇来的，她应该会有所警惕，而事实却是她在毫无戒备地泡脚……"

蒋文渠低头思考了片刻。魏成的怀疑虽谈不上什么证据，但是确实反常。他叹了口气："赵千峰昨晚在老家发生意外死了！"

（六）意外

赵千峰的死让本来几乎已经尘埃落定的案件又出现了新的波澜。张穆向来谨慎，为了安心，他决定自行补充侦查，去赵千峰老家看看。

检察机关在审查起诉过程中，认为影响定罪量刑的关键证据存在灭失风险，需要及时收集和固定证据，或者经退回补充侦查未达到要求，以及有证据证明或者有迹象表明侦查人员可能存在违法行为的，检察机关可以自行补充侦查。同时，检察机关通过自行补充侦查方式补强证据的，公安机关应当依法予以配合。

按照规定，自行补充侦查由检察官组织实施，必要时可以调配办案人员。分院考虑到魏成对案件情况的了解，便遂了他的愿，将他借去分院协助张穆办理罗勇故意杀人案。张穆带了一名助理小曾，同时还邀请了办理该案件的警官李毅，一行人前往赵千峰老家。

李毅让徒弟小曹开车，自己则利用车上的时间向张穆几人介绍赵千峰意外死亡的情况。

上车后，魏成先问了李毅一句："老李，你上次去给刘洋做笔录时，刘洋和赵千峰的感情状况怎么样？"

"两人看起来关系不错，像和好如初的样子。"

"案发之后，准确说是2月8日之后，赵千峰有没有受过别的伤？"

"这个我倒是没有问过。"

去年刘洋和赵千峰回到老家后，一家三口准备安心过日子。前几天他们领了拆迁款，一家人很高兴，赵千峰还在镇上请了亲戚朋友吃饭。赵千峰本来想叫上刘洋，但母亲不允许。因为家里的亲戚几乎都知道刘洋的事，觉得刘洋去了丢人现眼，所以赵千峰只好留刘洋在家照顾孩子。晚上几个和赵千峰走得近的亲戚都喝了很多酒，赵千峰本人也不例外。晚饭结束后，赵千山媳妇开车送两位老人回凌江。赵千山搭其中一个没有喝酒的亲戚的车，先送赵千峰回家。

赵千峰的家建在河边的坡道上，是一栋三层的自建楼房。原来房子正面是一片空地，进出家门都是从空地上走。去年赵千峰回家之后，把房前那片空地开出来种菜。为了不把地隔开，他就把进出家的路铺在了地的右边。路的右边一侧是桑树和长满杂草的陡坡，坡下就是河。为了安全起见，赵千峰把路铺得比较宽，还在靠陡坡的一侧垫了一排石头，用来加固路面。

到了赵千峰家附近，赵千山和亲戚把赵千峰放下了车。赵千峰拒绝了他哥送他到门口，自己拎着给刘洋打包的消夜歪歪扭扭往家里走。刘洋在二楼听见楼下车响，便打开了卧室的灯。赵千山见灯亮了，就转身上了车。他刚转身，就听见赵千峰惨叫和滚下坡的声音。赵千山回头看，路上人已经没了，紧接着是重物落水的声音。

赵千山立马大喊赵千峰。刘洋听见动静，也披着衣服从家里出来。赵千山用手机里的手电筒功能往坡下照,但根本看不清坡下什么情况。他喊话也没有人回答,慌忙让刘洋回屋里去拿手电筒。几个人急忙又从地的另一边下去河边寻找,但没有找到人。到了第二天下午,他们才在下游一处浅滩处找到赵千峰的尸体。

在赵千峰失足滚下坡的位置,石头塌了两块,有打滑的鞋印。

"这几天下了雨,我们推测可能是赵千峰踩在了松动的石头上,再加上喝了酒,重心不稳,才掉进河里。"李毅说。

"那个石头没有被人为破坏过吧?"张穆问道。

"据民警现场勘查的情况,没有人为破坏的痕迹,确实是意外死亡。"

听完赵千峰死亡的情况,张穆的助理小曾把一叠材料递给魏成,说道:"魏老师,这是您要的刘洋和罗勇之间的聊天记录和通话记录。"

魏成翻开这些材料,一字一句地翻看起来。张穆也是心思缜密之人,魏成一个月前在会上提出反对意见之后,他便把罗勇案件的材料又仔细梳理了一遍。罗勇和刘洋的这些聊天记录,张穆仔仔细细地反复看了好几遍,并没有发现什么可疑的内容。

"假苦瓜是罗汉果的意思吧?"魏成没头没脑地说了一句,并拿出手机开始检索。

罗汉果别名假苦瓜、金不换,又叫神仙果,甘、酸、性凉,有清热凉血、生津止咳等功效。

张穆回想了一下说:"假苦瓜是刘洋给罗勇的昵称。"

魏成继续翻开通话记录,发现除了刘洋主叫的一次通话记录,1月29日下午还有一组凌江市本地拨打给罗勇的陌生电话号码。

"1月29日下午拨打给罗勇的这组号码是谁的?"

"是赵千峰的号码。"李毅说,"案发后,我们问过赵千峰为什么给罗勇打电话。赵千峰的解释是,他只是警告罗勇不要再纠缠刘洋。"

"都集中到了1月29日这一天,这么巧?"

"会不会是赵千峰察觉到刘洋联系罗勇,所以才打电话警告罗勇。"张穆说道。

魏成皱着眉头说了句也不是不可能,之后就陷入沉思。

在当地公安分局的协调下,李毅几人驱车来到处警的派出所。魏成刚下车,就碰见本应该准备赵千峰身后事的赵千山及其母亲激动地向当时处警的警员反映情况。

"我们要报案,小峰的死不可能是意外,肯定是刘洋弄坏了石头,小峰才掉进河里的。刘洋这个女人坏得很!在凌江的时候,罗勇也是她叫来的。"赵千山向民警说。

刚好张穆几人要向他们了解情况,便将他们请到了会议室。

"赵千山,你刚才说罗勇是刘洋叫来的是什么意思?"李毅问。

"1月30日案发当天晚上,我喝了酒,发了几句牢骚。吃完饭回家前,我又找小峰谈了下,他把我叫到一边,他让我放心,说过了今天晚上,罗勇不会再来打扰他们了。"赵千山回想了当时的情况,说道,"我问小峰为什么这么肯定。小峰没有多说,就说让我放心。我怎么可能放心。小峰架不住我追问,说罗勇就要去坐牢了。"

"坐牢?"众人很吃惊。

赵千山点头:"我当时喝多了,也没有多想。后来晚上听到了罗勇上门砍人的消息。我想起来小峰晚上和我说的话,就去问他,是不是有什么事情瞒着我。"

李毅问:"赵千峰怎么说?"

"小峰后来被我问得没办法了,才跟我说,是他让刘洋去叫罗勇来的。"

"罗勇是赵千峰让叫来的!"在场的几个人都很惊讶,但魏成并不感到意外。

"赵千峰是怎么跟你说的?"李毅问,"只是叫来家里,没有别的?"

"小峰跟我说,他让刘洋告诉罗勇,还是想和罗勇过日子,让罗勇到家里来接她。我问小峰为什么要这么跟罗勇说。他说:如果罗勇敢来,就让他去坐牢;如果他不敢来,也可以让刘洋死心。"

还不待众人消化这个消息,赵千山继续说道:"我后来听小峰说,罗勇带了斧头上门砍人。可是接人为什么要带斧头呢?罗勇就是想杀人,他和刘洋早就算好了,他们想害死小峰。"

此时,赵千峰的母亲也激动地说道:"你们去查刘洋啊,她早就想跟我家小峰离婚。她打从嫁过来就是为了钱。要不是因为拆迁款下来了,她根本不可能乖乖回来!"

赵千峰母亲继续哭诉:"我早就和小峰说过,这个女人就是为了钱,小峰死活就是不相信。路上的那些石头平时都很稳当的,怎么就突然会垮呢?肯定是刘洋!她早就不想跟小峰过了,她是为了拆迁款才回来的。现在钱到手了,就想把人弄死。"

"阿姨,你说的刘洋想离婚是什么时候的事?"张穆问道。

"刘洋那女人就没有想在我们家长久过。大概在2019年,我有回在家听见刘洋和一个律师打电话咨询离婚的事情。"

"有一个问题我想请问下,案发之后,主要是2月8日之后,赵千峰有没有受过别的小伤,比如手上的小伤口之类的?"魏成问。

赵千山和他母亲都对此予以否认。

"小峰这辈子受的最重的伤，就是被罗勇砍的。刘洋那个女人也没安好心。"赵千峰的母亲哭着比画，"刘洋那女人和小峰吵架，往他受伤的地方打，那么长的伤口好不容易愈合了又裂开了，还去医院重新缝了针。"

"这是什么时候的事？"魏成眼睛一亮。

"具体日期我不记得了，就是你们检察官去小峰他们家了解情况之后，他们就吵架了，刘洋打了小峰受伤的手臂。"赵千山说。

赵千山和他母亲提供的信息让案件的侦破有了新的方向，张穆决定去赵千峰家找刘洋谈谈。

联想到罗勇之前的供述中的种种不合常理之处，以及魏成发现的赵千峰的可疑行为，张穆判断赵千山的说辞应该不是空穴来风。确实很有可能是赵千峰和刘洋联手做的局，给罗勇设了套。至于刘洋是不是如赵千山所说，借题发挥，和罗勇合谋要杀了赵千峰，可能还需要进一步查证。

（七）刘洋

张穆四人跟着派出所民警的车来到了赵千峰家，车停在门前路边。原来的路因为之前的勘查被警戒线围了起来，出入只能从旁边的地里穿过。赵千峰出事后，来这里的人很多，旁边地里种的菜也被踩得东倒西歪。因为刘洋和赵千峰的家里人关系不睦，所以赵千峰的丧事在赵千峰父母住的老屋办。赵千峰的家人不让刘洋过去。刘洋虽然和赵千峰没什么感情，但想到这些年受到的委屈，自己一个人在冷冷清清的家里抹眼泪。

下车后，民警为张穆他们指出了赵千峰失足的位置。赵千峰摔下去的地方，还有草木折断的痕迹。李毅在路边其他石块上试探性地踩了踩，还有几处松动。

进门之后，张穆他们先是安慰了刘洋，接着才进入正题。

"赵千峰说，要送罗勇去坐牢是什么意思？你和赵千峰商量过什么？"张穆问道。

"是赵千山跟你们说的吧？"刘洋擦掉眼泪，冷笑一声，"他们家早就看我不顺眼，什么瞎话都编得出来。他们是不是还说，赵千峰的死是因为我搞了破坏？"

接着，她又轻蔑地呸了一声："他们不就是想欺负我们孤儿寡母吗？"

"你的意思是，赵千山在说谎，所以罗勇也不是赵千峰让你叫去家里的？"

"这么扯的事情，你们也信？赵千山他们一家就是不想我好，不想我分到赵千峰的钱。"

李毅几人互相看了看，没有说话。案件当事人赵千峰已死，现在死无对证。

就在几人沉默之际，魏成看着刘洋突然问道："假苦瓜是什么意思？"

"你说什么？"刘洋不解。

"在你和罗勇的聊天记录里，你不止一次称呼罗勇假苦瓜。特别是在案发前的1月29日，你给他发了这三个字，时间恰好在罗勇所说的在集市外看见你给他打手势之后。为什么给他发这三个字？"

刘洋戒备地看了魏成一眼，回道："假苦瓜是我给罗勇的绰号。"

"为什么要叫假苦瓜？"

"这很重要吗？"刘洋不耐烦地打断他。

"对，很重要。"魏成严肃道。

刘洋眼神躲闪，见躲不过去，只好说："假苦瓜，就是罗汉果嘛。在遇到罗勇之前，我的日子过得很苦；遇到他之后，我的生活才有了甜。所以，我叫他假苦瓜。难道起绰号也有问题吗？"

"这么说，假苦瓜是你对罗勇的昵称。"

"可以这么说吧。"

"至少是带着爱意和感情的爱称，是带有明显示好的称呼，我可以这么理解吗？"

"你要这么想，我也没办法。"

"我记得你说过，你主动联系罗勇，是为了稳住他。在1月29日之前，罗勇没有主动给你发过信息。在1月29日前的一周时间里，都是你主动联系罗勇的。那么，究竟是罗勇在纠缠你，还是你在继续纠缠罗勇？"

"我没有纠缠他！"

"既然你决心要和他分手，为什么要用假苦瓜这样对于你们俩来说具有特别意义、明显带有示好的称呼？你不觉得这已经超过你所说的稳住罗勇需要的限度吗？这难道不是你对罗勇的挑逗？"

"我没有挑逗他！"刘洋高声嚷道。

"之前你口口声声说自己和罗勇没有联系，后来又说是为了稳住罗勇才跟他联系。究竟哪句是真的，哪句是假的？为什么要说谎，你基于什么心态给他发了这三个字？"

刘洋沉默着，没有回应。

"你知道赵千峰在1月29日下午给罗勇打过电话吗？"魏成继续问道。

从刘洋听见这话的反应看，她应该知道赵千峰联系过罗勇的事。

"赵千峰为什么要给罗勇打电话？想必这个问题你肯定和赵千峰对质过了。"

见刘洋依然不说话，魏成继续问道："罗勇29号当天没有去，是因为赵千峰这通电话吧？赵千山说的真的是空穴来风？"

刘洋长叹了一口气，片刻之后，她的态度发生了转变，说道："赵千山没有说谎，我确实给罗勇发了暧昧短信。我不只是为了稳住他，也确实挑逗罗勇了，但这是赵千峰让我做的。你们说的不错，就是赵千峰让我把罗勇叫来家里的。"

和李毅对视了一眼后，张穆问道："赵千峰为什么这么做？"

"赵千峰可不像你们看到的那么老实，我也看错他了。他这个人软弱、阴险，不相信我和罗勇已经一刀两断，非要让我证明给他看。你们说，我能怎么证明，剖开心给他看吗？"刘洋的声音变得十分尖锐刺耳，"无论我怎么解释，赵千峰都不听，我问他，究竟想让我怎么做？赵千峰说，罗勇口口声声说为了我，连命都可以不要。既然如此，那就试试罗勇是不是真的敢不要命。"

"怎么试？"李毅追问。

"赵千峰让我和罗勇联系，就说我还是想和他一起过日子，但是赵千峰不让我走，让他到家里来接我。这样赵千峰就可以趁机反咬罗勇杀人，送罗勇去坐牢。只有这样，罗勇才能从我们生活中消失；也只有这样，他才肯相信我已经放下罗勇，想安心和他过日子。"刘洋回道。

"我也没有想到，赵千峰原来心地这么恶毒！他自己也知道我讨厌他窝囊的性格。他这次就是憋了一口气，想着如果罗勇不来，就证明罗勇也是个懦夫，根本不值得我惦记。如果罗勇敢来，他就送罗勇进监狱。"刘洋不满地瞪了魏成一眼，"事情就是这样，还有别的问题吗，检察官？"

"为什么给罗勇打那个12的手势？"见刘洋终于松口，张穆接着问。

"我不知道罗勇为什么那么说，我没有给他打过什么手势。"刘洋不耐烦地否认，"几位，我只是按照赵千峰的意思和罗勇联系，让罗勇来接我，我也没想到那天罗勇会带着斧头找上门报复。这都是赵千峰做的孽，人也是赵千峰招来的。我只是让罗勇来接我，这不犯法吧？"

"1月31日，罗勇究竟有没有拿斧头砍你？"

"他砍了。"刘洋一改之前的说法。

"具体讲讲怎么回事？"

"赵千峰和我说的是，让罗勇29号来找我，但是罗勇29号那天没来，所以我觉得很奇怪。没想到31号那天，罗勇一见到我，就要砍我。我当时很害怕，忙往家里跑，然后就被罗勇砍到了。后来我跑进屋里，赵千峰和罗勇打起来了。我当时怎么也想不明白，罗勇为什么要这么做，后来我才想通了，肯定是赵千峰从中作梗。我后来和赵千峰对质，他也承认了，是他将我俩把罗勇骗来的事情添油加醋地告诉了罗勇。所以，罗勇才过来报复我。"

张穆气不打一处来："那你为什么之前说不记得了？"

"我害怕罗勇报复我，所以不敢说他砍了我。我也恨赵千峰算计我、出卖我，我不想让赵千峰得逞，所以就说不记得罗勇砍我的事了。"刘洋哭着说道，"罗勇犯了事，我肯定不可能跟他过了，我只有找赵千峰过日子，所以我才没和你们说赵千峰让我把罗勇骗来的事。"

"你是什么时候知道赵千峰出卖你的？"李毅问道。

"31号当天，我就知道了。我跟赵千峰说好的是，让罗勇29号来家里接我，但是罗勇当天没来。我当时就很奇怪，但赵千峰却像没事人一样。到了31号，罗勇看见我就要砍死我，我就知道肯定是赵千峰把我给卖了。"

"你和赵千峰对质是什么时候？"

"我们从派出所回来就对质过了，他也承认了，是他出卖了我，所以罗勇才找上门。"刘洋头扭到一边，擦了擦眼泪，"赵千峰说，他都是因为爱我才这样做的。"

魏成几人听完，相视无言。

赵千山的证言和刘洋的解释，让该案中一些不合常理的地方得到了合理解释。例如，刘洋和罗勇两人删除了聊天记录，刘洋反常地主动和罗勇联系，以及魏成之前发现的赵千峰案发当晚似乎对罗勇的到来有所准备。从这些情况看，刘洋的说法站得住脚。加上赵千山提供的证言，可以判断刘洋总体上没有撒谎，但是案件仍然有一些说不通的地方。

"2022年2月8日之后，赵千峰受过伤吗？"魏成再次问起这个问题。

刘洋发现，魏成此时正非常严厉地盯着她，让她有一种无形的压迫感。刘洋避开他的眼神，摇了摇头。

"赵千山说，当天你和赵千峰吵了架，你还打了赵千峰的旧伤口，导致赵千峰重新去医院缝了针？"

刘洋不自然地点头："是……是有这事，我当时也是在气头上，不是故意的……"

（八）疑点

李毅几人回到镇上的宾馆时，天已经黑了。魏成从赵千峰家出来后，就显得心事重重。

张穆也因为险些放纵犯罪而心情阴郁，他扭头看向魏成："魏老师，今天赵千山和刘洋说的，你怎么看？现在看来，罗勇确实有杀人故意。"

魏成叹了口气，并没有提及罗勇故意杀人的事，而是分析道："现在可以明确的是，按照刘洋的说法，赵千峰和刘洋合谋设了局，引诱罗勇到家里去。但是赵千峰告诉赵千山的是，他要让罗勇去坐牢。赵千峰怎么能够肯定，两个人打架，最后坐牢的一定是罗勇？

"有两种合理的解释：一是赵千峰和刘洋合谋不仅是让罗勇到家里来那么简单，他俩合计的是怂恿罗勇上门来伤害或者杀害赵千峰。这也就解释了为什么赵千峰那么肯定，能够送罗勇去坐牢。但是刘洋肯定不能承认这一点，因为这样一来，她就有可能涉嫌犯罪，所以她只说她和赵千峰商量的是让罗勇来接自己。不过，赵千峰跟赵千山说的也是让罗勇来接刘洋，没有提别的。赵千峰没有必要对赵千山说谎。当然也有可能赵千山为了赵千峰的名誉着想，而有所隐瞒。但赵千山的说法和刘洋的一致，他没有道理和刘洋串供，所以赵千峰和刘洋商量的最大可能还是只让罗勇到家里来，而不涉及其他的。这样的话，第一种解释就不能成立。"

李毅几人点点头。

"第二种解释是，赵千峰和刘洋只是合谋让罗勇到家里来，并没有让罗勇伤害或者杀害自己的意思，但是赵千峰自己还有别的动作。"魏成继续分析道，"这种解释也得到了刘洋的证言和其他证据的证实。刘洋按照赵千峰的计划和罗勇约好上门之后，1月29日下午赵千峰给罗勇打了电话，故意把两人的计划告诉了罗勇。罗勇认为刘洋背叛了自己，所以才上门报复刘洋。所以，罗勇上门第一个砍的人是刘洋。正因为赵千峰知道罗勇会上门报复，所以才那么肯定罗勇会因为这件事坐牢。这也是为什么1月31日罗勇出现并且追砍刘洋的时候，刘洋毫无防备，反而赵千峰早有准备，因为他知道罗勇肯定会找上门。"

"这样一来，大部分的疑问都可以解释得通了。不过，打手势到底是怎么回事？"张穆说道，"刘洋究竟有没有给罗勇打过手势？既然刘洋已经承认是自己叫罗勇到家里，那为什么不承认给罗勇打过手势？是罗勇在说谎，还是这个手

035

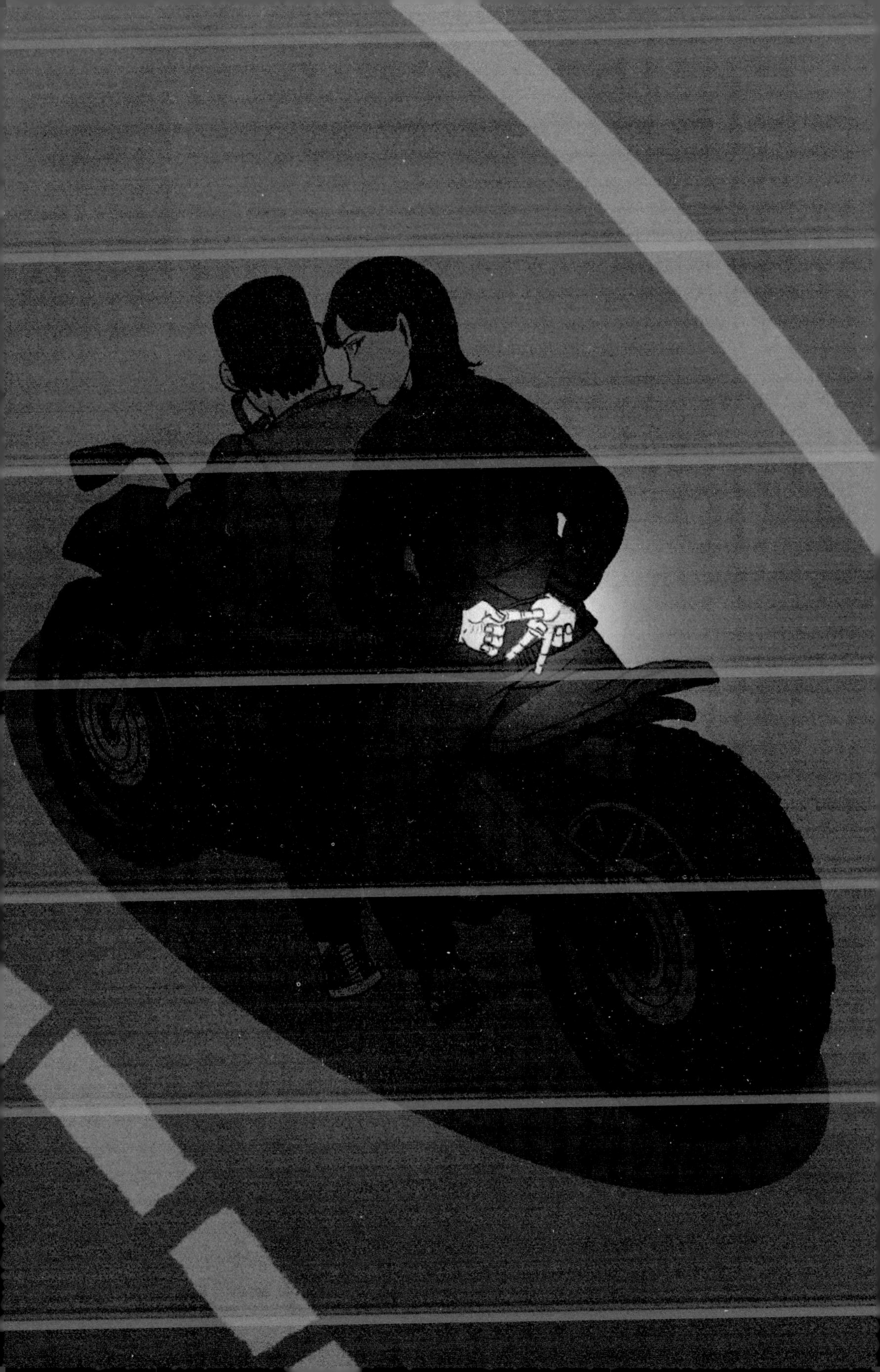

势有什么特别的含义，让刘洋不敢也不能承认自己打过手势？"

一阵沉默之后，魏成缓缓说道："要回答这个问题，可能需要先解决另外几个疑点。第一，刘洋和罗勇为什么要删除通话和聊天记录。刘洋和赵千峰设局向罗勇示好，将罗勇骗来家里，刘洋是有删除聊天记录的理由的，但是罗勇没有。第二，刘洋一开始为什么要袒护罗勇。虽然今天刘洋说是怕罗勇报复，所以没有承认罗勇砍了她的头。现在反过来想，如果怕报复，不是应该实话实说，指认罗勇吗？因为31号的时候，罗勇已经上门报复砍她了。在这种情况下，正常的想法难道不是希望把罗勇绳之以法，能关多久关多久吗？还有，赵千峰和刘洋都证实在刘洋进门后，罗勇曾经一斧头砍在门框上。现在也证实罗勇在进门前确实砍过刘洋，那门框砍痕里面的血迹就只能是刘洋的。但是补充取证提取的血迹样本里，还检测出了赵千峰的血。赵千峰不会袒护罗勇，动手脚的人只能是刘洋。"

魏成和向前上门询问时，曾向刘洋和赵千峰核实过罗勇进门前是否砍到过门框的事，刘洋一定是在那时起了警觉。但是砍痕里面的血迹清理不掉，只能增加血迹，所以她便找了一个机会，弄到了赵千峰的血，破坏了门框上的血迹。

"刘洋一开始为什么袒护罗勇？综合刚才的疑点，不难想到答案。"

"你怀疑刘洋将计就计趁赵千峰让她叫罗勇来的机会与罗勇合谋，要对赵千峰不利？"张穆说道，"只是刘洋不知道，自己也被赵千峰摆了一道。"

张穆回想起白天刘洋的反应，现在赵千峰已经死了，死无对证。刘洋是想把一切责任都推给死了的赵千峰和看守所里的罗勇。

"刘洋之前帮罗勇脱罪是为了稳住罗勇，现在指认罗勇，是因为赵千峰死了，死无对证，她怎么说都行。"魏成解释。

因此，这起案件里，无论是罗勇、刘洋还是死去的赵千峰，都没有说实话。赵千峰与刘洋设局，让刘洋把罗勇骗来家里。但是赵千峰的真实目的是将刘洋算计罗勇的事情告诉罗勇，这样一来，罗勇会愤而找到刘洋算账，以此彻底拆散两人。可赵千峰没有想到，刘洋并不只是将罗勇骗来那么简单，她把罗勇骗来是要除掉赵千峰。因为三人都各怀鬼胎，所以最后都选择了保持缄默。

"罗勇准备的那套刘洋叫他上门，为了防身携带斧头，之后与赵千峰发生打斗的说辞，很可能本来就是和刘洋商量好的。一开始，罗勇也知道不管是赵千峰还是刘洋，都不会承认设局的事，所以咬死这套说辞。"魏成分析。

"那他为什么又要提打手势的事？"

"可能是为了威胁和提醒刘洋，他有没有打过手势，警方在调查的时候肯定会跟刘洋核实。罗勇是要借此提醒刘洋，如果她要是提供对自己不利的证言，罗勇也会把她拉下水。"

刘洋和罗勇之间有不可告人的秘密，所以刘洋不承认自己头上的伤是罗勇砍的。而且，为了帮罗勇脱罪，她还破坏了门框上的血迹。现在赵千峰意外死亡，刘洋和罗勇的说辞又成了一对一，她索性就和盘托出，把一切都推到赵千峰和罗勇头上，因为现在她想要怎么解释都行。

"有了刘洋的'证言'，罗勇所谓的'正当防卫'的辩解不攻自破。如果他知道刘洋指认自己，罗勇认罪的可能性很大。"李毅说道。

"不过，即使罗勇认罪，并且指控刘洋教唆杀人，这又是言辞证据一对一，也没有其他证据可以佐证。"张穆忧愁地说。

（九）血迹

说到这里，张穆忍不住问魏成："魏老师，你今天不止一次问过赵千峰在案发后有没有受伤的事，是和门框上的血迹有关吧？"

"刘洋要对门框上的血迹做手脚，就必须弄到赵千峰的血。但是赵千峰不可能那么巧受伤，她只能自己动手。赵千峰的家人和刘洋本人都否认赵千峰受过新的伤，刘洋只能从赵千峰旧伤口弄到血。"魏成回道。

大家回想起赵千山和母亲提起过，刘洋和赵千峰在魏成和向前造访后，打了赵千峰受伤的手臂的事情。

"赵千峰的伤口被撞到或者不小心的拉扯都可能再出血，但是伤口也会涂拔毒生肌膏这一类的药。如果血迹里检测出药膏的成分，就说明血迹不是案发当晚留下的，只能是赵千峰就医后留下的！"魏成接着分析道。

技术中心对之前提取的血迹鉴定剩余的检材做了检测，他们在赵千峰的血迹里确实发现了拔毒生肌膏的主要成分。医院也证实了赵千峰2月8日因为手臂上的伤口裂开出血重新缝针的情况。

（十）口供

张穆和魏成再次提审罗勇，小曾打开电脑，开始做记录。

"罗勇，今天提审你，是因为我们了解到一些新的情况要跟你核实，希望你老实回答。"

罗勇听见新情况的时候，原本平静的脸上掠过一丝动摇的神情。

张穆看了看他，说道："罗勇，你和刘洋还有赵千峰的情况，公安机关已经查清了。刘洋指认，31号案发当天你砍了她。"

罗勇抬头，惊讶地看着张穆："这是刘洋说的？"

张穆没有正面回答他："你砍刘洋是因为赵千峰告诉你，刘洋主动联系你，是他和刘洋给你设的套，目的是骗你去他们家。"

罗勇皱着眉头，似乎在思考怎么回答。

张穆接着说道："1月29日，赵千峰打电话给你，是告诉你，他和刘洋合谋给你设了套。你本来不信，但是赵千峰复述了刘洋给你发过的信息和打过的电话。所以，你生气刘洋骗了你，便决定兑现自己说过的话，先杀了刘洋再自杀！

"你知道29号当天赵千峰肯定有防备，所以你等到30号才买了凶器，要去向刘洋和赵千峰报复。我说的对吗？"

"……"

"你现在涉嫌故意杀人，你还是坚持你原来的说法吗？"

罗勇低着头，过了一会儿，才说："刘洋是跟我说让我去接她，但是后来赵千峰跟我说，刘洋是骗我的，他们是想把我骗去，然后趁机告我。我不相信赵千峰的话，我也没有想要伤害刘洋，我只是去刘洋家里找她，想要把事情问清楚。我想去问问刘洋，事情究竟是不是像赵千峰说的那样，她是不是在骗我。但是没想到，当晚刘洋一看见我就跑，我想要追她问个明白，追到屋里，才和赵千峰打了起来。我带斧头是为了防身，不是为了报复刘洋他们……"

见罗勇仍不承认，魏成说道："你进门前先砍了刘洋，之后又一斧头砍在门框上。门框砍痕里，遗留了刘洋的血迹。但是很遗憾，因为这个痕迹十分隐蔽，所以没有第一时间取证。如果提取门框上的血迹，就能证明你砍过刘洋。刘洋掌握了这个情况后，破坏了砍痕里的血迹。刘洋一开始说不记得自己的头什么时候伤的，还替你破坏了门框上的证据。你知道，为什么她现在指认你吗？"

罗勇没有作任何表示。

"因为赵千峰死了。"

罗勇一愣，问道："赵千峰死了？他……怎么死的？"

"意外失足，掉进家门口的河里淹死了。"

罗勇的表情和他内心的思绪一样，很是复杂。

"你知道赵千峰死了对你意味着什么吗？"魏成问道。

罗勇摇摇头。

"意味着，赵千峰和你们之间约定过什么很难查证。她刘洋怎么说都可以，现在的情况对你很不利。"

罗勇抬头看着魏成。

"刘洋一直不承认给你打过手势，为什么？你心里应该最清楚。"魏成说，"刘洋之前之所以不承认是你砍了她，是害怕你把你们之间的真实约定说出来。当然这只是其中一个原因。你说出来也只是一面之词，她可以否认。所以，她不说更为重要的原因是，一旦你把你们之间的约定说出来，这对她和赵千峰的关系将是致命打击。"魏成说。

"什么致命打击？"罗勇看了看魏成。

"如果赵千峰知道刘洋想杀他，还会和刘洋过吗？"魏成说，"一旦离婚，刘洋什么都得不到，包括拆迁款。"

"现在拆迁款下来了，赵千峰也死了，刘洋想要的已经到手，她没有必要再替你遮掩。"张穆见时机差不多了，进一步问道，"她给你打的那个手势究竟是什么意思？"

罗勇没有回答。

"有刘洋的证言，再加上她头上的伤，你故意杀人未遂是坐实了。你想清楚，真的就这么成全刘洋？"魏成接着问道。

又是一阵沉默，但罗勇的表情和之前的不同，他在考虑。过了一会儿，罗勇缓缓开口说道："刘洋跟我说，她问过律师离婚时拆迁款处理的问题。婚前房产属于个人财产。如果婚前的房产在婚后拆迁，拆迁的补偿属于个人所有。但是如果丈夫死亡，妻子则可以和子女以及丈夫的父母作为第一顺序继承人，均等继承属于丈夫名下的财产。如果赵千峰跟她离婚，她什么都得不到。但是如果赵千峰死了，120万元的拆迁款，她可以拿到几十万元。

"所以她和我约好，我借口去家里接她，之后赵千峰先动手，我正当防卫，不小心把人给打死了。赵千峰死了，我们就可以拿着钱远走高飞。但是我没想到，这是赵千峰跟刘洋合伙给我做的局。我很生气，所以买了斧头，要去找刘洋算账。后面的事情，你们都知道了。"

"你说的这个情况不是赵千峰和刘洋给你设的局，是刘洋给你设的局。"张穆说，"赵千峰和刘洋商量好的是，让刘洋把你骗到家里就行。"

罗勇叹了口气："差不多吧，真相到底是什么，对我也没有什么意义了。"

"刘洋给你打的手势是什么意思？"

"她是提醒我拆迁款120万元……"

罗勇在新的口供上签了字，并按了手印。从法律适用角度讲，罗勇承认自己故意杀人，并且也有刘洋的证言和其他相关证据证明，罗勇故意杀人案的犯罪主要事实至此查清。

"你说的这些有什么证据能证明吗？"张穆问，"这些只是你的一面之词，你和刘洋的通信记录里没有留下相关信息，也没有证据证明刘洋确实给你打过手势。"

刘洋在这起案件中所扮演的角色十分复杂。如果罗勇所说属实，那么她趁机教唆罗勇故意杀赵千峰，是故意杀人的教唆犯，应构成故意杀人罪。

罗勇看起来欲言又止，似乎在纠结要不要走到最后一步。

"你手上有刘洋的证据。"从罗勇的神态，魏成猜想他肯定留了一手，"是什么？"

被魏成的话点中，罗勇也不再纠结，片刻之后，他像是下了很大决心，回道："刘洋给我打电话的时候，我录音了……"

（十一）尾声

罗勇故意杀人未遂，被一分院以故意杀人罪名移送起诉。

刘洋涉嫌教唆罗勇故意杀害赵千峰，是故意杀人的教唆犯，公安机关对刘洋涉嫌故意杀人一案立案侦查。

刘洋教唆罗勇故意杀人，但是赵千峰把他和刘洋骗罗勇上门的计划告诉罗勇之后，罗勇原来由刘洋教唆的杀人犯意已经不存在，而是另起犯意要杀刘洋。罗勇故意杀人并不是基于刘洋的教唆，也就是被教唆的人没有犯被教唆的罪，刘洋属于教唆未遂。根据《中华人民共和国刑法》第二十九条第二款的规定，如果被教唆的人没有犯被教唆的罪的，对于教唆犯，可以从轻或者减轻处罚。

刘洋涉嫌故意杀人一案尚在进一步侦查中……

前女友死后，复仇计划才刚刚开始

她是给我设了局，要陷害我，但是她跟我说她的计划的时候，我已经六神无主了，我不敢相信我爱过的人心肠竟然这样恶毒。我没有说谎。她被刺伤后，我当时就蒙了。而且，张岚还说留下了那些线索。我当时听完，脑子一片空白，也被吓到了。等我反应过来的时候，她已经死了。

2022年8月13日下午，凌江酒店的702号房间发生了一起命案。被害人名叫张岚，28岁，是凌江大学政法学院的在读博士研究生。

警察赶到酒店现场时，发现了如下情况：

张岚半坐在酒店床上，下半身盖着白被子，被子上、地上有血迹；她的左手手腕有多次被锐器割伤的痕迹，但伤口经过了简单擦拭和清洗；被害人左边胸口插着一把水果刀，刀刃全部没入胸腔。

报案人名叫孟恒，是被害人的前男友，也是本案的嫌疑人——刚入职凌江大学不久的一名青年教师。两人在今年3月分手，之后一直拉拉扯扯，纠缠不清。

当天下午4点28分，孟恒在张岚之后来到酒店。下午5点56分，孟恒离开酒店，爬上了酒店旁边的凌江大桥。其间，他拨通了母亲的电话："妈，我杀人了……"

8月13日当天晚上，孟恒因涉嫌过失致人死亡被刑事拘留。

（一）审查

一般情况下，刑事拘留的期限是3天，案情重大复杂的不能超过7天，流窜作案、结伙作案等情形的不超过 30 天。

2022 年 8 月 17 日，孟恒因涉嫌过失致人死亡罪，由公安机关提请检察机关批准逮捕。

与审查起诉环节要求的案件事实清楚、证据确实充分不同，审查逮捕环节，只需要确定嫌疑人符合逮捕的三个条件即可：一，有证据证明有犯罪事实；二，可能判处有期徒刑以上刑罚；三，取保候审尚不足以防止发生社会危险性。公安、司法机关对于社会危险性的判断有一些具体的标准，例如嫌疑人可能犯新罪、逃跑或者自杀，可能毁灭证据，干扰证人作证或者串供，打击报复等。

公安机关提请批准逮捕时，会移送提请批准逮捕书、文书卷和证据卷等侦查案卷材料。提请批准逮捕书一般会载明犯罪嫌疑人的基本情况以及案发和到案经过，侦查机关认定的案件事实等内容；文书卷主要包括公安机关出具的相关法律文书，比如受案登记表、立案决定书等；证据卷则主要是涉案物品照片、监控截图、笔录等相关证据材料。

此时的事实调查和证据情况，以能证明达到逮捕的三个基本条件为准。

检察官接到案件后，第一时间会进行阅卷，了解案件的基本情况，之后会视具体情况采取远程提审或者到看守所提审的方式对嫌疑人进行讯问。毕竟在亲历性的审查中，检察官能够近距离地观察嫌疑人的语气、神态等，有助于对嫌疑人的情况作出精确的判断。在审查逮捕环节，受办案期限的限制，大部分案件提审一次就可以对嫌疑人是否需要逮捕作出判断，极个别案件不止一次。审查逮捕案件中，除了嫌疑人提出要求向检察人员当面陈述、侦查活动违法、嫌疑人认罪认罚，或者嫌疑人是未成年人、盲、聋、哑人，尚未完全丧失辨认或控制自己行为能力的精神病人等情况，讯问嫌疑人并不是必经环节。

魏成习惯每天下班后用半小时到一个小时的时间，大致浏览当天新来的案件情况，让案情和案件中的各种要素在脑海里沉淀一晚上。第二天上班后，他会带着思路、重点、疑问再次详细阅卷，以便更快地进入办案状态。因为脑子里不停地想着案子，年轻时刚单独办案的时候，魏成经常半夜惊醒，担心自己办的案件有什么疏漏。

对于案情简单的案件，魏成一般会采用远程视频提审；对于存在疑问的案件，他则会到看守所提审。

第二天魏成来上班，向前已经打扫干净办公室，桌上放着他刚看完的孟恒过失致人死亡案的案卷。

"魏老师，这个案子有点麻烦啊。"向前把案卷递给魏成说道，"案发现场是一个封闭的环境，房间里只有被害人和嫌疑人。嫌疑人究竟是过失还是故意，这谁说得清楚？"

向前说的没错，这起案件发生在封闭空间内，而且被害人已经死亡，很多情况都成了孟恒的一面之词。

相似情形常常见于强奸案中，同样是较为封闭的环境，真实情况只有被害人与嫌疑人清楚。在强奸案件中，被害人受到侵犯的是其性自主权，所以被害人是否自愿与嫌疑人发生关系对于是否构成强奸罪非常关键。在封闭环境中，被害人是否自愿很难证明，只能通过客观痕迹，结合嫌疑人的前后供述、被害人的陈述相互印证，再根据实际情况、常情常理进行综合判断。例如发生在宾馆、酒店的强奸案，除了被害人身上的伤痕等，被害人在办理入住时意识是否清醒、其与嫌疑人的互动状态、两人的关系、事发后被害人的态度和行为，往往都可以作为被害人究竟是被迫还是自愿发生关系的佐证。倘若被害人意识清楚，事发前后与嫌疑人举止亲密，也没有及时报警，这就很难说明两人发生关系时，嫌疑人存在强迫。

对于发生在封闭空间，并且被害人死亡的案件，案件承办人在办案时都会十分谨慎。

孟恒过失致人死亡案件中，按照魏成的办案经验，创口痕迹一般都能印证打斗经过，攻击性的创口和自伤的肯定不一样。两人抢刀，一般双方都会有割伤，除非力量对比悬殊。即使力量对比悬殊，误伤一般也是割伤，很少出现捅刺伤。就算形成捅刺伤，刺伤的状况也多是斜插，不会扎得太深。不排除存在巧合，但是巧合的概率毕竟太低了。而且，孟恒和张岚存在很复杂的感情纠葛，不能轻易排除孟恒的杀人动机。

（二）命案

魏成从公安机关报捕的案件材料中了解到，孟恒与张岚是同学，两人自学生时代相恋，直到2022年分手，感情已经持续了9年。2018年，两人硕士研究生毕业后，开始谈婚论嫁。张岚的父母都是凌江大学政法学院教授，而孟恒的父母是凌江附近县级市的个体户。因为双方家境悬殊，所以孟恒并不是张岚父母心中的最佳女婿人选。

张岚父母对两人结婚提了一些期望，比如按照他们对张岚的人生规划，他们希望张岚出国留学并定居国外，所以先是提出要孟恒与张岚一起出国留学，但孟恒以自己是家里独子以及经济原因为由拒绝了这个要求。之后张岚母亲又提出，希望孟恒能够在离他们家近的地方买房，但张岚家住在寸土寸金的市中心，孟恒家里就算倾尽家财也只能在偏郊区的靖江区买一套小户型房，所以这项提议也作罢了。再后来，张岚母亲又提出，既然不出国，那希望孟恒能够提高学历。这时，孟恒刚考上凌江市的公务员，端上了亲戚眼中的"铁饭碗"。但是因为接连回绝了前面两个要求，孟恒思考再三，做通了家里人的工作，2018年放弃了公务员岗位，考上了凌江大学的博士。

两人交往的这些年，在每一个问题上都没少吵架。几年折腾下来，孟恒早已心力交瘁，对两人的未来失去了信心，特别是临近博士毕业时，结婚和答辩的压力一度让他心情郁闷。在交往期间，两人都提过分手。不过，张岚大部分时候说的是气话，而孟恒认真的成分居多。2018年，两人就因为要不要出国、要不要在张岚家附近买房、孟恒要不要辞职的事情吵到要分手。2020年11月，同居的两人因为琐事争吵，张岚和他闹情绪，于是孟恒痛下决心，提出分手。已经谈婚论嫁的两人，却以分手告终，这对谁都是不小的打击。张岚不愿意放弃多年感情，找到孟恒希望复合。之后，两人又在一起了一段时间，但中间也多次吵架，闹过分手。

2022年3月，两人在商量婚礼的具体安排时，意见多有不合。张岚想要把婚礼办得独特些。孟恒因为还没有工作，加上房贷的压力比较大，以及要忙于毕业答辩，希望一切从简。两人又闹得不欢而散。张岚一气之下提出分手，本来只是想要吓一吓孟恒。谁知道孟恒这次铁了心，不仅拉黑了她，还删除了她的联系方式。

2022年6月，孟恒顺利毕业，在凌江大学法学院留任讲师。

2022年7月、8月期间，张岚三次到孟恒家找他，希望能够复合，但孟恒都没有给她开门。最后一次，张岚在门外崩溃大哭，惊动了邻居和小区物业。即使这样，孟恒也没有开门，而是打电话给张岚父母，让他们来把人接走。张岚父亲来接人时，话说得比较难听，这更加坚定了孟恒不能再与张岚有任何瓜葛的决心。

8月12日，孟恒回到家，发现门上用透明胶带贴着一张字条，张岚约他第二天下午 4 点 30 分到案发的酒店见面。

8 月 13 日下午 3 点 7 分，张岚提着一个白色购物袋进入酒店，购物袋与现场酒店房间里放的装零食和水果的袋子一样。4 点 28 分，孟恒来到酒店。4 点 30 分，张岚为他打开房门，孟恒进入房间。

据孟恒的供述，张岚为他开门寒暄两句之后，就直接问他能不能重新开始。孟恒没有回答，而是下意识地先关了房间门，此时是 4 点 35 分。

对于张岚复合的请求，孟恒没有同意。张岚情绪变得激动，抓起放在床上的包砸向孟恒，不依不饶要孟恒给她一个解释。孟恒不想再纠缠，转身要走。张岚突然拿起袋子里的水果刀，以死相逼。

情急之下，孟恒便给张岚父亲打电话，想让他把人接走。张岚为了阻止孟恒打电话，当真割腕。此时电话刚接通，孟恒见状，还来不及说话，吓得挂断电话把手机扔在了床上，去拦住张岚。孟恒见张岚浑身发抖，便将她扶到床上，并用一条毛巾按住了伤口。孟恒向张岚道歉，安抚她的情绪，并从她手里拿走了水果刀，将刀放在旁边的床头柜上。

之后，他们又僵持了一段时间。

其间张岚想喝水，孟恒起身去床对面的书桌上拿了一瓶矿泉水。他转身时，看见张岚拿着他的手机，说已经一个小时了，再次询问孟恒能否复合。

孟恒还是没有同意，只是沉默地把矿泉水递给张岚。张岚见孟恒这么绝情，便扔了手机，一把抓起孟恒放在床头柜的水果刀，再次以死相逼。孟恒赶忙跑过去阻止，两人在争夺水果刀的过程中，水果刀插入了张岚胸口。

孟恒顿时被吓住了，有近半个小时的时间处于失神的状态。

下午 5 点 56 分，孟恒在床上找到自己的手机，失魂落魄地走出房间。他给母亲打电话，说自己杀人了，之后来到酒店旁边的凌江大桥上。6 点 15 分，孟恒在母亲的劝说下放弃自杀并报警，之后在原地等待警察的到来。6点21分，民警赶到案发现场，发现张岚已经死亡。

从尸检的情况看，水果刀扎到张岚左肺，导致胸膜腔内出现积血和气体。张岚经过十到二十分钟的胸痛、呼吸困难，直至失血性休克，最后死亡。

因孟恒系高校青年教师，又与被害人曾是男女朋友关系，案件在凌江市引起了不小的轰动，网络上也流传出青年教师因为争风吃醋杀死前女友的谣言。

（三）孟恒

检察官在提审中，需要告知嫌疑人权利义务以及认罪认罚可能导致的法律后果，之后一般会让嫌疑人陈述案件的大概经过，再选取其中有疑问或者重要的问题进行提问。至于重点提问什么，不同的检察官见仁见智。

对于孟恒过失致人死亡案，两人抢刀经过、孟恒是否具有动机等问题，魏成都有困惑。

孟恒被看守所管教带到讯问室。他进门后，看看坐在对面的魏成和向前，随后微微低头，在椅子上坐下，表现得很顺从，甚至还有一丝畏惧。

"我们是凌江市靖江区人民检察院的工作人员，你因涉嫌过失致人死亡一案由凌江市公安局靖江分局提请审查批捕。今天，我们对你做一份笔录。根据有关规定，对于我们的提问，你应当如实回答。如果你如实供述，可以获得从宽处理，你听清楚了吗？"

隔着栏杆，孟恒神情呆滞，淡淡地点点头："听清楚了。"

讯问室里回荡着向前飞速敲击电脑键盘的声音。

"这是权利义务告知书，你看一下，如果不识字的话，可以向你宣读。"

"知道了。"

"你的基本情况?"

"我叫孟恒,33岁,是凌江大学法学院的讲师。"

"是否是人大代表或者政协委员、党员、公职人员?"

"不是。"

"有无影响羁押的严重疾病或者传染病、精神疾病?"

"没有。"

"是否申请回避?"

"不申请。"

"是否受过刑事处分?"

……

回答完程序性问题后,魏成开始进入正题。虽然孟恒的供述和辩解已经在魏成的脑子里留下了印象,但按照流程,他还是让孟恒把事情的经过再详细讲一下。

孟恒开始讲述案件的前因后果,他的讲述和他在公安机关所做笔录的内容基本一致。中途,魏成偶尔会打断并发问。

"你在公安侦查阶段的笔录说,2022年7月21日和24日,还有8月6日,张岚三次到你家堵门,你都避而不见,最后一次甚至因此惊动了物业。"

"嗯。"

"被害人到你家堵门的时候,你极力回避,那为什么这次愿意见面?"

"张岚在我家门上留了字条,说如果我去了,她保证这是最后一次联系我。我不想她再来打扰我,所以就去了。"

"没有任何原因,就突然想通了?"

"嗯……突然想去见一面。"孟恒舔了舔嘴唇，红了眼眶。

根据孟恒的供述，案发当天，他如约到张岚预订的酒店，看见张岚准备了零食、水果，看样子张岚还试图挽回他。

"张岚平时性格、脾气怎么样？"

"她心思单纯，脾气大，性格比较天真，但是报复心强，人也很聪明。"

"以前你们吵架的时候，她有过类似的过激行为吗？"

孟恒迷茫地摇头："以前吵架，她经常歇斯底里的，会摔东西，但是从来没有自杀或者自伤过。"

"以前你们吵架，有没有动过手？"

"没有。"

"案发当天张岚已经割腕一次，你明知道她想自杀，为什么还把刀放在她触手可及的位置？"

孟恒满脸懊悔："我也没有想那么多，顺手就放在床头了。而且，张岚不让我走，我也不敢动，害怕动作幅度太大会刺激到她。"

"你哪只手接的刀？"

孟恒大概比画了一下当时的动作："我当时侧坐在床上，张岚靠在我右边肩膀，我左手接了刀，顺手往旁边一放。"

"张岚哪只手拿的手机？"

"我记得是右手。"

魏成皱起了眉头。从孟恒手机上提取的张岚的指印和残缺的掌印，经鉴定属于左手。

"案发当天你进门后，张岚拿过几次你的手机？"

"就一次。"

"从你手机上提取到的张岚的指印和掌印都是左手的,这是怎么回事?还有,既然张岚是右手拿手机,为什么最后手机会在她左手边?"

孟恒想了想,说道:"那可能她用的左手吧,我也记不太清楚了。"

"她从哪里拿到你的手机的?"

"床上。"

"床上什么位置?"

"在床尾吧。当时我挂了电话,随手把手机扔在床上。从我坐的位置,手机在床尾靠右边的位置。"

"张岚用受伤的左手去拿位于右边床尾的手机?"魏成重复了一遍。

"应该是吧。"孟恒没有表示反对。

"张岚是哪只手拿的刀?"

"应该是左手。"

据孟恒的描述,张岚左手拿刀后,两只手握着水果刀要自杀。孟恒跑过去,两只手牢牢抓住张岚的手。张岚都往靠近自己的方向猛拉水果刀。因为孟恒侧身面对张岚坐在床边,力量减弱,加上惯性,孟恒倒在张岚身上,水果刀恰好斜插进张岚胸口。

"你的笔录里提到,你看见张岚想要自杀时,马上过去抢刀,后来你为什么会侧坐在床边?"魏成追问。

孟恒看见张岚要割腕时,必然是站立的。按照孟恒的描述,抢刀发生在一瞬间,他应该没有多余的时间坐下。

"我,我也不记得当时是怎么回事了,太突然了,我记得我是侧坐着。"

"你继续说。"

"因为我侧坐在床边,不是很能使得上劲。张岚突然用力,我跟着倒了过去,

055

刀就扎进了张岚的身体。我当时脑子一下就蒙了！"孟恒说这话的时候，浑身发抖，似乎回想起了当时的可怕情形，"我真的，脑子里一片空白……"

（四）逮捕

"水果刀是谁带的？"魏成接着问道。

"是张岚，她买了水果，还买了其他吃的……"

案卷材料中有凶器的照片。那是一把日本生产的收藏小刀，红色刀柄，刀尖约有40度，刀刃长度约有10厘米。案件材料显示，水果刀是孟恒几年前通过电商平台购买的，价格并不便宜。

"刀是我们恋爱时我送给张岚的礼物，她经常用那把刀削水果。"

"经常是指你们同居的时候？"

"嗯。"

"既然你说刀是张岚带来的，这么说，你们分手的时候，张岚把她的东西都带走了，包括这把水果刀。"

孟恒十分肯定地点头。

"案发当天张岚都带了什么水果？"

"我不知道……进门的时候，我瞥到电视柜旁边有个袋子，里面有水果和零食，但是没有看清楚是什么水果。我给她拿水的时候，问张岚吃不吃东西，她说不吃，所以我也没有去打开那个袋子。"

现场勘查的照片显示，张岚带的水果是西梅和葡萄，吃这两种水果根本用不上水果刀。既然如此，张岚为什么要带水果刀？张岚到酒店时，确实拎着袋子，但是监控录像看不清是否有水果刀。假设刀真是张岚带的，既然不是为了削水果，难道她已经打定了主意要用刀以死相逼？如果不是这样，那就是孟恒在说谎。

"张岚被刺后，你为什么没有立刻求救？"

"我……我当时太害怕了……等我回过神，我看她一动不动，我想她已经死了……"

"你想？你回过神的时候，到底有没有查看过张岚的情况？"

孟恒摇头："……没有。"

"为什么没有查看？"

"我太害怕了……"

"等你回过神之后，你做了什么？"

"我拿了手机，想给我妈打电话。"

"你从哪里拿到的手机？"

"我记得是在床上。"

"床上哪里？"

"张岚左手的床边上。"

"手机在离张岚这么近的位置，你拿手机的时候，就没有确认过张岚的生死？"

孟恒垂着头："我没敢仔细看她。"

"你当时为什么想自杀？"

孟恒沉默了很长一段时间，回道："我想张岚死了，我肯定会被怀疑杀了人，我的前途，甚至一切全毁了，我害怕，就想着不如也死了算了。"

"你都没有仔细查看过，怎么那么确信张岚已经死了？"

"我当时整个人都是蒙的，我也不知道为什么会这么想。"

"又一个不知道为什么，"魏成看看他，继续问道，"那你总知道你们为什么分手吧？"

孟恒皱了一下眉头："根本原因是性格不合以及双方家庭背景悬殊，直接原因是办婚礼的事情。"

"具体讲讲。"

"在很多细节上，我们都达不成一致意见。张岚有很多想法，比如：在婚礼前，她想办个订婚宴；婚纱照她希望去东南亚拍；婚礼仪式她看中了湖州那边风景区的一家古堡酒店。她提的这些要求，说实话，都和我的心理预期不同。当时我面临毕业和找工作，我的精力和金钱都达不到张岚的这些要求，我觉得有个简单的婚礼就行。我也知道这委屈她了，但是我确实也没有办法。所以，我才觉得她跟我在一起，从一开始就是错的。"

谈论其他问题时，孟恒惜字如金；谈到两人的感情纠葛，孟恒的话变得多起来。看得出，他被这段感情折磨得不浅。

"我跟张岚的问题已经不只是感情问题，是我们纠葛太深，各自的人生轨迹都已经因为对方不同程度地改写了。为了维持这段感情，我们都投入了太高的人生成本。我知道，她为了我放弃了出国，可是我也为了她辞职读博、榨干家里在靖江买房。张岚认为，我们复合就能填补各自的损失。但是我很清楚，我们只有及时止损，才不会让各自在泥潭里越陷越深。我们在一起是没有结果的，继续在一起，只会让双方的生活越来越糟。是我配不上她，我们本来就不应该在一起，我们在一起就是错的！"

"给过彩礼吗？"

"没有，家里为了给我在凌江买房，已经花光了积蓄，拿不出多少彩礼。张岚家对彩礼也没有要求，或者他们家在乎的也不是钱。"孟恒冷笑，自言自语道,"对,他们家并不在乎钱,他们在乎的是没有钱就无法实现的别的东西。就像他们不会告诉你,他们不想要一个穷女婿,他们只会说婚礼需要在五星级酒店,婚纱需要定制品牌,句句不提钱,句句都是钱。人家就是想让我知难而退,我也是傻,到现在才明白过来。"

"你手机的锁屏密码还是张岚的生日?"

"嗯。"孟恒说,"我一时也想不出别的密码,就懒得改了。"

"张岚知道你的手机密码没改吗?"

"我不知道她知不知道。"

"还有要补充说明的吗?"

"没有。"孟恒垂下头,"我也没想到事情怎么就成了这样……"

魏成扫了一眼旁边向前打好的笔录,问道:"今天讲的是否是事实?"

"是事实。"

孟恒缓缓地舒了一口气。

向前将笔录打印出来,孟恒确认后,在每页笔录上签字按手印。孟恒过失致人死亡案件,目前有证据证明有犯罪事实,可能判处有期徒刑以上刑罚。虽然孟恒主动报警后,并在现场等待警察到来,具有自首情节,但是因为他曾有轻生念头,属于社会危险性判断标准中企图自杀的情况,非采取逮捕措施不足以防止危险发生,所以综合全案因素,魏成的初步判断是可以捕,不过他还有一点疑问。

(五)疑点

在司法实践中,犯罪的证明和认定是一项非常严密、严谨的工作。构成犯罪需要具备法律规定的特定的客观要件和主观要件，传统和司法实践中采用四要件，即犯罪主体、犯罪主观方面、犯罪客体、犯罪客观方面。一个行为只有用证据证明其同时符合《刑法》关于四个要件的具体规定，才能认定构成某一罪名。而案件中的每一个要件是否符合具体的法律规定，也有严格的标准和证明要求。

人命关天，命案的办理更是如此。

收集证据材料是侦查机关的工作，审查证据材料是否达到证明标准，以及运用证据材料证明存在犯罪情况则是检察机关的职责。

过失致人死亡罪是指过失造成他人死亡的行为。从目前的案情看，孟恒过失致人死亡案的重点主要有两个：一个是刀到底怎么扎到张岚身上的，整个过程是故意还是过失；另一个是孟恒在张岚被刀刺中后，没有及时施救究竟有没有过失，或者是否存在间接故意，甚至直接故意的可能。

对于第一个问题，除了现场提取的证据，可能还需要借助侦查实验来判断。假设真实情况确实如孟恒所说，孟恒与张岚抢刀致使张岚被刀刺伤的"先行行为"导致张岚的生命处于危险状态，那么孟恒便负有了法律所规定的排除危险或者防止危害结果发生的特定义务。

孟恒具有排除危险的义务，却没有及时履行该义务，其主观心态上究竟是过失还是间接故意，甚至是直接故意，决定了孟恒究竟构成过失致人死亡还是故意杀人。过失和故意存在较大区别，在刑罚上差别也很大。过失致人死亡的最高刑期是七年，而故意杀人可以判处死刑，两者的严厉程度不可相提并论。

在刑法体系中，故意犯罪包括直接故意和间接故意。以本案为例，直接故意是孟恒知道张岚的死亡结果必然或者可能发生，并且希望结果发生，换句话说，就是孟恒知道不救张岚，张岚大概率会死，孟恒主观上希望张岚死；间接故意则是孟恒知道张岚死亡结果可能发生，但是他既不积极追求张岚死亡结果发生，同时也不设法避免张岚的死亡结果发生，换句话说，就是孟恒知道不救张岚，张岚可能会死，但是孟恒在主观上对张岚是死是活保持一种无所谓的心态。

过失包括过于自信的过失和疏忽大意的过失。如果孟恒是过于自信的过失，即孟恒预见到自己的行为可能会导致张岚的死亡，但是他轻信能够避免，以致发生了张岚死亡的结果；疏忽大意的过失则是指孟恒应当预见自己的行为可能发生危害的结果，但是因为疏忽大意没有预见，以致发生了张岚死亡的结果。

判断究竟是故意还是过失，都需要有相应的证据予以证明。

如果孟恒既不存在故意，也不存在过失，那张岚的死只能被认为是意外事件。孟恒辩护律师的意见认为，本案是意外，孟恒不构成犯罪。而张岚的父母则认为孟恒在说谎，他就是故意杀人。

目前从孟恒供述的情况看，很大可能是存在过失的，至于是否存在故意，还需要进一步侦查。

从看守所开车回检察院的路上，向前一边开车一边说道："一个大老爷们儿，我看他得有一米八。张岚一米六，一百斤不到。即便是侧坐，孟恒怎么可能会抢不过一个女人呢？而且，张岚的手腕还被割伤了，难道孟恒抢不过受伤的张岚？"

魏成赞同向前的观点。不过，世事无绝对，张岚当时处于失去理智的状态，很难说两人究竟谁的力气更大。

"魏老师，我还有几个问题，您听听，看我想得对不对。"向前说，"除了刚才说的,我觉得还有几个疑点。有的疑点,刚才提审孟恒的时候,您已经问过了。第一,孟恒与张岚交往多年,他也知道张岚很情绪化,在张岚第一次割腕之后,他对张岚可能再次自杀应该有所预见,但是他却把刀放在张岚伸手可及的位置,这符合常理吗?第二,从张岚被刺到孟恒离开酒店房间,接近半个小时。按照孟恒的供述,这半个小时他都处于惊恐失神状态,这又符合常理吗?第三,孟恒给自己母亲打电话时,说他杀人了。孟恒也是法律人,他应该对杀人的概念很清楚,不会不知道他'杀了张岚'和'张岚死了'的区别。还有,对于张岚的死,如果他真的是清白的,为什么要跑去自杀?刚才孟恒自己的解释也很模糊,那些很重要的细节,都被他含糊带过了,有避重就轻的嫌疑。第四,孟恒说刀是张岚自己带去的,可是张岚带的水果根本就用不着水果刀,那么刀究竟是不是张岚自己带去的?如果张岚不是为了削水果,难道打一开始就是为了用刀以死逼迫孟恒复合?"

"第二点从法律上说站不住脚。面对当时的情况,正常人需要多长时间反应?法律不能要求孟恒不陷入惊慌失措的状态,毕竟每个人对惊吓的反应不同。"

"说的也是。"

"你说的其他问题我都赞同。另外,第五,案发时,孟恒为什么会从站立到侧坐在床边?当时的情况,是否允许他坐下?第六,孟恒的话里有不少互相矛盾的细节,为什么会出现这些细节?比如,张岚究竟是哪只手拿的手机?从现场的痕迹看,张岚是左手拿的手机,也是左手抢的刀。但张岚的左手当时已经受伤了,一般情况下会这么频繁使用受伤的手吗?"

（六）实验

孟恒过失致人死亡案由凌江市公安局靖江分局刑侦支队李毅警官承办。经过侦查，现场痕迹基本与孟恒供述的情况相符。床前和电视柜之间的地毯上，有滴落的张岚的血迹，这与孟恒供述张岚第一次割腕的情况相吻合。侦查人员从刀上提取到了张岚和孟恒的指印。从床头柜上提取到的张岚左手食指和中指的血指印，应该是张岚从床头柜上拿水果刀时留下的。正是因为这两枚血指印证实水果刀是张岚自己拿的，所以才印证了孟恒所说的张岚第二次拿刀自杀的说辞。

孟恒与张岚在争抢水果刀时，张岚是怎样被刺中心脏是本案的关键之一。为了查明案情，李毅组织对孟恒供述的最为关键的两人抢夺水果刀的情况进行侦查实验。

侦查实验的目的是确定在一定条件下、一定时间内，能否听到、看到、完成某种行为、发生某种现象等，或者确定某种事件是怎样发生的。所以，侦查实验一般在案发地点进行，时间、空间等各项条件也需要尽量与案件发生时的条件基本相同。

本次侦查实验邀请了魏成和向前前来参与。

此次侦查实验的目的是想要验证，以孟恒描述的两人当时所处的位置和状态，以怎样的持刀姿势可以用同样的角度刺入被害人身上伤口的位置，形成同样的伤口情况。

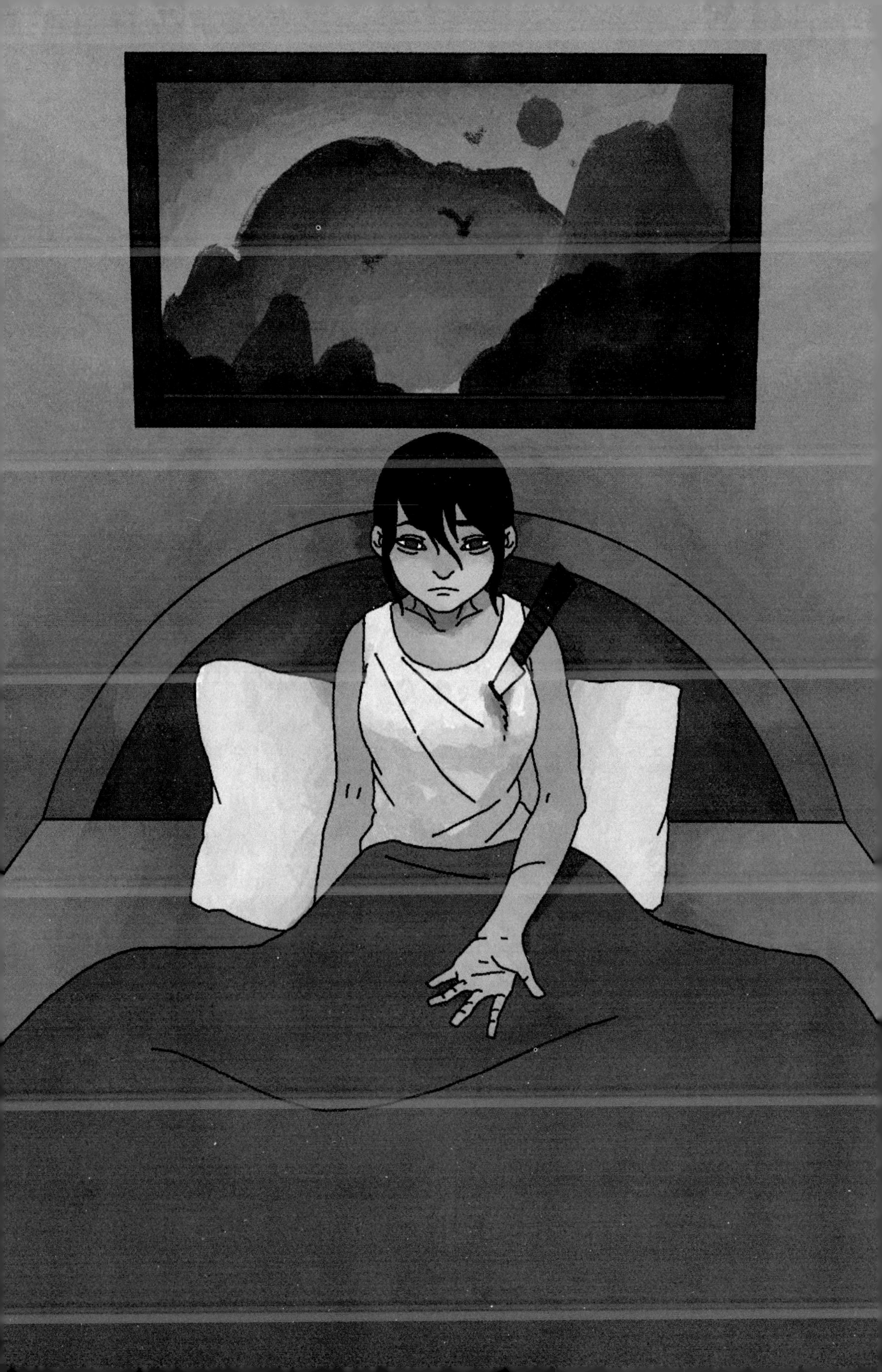

实验中，由体型与孟恒和张岚相似的男女警员分别扮演两人，还原两人抢夺水果刀的过程。因为侦查实验禁止一切足以造成危险、侮辱人格或者有伤风化的行为，所以参与实验的警员都穿戴了防护装备，实验用刀也是橡胶制品。

在前两次实验里，男警员都非常轻松地将刀具抢了过来，并没有出现孟恒所说的那种情况。

"会不会是孟恒在说谎？"向前说。

李毅摇头："未必。现在是橡胶刀，如果是真的水果刀拿在手里，张岚当时情绪失控，不管不顾，孟恒肯定会有所顾忌。"

"这位警官知道自己在力量上占据优势，如果是真的刀，肯定会担心伤着同事。"魏成分析道，"孟恒也是如此，他知道自己力气比张岚大得多。再加上张岚手腕有伤，所以孟恒发力的方向不在于把刀抢过来，可能在于怎样控制水果刀。"

男警员也点头。

两人在抢刀时，不管是拉还是推，因为有惯性，不会比把水果刀控制住所需要用的力道大。孟恒的力气都用在控制刀上，但张岚则不一样。按照孟恒的说法，张岚当时已经失去理智，一心求死，只想把刀往自己的方向拉。

调整发力方向后，实验中的两人陷入了僵持。进一步模拟刺伤发生的瞬间，水果刀刺在防护装备上的角度也与张岚胸前的位置相似。侦查实验验证了孟恒供述情况的可能性。

孟恒与张岚抢刀刺伤后者的先行行为，导致其对张岚负有救助的作为义务。而且，根据法医的检验结果，张岚被捅伤后，并没有立即死亡。如果当时及时送医，张岚有可能被抢救过来。如果张岚命丧当场，孟恒即使马上送其到医院也抢救不过来，也就是没有救助的可能性。那么，孟恒也就无所谓过失，毕竟法律不强人所难。

现在的客观情况是，孟恒有作为的可能性和义务，但是他没有作为，这是孟恒构成犯罪的前提。第二个问题随之而来，孟恒没有作为，也就是没有及时救助，究竟是出于故意还是过失，这是后续侦查活动的重点。

在大家准备结束本次侦查实验时，陷入沉思的魏成这时建议从孟恒和张岚抢刀前开始再还原一次，即还原包括孟恒走到床前的柜边拿水，张岚拿孟恒的手机看时间，之后扔下手机再去拿刀，孟恒上前抢刀的过程。

"我用左手拿手机吗？"女警员问，"这样好别扭，用右手会方便很多。"

"按照孟恒的说法，张岚的手机最后放在左手边的床边，从手机上提取到的也是张岚左手的指印和掌印，应该是左手。"李毅说。

男警员起身后，女警员就从床上拿了手机，还原当时的情形，她的动作不是十分流畅。当男警员转身时，她还没有完成打开手机屏幕的动作。对于这个延迟，大家此时还没有特别在意。当她抓起刀想要自杀时，男警员箭步冲上前，紧张地将刀抢过来，根本没有时间面对女警员侧坐在床边。而且，因为是弯腰站立，所以也不存在使不上力的问题，力道比侧坐大许多。

两人又重复了一次，仍然是这个情况。

"这怎么解释？"向前说道，"刚才实验确实证实了，以侧坐的姿势会造成与张岚同样的伤势。"

这样的结果和魏成想要验证的一样。

"说明刺伤发生时，孟恒虽然确实侧坐着跟张岚抢刀，但是张岚并不是在孟恒站着的时候拿刀自杀。在孟恒坐下前，也就是在他们抢刀之前，他和张岚之间可能还发生过什么。这段细节被孟恒刻意隐瞒了。"魏成补充道，"而且，刚才这位男警官转身的时候，女警官也还没来得及打开手机屏幕。这说明案件中有段时间被孟恒有意掐掉了。"

"还有什么细节比两个人抢刀更重要？"李毅困惑道，"既然孟恒已经承认了刺伤时的情况，那还有什么是值得特别隐瞒的呢？"

关于这个问题，众人此时也拿不出答案。要解开案件的谜团，可能还需要进一步的侦查。

侦查实验结束，虽然验证了孟恒供述情况的真实性，但是大家心里都不轻松。随后，李毅送魏成和向前到酒店门口。

"现在看来，孟恒有所隐瞒是肯定的了，他确实很可疑。"李毅说道，"这小子，高低是个博士，脑子好，心眼多，不老实。他得惊慌失措到什么地步，以至于将近半个小时的时间里，不仅没有拨打急救电话，甚至竟然没有上前查看过张岚的生死？而且，他的手机就在张岚的左手边。他拿了手机，但是没有查看张岚的情况，这很反常。"

"不过，如果孟恒故意狡辩，想要脱罪，为什么不干脆说自己查看过张岚的情况，张岚已当场死亡？"向前说，"这样，他就谈不上有没有及时救助的问题，因为已经没有救助的可能了。作为一个法律人，孟恒很大可能知道尸检只能确定大概的时间，不可能精确到几分几秒。"

"正因为孟恒知道尸检不能精确到几分几秒，却能判断被害人是不是当场死亡，所以才不能那么说。"

"魏老师，您这是什么意思？"

魏成解释道："如果孟恒说自己查看过，张岚当场死亡或者他所说的时间太短，那么他的谎言立刻会被揭穿。如果他所说的查看的时间距离张岚被捅伤的时间点太长，而又短于他离开的时间，那在这剩下的时间里，他为什么不报警？这样反而证实了自己有问题，所以他索性说没有查看过。"

魏成说完又补充道："不过，这个说法有一个前提条件，就是孟恒知道张岚是什么时候死的。事发后，他也查看过张岚的情况。"

"你的这个假设比较合理。"李毅长叹了一口气，"这案子背后肯定还有隐情。只是因为张岚纠缠，孟恒就狠心眼睁睁地看着她死？这说不过去啊。还有，孟恒在坐下前，两人之间究竟发生过什么。"

一般来说，案件的细节都是相互印证、还原事实的，因此细节的指向一般比较一致。但是这起案件的许多细节却似乎互相矛盾，而且指向了相反的方向，这说明这起案件中很可能有人在撒谎，而且还存在伪造证据的可能。

凡犯罪必然会留下痕迹，只是办案人员能不能及时发现并提取这些痕迹而已。这么多年，魏成一直秉承这样的信念。孟恒过失致人死亡的案件中，痕迹过多且相互矛盾，似乎隐隐在挑衅这样的信念。

结合案件的情况，魏成批准了对孟恒的逮捕。公安机关继续对案件进行侦查。

（七）动机

侦查实验验证了孟恒与张岚抢刀过程中误刺张岚的可能性，接下来的侦查重点转为孟恒对张岚的死究竟是故意还是过失。

张岚已经死亡，要弄清楚这个问题，只能从现场的一些细节，以及孟恒与张岚两人的感情状况等角度着手。例如，倘若侦查发现张岚与孟恒之间除了情感纠纷，还有利益纠纷，或者其他纠纷，因爱生恨，那孟恒就很难将自己的行为解释得那么无辜了。

魏成在批捕时对后续侦查活动提了几点建议。一是对案件里一些矛盾的细节进行核查。比如，孟恒一开始说张岚右手拿手机，但是手机上张岚的指印和掌印都属于左手。现场证据显示，张岚一直在使用受伤的左手，为什么？又比如，孟恒坐下与张岚抢刀前，究竟发生了什么。二是建议对水果刀的情况重点侦查。三是建议对张岚和孟恒两人的情感状况以及张岚家人对两个年轻人的情感纠纷的态度进行深入走访。四是对张岚平时的性格和行为特点与孟恒的供述做一个核实。

关于两人的感情状况，孟恒的供述得到了其亲友以及张岚亲友的证实。他们从大学开始恋爱长跑，2018 年之前虽然有时候也闹分手，但是没有后来那么严重。

张岚的亲友提供了张岚的情况。和孟恒分手之后，张岚的情绪和状态非常不好。张岚比孟恒晚一年考上凌江大学的博士，核心期刊的论文发表也不顺利，影响了博士毕业，导致她一度抑郁。与孟恒的情感羁绊，可能成了她唯一的救命稻草。或许正因为这样，张岚才以死相逼，希望能与孟恒复合。

同时，李毅也了解到一些新的情况。关于两人分手的原因，孟恒始终说是性格不合和家境悬殊，却从没有提及在与张岚分分合合的时间里，他与博士同学高倩文还保持着暧昧的关系。

孟恒与高倩文是同届博士生，只是高倩文的博士论文没有完成，因此迟迟没有毕业。李毅甚至查到了一条孟恒与高倩文于 2020 年 11 月在酒店的开房记录。从 2022 年起，高倩文经常出入孟恒所在的小区，看样子她和孟恒的关系不一般。孟恒与张岚分手或许真的是因为性格不合，但是孟恒另有新欢也是两人未能一直走下去的重要因素。孟恒会不会因为另有新欢，为了摆脱张岚而杀人？

李毅循着高倩文这条线了解到，她确实在和孟恒交往，目前两人已经同居。高倩文见过张岚的照片。而且，在她和孟恒同居后没多久，也就是 6 月底，她还经常在学校图书馆阅览室见到张岚。她当时还觉得很尴尬，不过 6 月底之后，她就再没有在图书馆见过张岚，不知道这是不是巧合。

不仅如此，案发当天的下午 5 点 36 分，孟恒的手机给高倩文拨过一次电话，时间非常短，拨通后就挂掉了，而且这条通话记录也被人删掉。这一线索就像一块遗失的拼图，解释了孟恒为什么会从站立变成侧坐。

李毅猜想，张岚在被孟恒拒绝复合后，没有马上拿刀自杀。在这之前，她很有可能还给高倩文打过电话。

高倩文对孟恒的这通电话有印象，她还没来得及接，电话那头就挂断了。她之后拨回去，但是被对方挂断。她当时也没有多想，后来才知道孟恒出事了。蹊跷的是，高倩文回拨给孟恒手机的这通电话记录也被人删掉了。李毅赶紧固定了这两条证据。

除此之外，李毅还在走访中从孟恒同办公室的老师钟亮那里了解到孟恒入职后的一些情况。钟亮是孟恒上一届留校任职的师兄，也是张岚和孟恒的共同好友，平时对孟恒比较照顾。据钟亮所说，孟恒入职后在学院的岗位安排不是很顺利。本来学院院长有意让孟恒任学院办公室主任，并且已经与孟恒做过一次沟通。但是不知为何，后来院长不再提起这件事。事后才知，办公室主任已另有人选。除了这件事，孟恒入职以来在课题申报和课程安排上也屡屡不顺。孟恒曾向钟亮说起此事，怀疑有人在背后搞他。孟恒怀疑，可能是因为他和张岚的事得罪了张岚的父亲，张父利用自己在高校的人脉，暗地里给他使绊子。钟亮问他有没有证据，孟恒拿不出。钟亮当时还安慰孟恒不要多想。

关于涉案的水果刀，孟恒称是张岚带到现场的，但李毅和同事在对张岚的闺密邹乐乐的走访中了解到，张岚在邹乐乐的陪同下整理了孟恒送给她的礼物，并一起打包还给了孟恒。邹乐乐记得很清楚，那些礼物里面就有那把水果刀。

李毅追问，张岚当时是否提及过孟恒劈腿的事情。对此，邹乐乐提供了重要线索。邹乐乐与张、孟二人也是同学，她研究生毕业后没有读博。邹乐乐见证了两人从恋爱到分手的全过程。孟恒与高倩文交往的事，是她回学校看望导师时偶然碰见的。邹乐乐立刻将此事告诉了张岚，这才有了后来张岚退还孟恒送的礼物的事。

"退还礼物是什么时候？"李毅问。

邹乐乐只记得是6月份。幸运的是，她还留着和张岚的聊天记录。记录显示，6月18日这天大早上，邹乐乐在学校看见高倩文从孟恒车上下来，两人举止亲密。随后，她从共同好友钟亮那里知道了孟恒与高倩文同居的事。邹乐乐答应钟亮不能说是从他这里知道的。随后，邹乐乐把孟恒与高倩文交往并已经同居的消息告诉了张岚。钟亮当时还提供了一条消息，孟恒的手机锁屏密码还是张岚的生日，因此八卦了一下，认为孟恒心里还是有张岚的。

张岚听到这个消息后，情绪瞬间崩溃。她当时哭着追问邹乐乐，是不是自己太过分了。如果自己现在去找孟恒，孟恒会不会回心转意。邹乐乐赶忙劝她，不要再自欺欺人。

张岚仍不死心，她和邹乐乐一起收拾了家里孟恒送她的礼物。第二天上午，也就是6月19日，两人把打包好的礼物全部快递给了孟恒，想要刺激孟恒主动联系她。因为张岚每将一件礼物放回纸箱前，都和邹乐乐叙述了礼物的来历，所以邹乐乐记得很清楚，其中就有那把水果刀。

孟恒不仅隐瞒了凶器以及同高倩文恋爱等关键信息，而且对案发当时打电话给高倩文的事只字不提，再加上他怀疑自己被张岚父亲穿小鞋，说明他已具有作案动机，他的嫌疑越来越大。

孟恒对警察和检察人员隐瞒的那段时间,很可能就是他的手机拨打高倩文电话的时间。

(八)杀人

带着新的线索,李毅提审孟恒。

孟恒承认了自己和高倩文的关系,却说并不知道张岚已经知道高倩文的事,对水果刀的事解释得也十分含糊。

"我和小文接触是因为2020年11月那次和张岚闹分手。当天晚上导师请吃饭,小文也在。我当时喝多了,我们就在一起了。后来我们聊得投机,但是我们确定恋爱关系是在我和张岚彻底分手之后,我并没有做什么对不起张岚的事情。"孟恒解释道,"就算没有小文,我和张岚还是会分手。"

"你和高倩文是什么时候交往,什么时候同居的?"

"11月的那次之后,我和小文回到了朋友关系。我们正式确定关系是在2022年3月份,当时我已经跟张岚分手,同居是当年6月初。"

"张岚知道你和高倩文的关系吗?"李毅问。

孟恒摇头:"她不知道。"

"你确定她不知道,还只是你认为她不知道?"

孟恒被李毅问得愣住了:"我觉得她不知道,如果她知道,为什么还要跟我复合呢?而且按照她的性格,她肯定会不依不饶地追问我,但是她并没有追问过我小文的事。"

"你确定张岚没有追问过你和高倩文的事?"

孟恒十分笃定地点头,回道:"没有问过。"

"按照你的说法,从张岚第二次求复合到她拿刀自杀前,你们之间发生过什么?"

孟恒笃定的脸上显出一丝慌乱,但是他仍然坚持说:"没有什么。"

"那这样,你把张岚让你去拿水,之后你们俩抢刀的经过再说一遍。"

"她说她想喝水,我去给她拿水,还问她要不要吃点零食,或者水果。张岚说不吃。我回头看到她拿着我的手机,说快五点半了,希望我再考虑下。我没有回她,准备过去把水递给她。张岚明白了我的意思,放下手机,就去拿刀。我怕她再来一次割腕,赶忙去把刀抢过来。"

"停。你4点30分进酒店房间,张岚说快一个小时的时候,应该是5点30分左右。5点36分,有一通用你的手机拨给高倩文的电话,是怎么回事?"

孟恒看起来很惊讶:"打电话?我没有给高倩文打过电话!"

"当然不是你打的电话,手机当时在张岚手上。既然她根本不知道高倩文的存在,那她为什么要给高倩文打电话?"

"我根本不晓得这通电话的事!"孟恒语气强烈,同时有些底气不足地说道,"会不会是张岚不小心碰到的,而且我近期也给高倩文打过电话,张岚拿我手机的时候很可能会误拨。"

"既然是不小心碰到,那这条通话记录为什么要删除?"

"我没注意到,不太清楚……"孟恒含糊其词道。

李毅看得出孟恒在隐瞒什么。

"这么说,通话记录也不是你删除的了?"

"我没有删过通话记录。"

"高倩文在电话挂断之后,回拨了你的电话。电话又被人挂断,而且这通电话的记录也被人删掉了,你知道是怎么回事吗?"

073

"不是我，我真不知道小文当时打过电话。"

"你的手机没有铃声吗？"

"我手机平时都是开的静音。"

"你也没有看到张岚拨打电话或者挂断电话的动作，对吧？"

孟恒点头："我没有看到。"

"你的手机拨打高倩文电话的时间是5点36分，高倩文在5点37分回拨。所以，张岚在手受伤的情况下，误触了手机拨打了高倩文电话，一分钟后又误挂断高倩文的电话，之后还把两次记录都删掉，她够忙的。这么多动作，你就都没看见？而且，都是在刺伤发生前的时间段。你自己听听，像话吗？"

孟恒低下头，默不作声。

"你们当时有没有因为高倩文发生争执？"李毅继续问。

"没有！"孟恒气恼道，"我都不知道张岚已经知道了高倩文，我为什么要说谎呢？"

"那你为什么一开始要隐瞒和高倩文交往的事？"

"我跟谁交往和这个案子也没有关系啊！"

"高倩文的存在足以提供杀人动机。"李毅冷冷地说。

"这只是你们的推测，有什么证据吗？"

"你别急，会给你证据。"李毅继续问道，"我问你，张岚哪只手拿的手机？"

孟恒平复了一下情绪，回道："我记得是右手。"

"从你手机上提取的张岚的指印和掌印都是左手的，你手机也是从张岚左手的床边拿到的，你怎么解释？"

"这个之前检察院的人也问过了，我记错了。"

"张岚左手要打电话、挂电话、删通话记录，还要去拿刀，她左手够忙的。"

孟恒选择了沉默。

李毅接着向他展示了张岚寄快递的单号信息，说道："6月19日，张岚和邹乐乐把你和张岚交往期间，你送给张岚的礼物都寄回给你了，有这回事吗？"

孟恒点头承认。

"里面的东西你看过吗？"

孟恒的脸色有些发白，没有立刻回答。

"看过吗？"李毅又问了一次。

"我没有仔细看。"

"那就是看过。"

孟恒默不作声。

"里面都有什么？"

"是我送给张岚的一些礼物，我没有仔细看。"孟恒又强调了一遍。

"案发现场的水果刀是你送给张岚的吧，没在里面？"

孟恒再次沉默。

"邹乐乐清楚记得，她和张岚整理礼物的时候，把水果刀一起寄给你了。既然水果刀在你手上，你又没有见过张岚，她怎么把水果刀带去了现场？"

孟恒听李毅这么说，一下子急了："不是！水果刀真的不是我带去的！张岚是把礼物寄给我了，但是我也没注意水果刀的事情。"

"你没注意？"李毅反问，他向高倩文了解情况时，高倩文的说法与孟恒的不同，"为什么高倩文说在你家见过这把水果刀？"

李毅从邹乐乐那里得知张岚退还礼物的事情后，便找到高倩文进行了核实。

高倩文对孟恒收到一箱子东西的事情有印象。那箱礼物孟恒没有扔，被他放在卧室的衣柜顶上。为这事她心里还有些不舒服，出于好奇，后来她开箱看过，见过那把刀。

面对高倩文的证言，孟恒只能换了说辞："张岚确实把礼物，包括那把水果刀还给我了，但是我也不知道为什么刀会在张岚手里。"

"就算你不知道水果刀为什么会到张岚手里，那之前你为什么对水果刀的事情只字不提？"李毅质问，"还一口咬定水果刀是张岚带去现场的？"

"我……我也是后来才认出水果刀是我送给张岚的那把，我不知道为什么它会在张岚手里。如果我说张岚把水果刀还给我了，那我不是跳进黄河都洗不清了吗？水果刀真的不是我带的。"

"你觉得你现在这么说，还有说服力吗？"

孟恒无言以对，过了片刻才说："李警官，事情真的不是你想的那样。"

"我想的哪样？"

孟恒沉默了，一副欲言又止的样子。

李毅继续问道："你怀疑张岚的父亲利用人脉，让学院领导给你穿小鞋是怎么回事？"

"我那就是瞎说的。我当时觉得自己运气很不好，在办公室抱怨的时候随口说的。李警官，你们一定要相信我，我当时就是发发牢骚。你们不会因为这样就真的认为张岚是我杀的吧？"孟恒满脸惊惧地说道。

虽然没有直接证据证明水果刀是孟恒带去现场的，但是有证据证明案发前，水果刀在孟恒的控制下。孟恒还在这个关键问题上撒了谎。现有证据情况表明，张岚对高倩文的存在知情。在这种情况下，张岚是否还会愿意复合？如果张岚根本不愿意复合，那孟恒所谓的以死相逼要求复合的说法就站不住脚。如果张岚并没有在求复合，那么她约见孟恒很可能是去兴师问罪的。不过，她以兴师问罪的名义留纸条，孟恒必然不会去。因此，她表面留下希望复合的纸条，但其实是去兴师问罪。如果是这样，那么一切也就说得通了。

在张岚被刺伤前的时间段内，孟恒手机打给高倩文的电话记录，以及高倩文随后回拨的通话记录，都被人删除了。现在看来，当时现场的情况未必就像孟恒说的那样，两人更有可能因为高倩文而爆发争吵，甚至发展到有肢体冲突的地步。孟恒很可能就是在这个冲突过程中伤害了张岚。

正因为如此，孟恒才清楚地知道自己"杀了人"，随后想要自杀。又或者他耽误的那段时间，都是在想以怎样的说辞来应对接下来的警方调查。而他之所以不施救，是怕张岚醒来之后将现场真实的情况说出来。如果真是这样，那么孟恒就是故意杀人，而非过失致人死亡。

从张岚在酒店频繁使用左手这一点能看出孟恒有猫腻，这中间或许有伪造的证据。为了验证这个猜想，李毅认为有必要再做一次侦查实验。

（九）血指印

第一次侦查实验是为了验证刺伤如何发生，第二次侦查实验主要是验证刺伤发生前张岚的行为轨迹，找出其中刻意伪造的痕迹。

张岚当时要用左手去拿位于右边床尾的孟恒的手机，然后打开看时间。如果孟恒说的是真话，不知道张岚打过电话，那么张岚还要在孟恒不注意的时间里拨打高倩文的电话，之后再删除通话记录。然后在挂断高倩文回拨电话之后，把这条记录也删除。之后，张岚左手放下手机，去拿放在左边床头柜的水果刀自杀。

张岚的整个动作过程显得非常不顺。第一次实验也证明，在孟恒起身到拿水的一分钟不到的时间里，受伤的张岚无法完成这一系列的动作。也就是说，孟恒在说谎。张岚拨打电话时，孟恒应该也早已经转身。这段时间恰好足够孟恒坐到床边。

此外，如果张岚拿刀时，孟恒坐在床边，而且张岚此时左手还拿着手机，她是否真的能当着孟恒的面，抢先一步抢到水果刀？

实验证明，在这样的情况下，张岚抢先一步抢到水果刀比较困难。在对这一情况进行验证的过程中，李毅发现了一个新的疑点——现场的血指印有问题。

张岚第一次割腕之后，左手受伤，伤口一直有血流出，手上有血，所以床头柜才会留下她左手的血指印，这是之前现场勘查的结论。因为确认是张岚自己取刀，可以与孟恒说的张岚想要自杀的说辞相印证，以此确定两人抢刀过程中张岚被刺伤的基本事实。

但是在实验中，李毅却从两枚左手血指印上发现了端倪。

从张岚的角度看，放刀的床头柜在床的左边。孟恒从张岚手里拿过刀之后，将刀放在了床头柜上。刀柄靠近床的位置，刀尖朝外对着窗户。

现场左手指印的指尖是朝向床头柜后面的墙壁的。如果是坐在床上的张岚左手去拿刀，直接伸手够刀柄，在床头柜上留下的指印应该是指尖朝向床尾，或者是朝向床尾偏左边窗户的方向，但是现在血指印的指尖却是朝向床头偏窗户的方向，也就是和现在相反的方向。这说明血指印并不是张岚去够刀柄的时候留下的，而更有可能是在她受伤，甚至是已经死亡之后，有人握着她的手故意在床头柜上留下的痕迹。因为此时张岚躺在床上，指尖活动的范围和方向受到限制，只能留下指尖朝向床头的指印；也有可能是孟恒当时并没有仔细考虑张岚和刀柄的相对位置，所以才留下了不符合张岚去拿刀的运动轨迹的痕迹。那两枚血指印很有可能是伪造的。

079

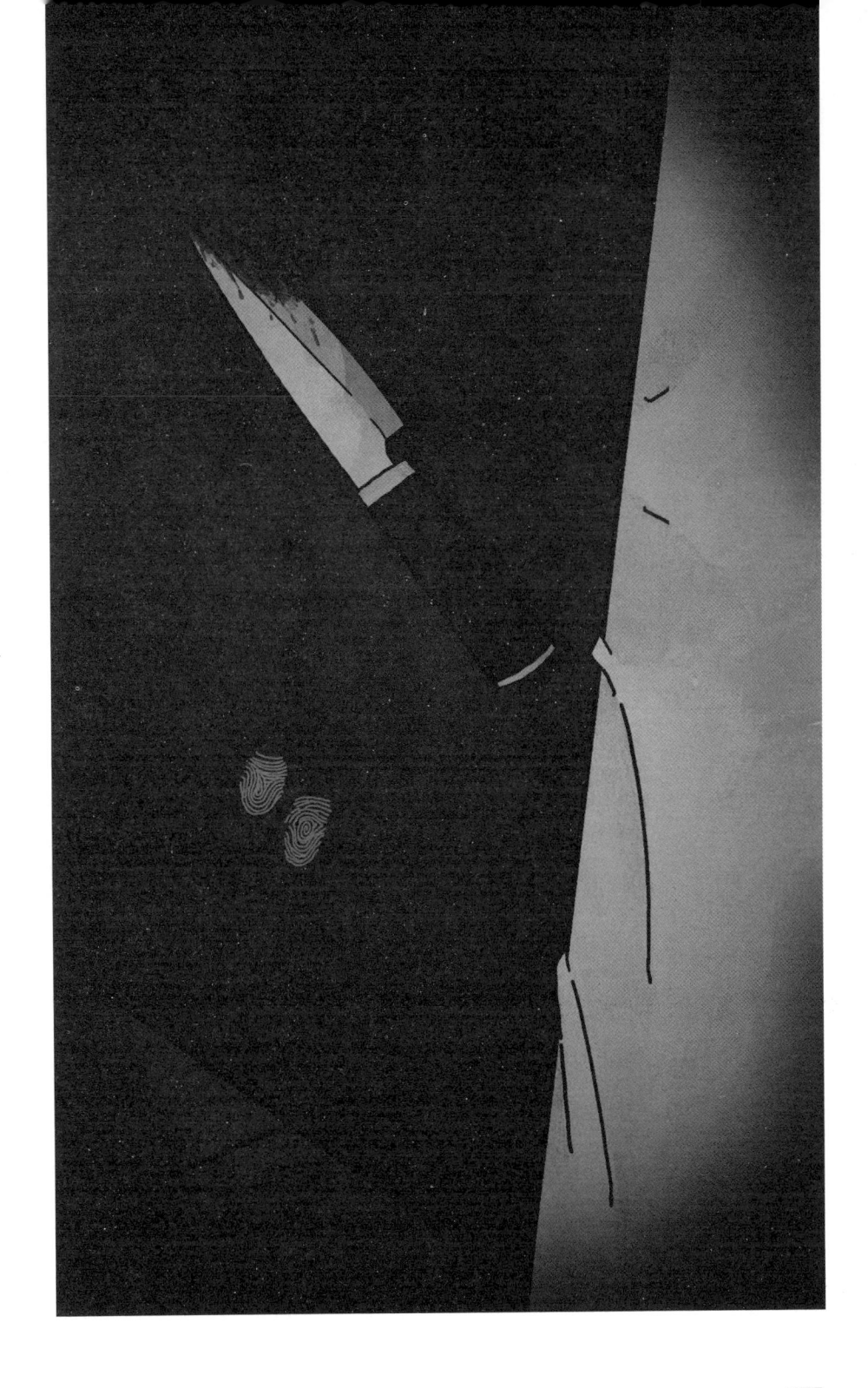

张岚很可能只拿了孟恒的手机，当着孟恒的面拨打了高倩文的电话，之后又掐断了电话。

结合以上种种细节，与孟恒供述的另一个完全不同的事实摆在了侦查人员面前。孟恒认为自己因为和张岚分手的事情，被张岚父母报复，所以在工作上诸事不顺。孟恒早就对张岚心怀怨恨，恰好这时张岚以复合的名义约见，所以他一反常态，携带水果刀欣然赴约。随后两人爆发争吵，甚至是肢体冲突，导致张岚第一次受伤，中途两人关系可能缓和，所以孟恒将其扶到床上休息。高倩文是孟恒的现任女友，张岚和孟恒在争吵中不免会提到高倩文。张岚给高倩文打电话对质，孟恒不愿意，电话很快挂断，两人也因此争吵升级。此时张岚左手拿着孟恒的手机，真正有机会拿刀的人是孟恒。孟恒在拿刀后伤害了张岚。如果张岚被救醒，必然会将孟恒试图加害她的事说出来。所以，孟恒选择了袖手旁观，并且删除了与高倩文的通话记录，将现场发生的一切描述成：张岚试图以死相逼，而他因为被吓住，所以没能及时救助，最终导致张岚死亡悲剧的发生。

案件凶器属于孟恒，床头血迹存在伪造的可能，孟恒对这些关键问题又含糊其词，现场种种证据和迹象表明，孟恒具有杀人嫌疑。尽管此时种种证据都指向孟恒，但是他仍然坚持自己的说辞，不愿意认罪。9月16日，公安机关以孟恒涉嫌故意杀人罪移送审查起诉。

（十）证据

因为孟恒涉嫌故意杀人，不再是过失致人死亡，所以倘若魏成对案件进行审查后，认为孟恒真的构成故意杀人，那么该案属于可能判处无期徒刑、死刑的案件。根据级别管辖的规定，需要移送上级院，即与中级人民法院同级的检察机关，也就是凌江市人民检察院第一分院审查起诉。

孟恒身份特殊，是高校教师，而被害人又是在读博士生，社会十分关注这个案子，舆论压力非常大。凌江大学也希望能尽快处理。张岚父母始终认为孟恒是故意杀人，分局和检察院都收到过和接见过他们的来信来访。

案件上来后，同办案组的人都对魏成表示了"同情"。不过，司法办案以事实为依据，以法律为准绳，人民法院、人民检察院依法独立行使职权，不受行政机关、社会团体和个人的干涉，不应被舆论所左右。舆论对于承办人来说有压力，但是最终的判决还是要依照事实和法律作出。

魏成拿到案卷，已经临近下班，他准备晚上留下来把案卷再看一遍。隔壁办公室的同事下班时路过，开玩笑调侃魏成："还没下班呢？这么头疼的案子，还是快点扔给分院，让张穆他们头疼去。"

魏成笑笑，没有回答。虽然从功利主义角度讲，该案舆论压力大，越早把案子移送分院，压力越小，但魏成发现孟恒虽然十分可疑，可认定他犯故意杀人罪似乎还有一些地方不顺。

法律所认定的事实不同于现实中的事实，公安机关只能尽量通过收集到的证据让法律认定的事实无限趋近于已经发生的事实，但趋近毕竟只是趋近，二者之间并不完全等同。很多时候，案件承办人更多的压力在于证据能够还原的事实有限。美国著名的辛普森杀妻案中的主审法官在辛普森被陪审团宣告无罪后，曾说："全世界都看到了辛普森的罪行，但法律没有看到。"这句话多多少少有些体现证据所证明的事实与客观事实存在差距的情况。

魏成和向前一边阅卷，一边对相关的证据进行核对，有几个问题让他们觉得非常困惑。

"张岚到底有没有为了复合以死相逼？从孟恒还有张岚的父母、亲友的描述可以看出，张岚可能平时比较大小姐脾气，任性。2022年3月，她与孟恒分手之初，确实没有放弃两人的感情。但是，6月她已经知道孟恒与高倩文恋爱的事。在这样的情况下，连孟恒都认为，以张岚的性格，如果她知道高倩文存在，不可能再想复合的事。张岚回寄礼物，想做最后的挣扎，但是孟恒收到礼物后，并没有联系她。即便如此，张岚还不顾面子三次到孟恒家堵门，闹得惊动物业，为什么？之后，两人关系越来越僵，孟恒通知张岚父亲把人接走。张岚竟然还以命相逼求复合，这说不通，不符合张岚的性格和她这个学历水平应有的智商和理性判断。"

"所以李警官认为，张岚表面上是希望复合，但实际上是想找孟恒要个说法。这个推测是站得住脚的。"向前说，"被分手的人总是会想要个说法，但是其实哪里有那么多说法，所谓的说法都是借口。"

"假设张岚确实是去兴师问罪的，并且之后因为高倩文与孟恒发生了争执和冲突。可孟恒为什么要在编造张岚以死相逼的谎言之后，明知道张岚知道高倩文的事，而且张岚现场还拨打过高倩文的电话，他在接受讯问时还要说，张岚如果知道高倩文的存在，不可能再和他复合的话？这不是自己给自己挖坑吗？"

向前想了想："好像是这样的道理。"

"不仅是这一点，孟恒还在很多地方给自己挖坑。"魏成继续分析道，"就拿水果刀来说，高倩文和邹乐乐都证实水果刀在孟恒手上。理论上说，只能是他带去现场的。如果他在说谎，水果刀是他带去的，为的是报复张岚，甚至他早就编造好了张岚用水果刀以死相逼的说辞，可他为什么要选一把高倩文和张岚闺密都有印象的刀？他随便在外面超市买一把，再带到酒店房间，说是张岚带来的，岂不是更保险？而且在他去之前，他不可能知道张岚带了水果。倘若张岚没有带水果，那他连辩解水果刀是张岚带去的借口都没有。一个早有预谋的人，会冒这样的险吗？"

"可是如果不是他带去的，难道是张岚自己带去的？张岚也拿不到刀呀。"向前说。

"这个问题，我们后面再说。"魏成接着分析道，"第三个疑点，孟恒作为一个法律人，多多少少也有一些证据意识，为什么会认为删除了通话记录，公安机关就查不到？作为本案嫌疑人，他的通话情况在案发后必然会被调查。届时办案人员自然会发现，在案发时间段，他的手机给高倩文打过电话。如果他确实知道这样的情况，一开始他就承认张岚在现场给高倩文打过电话，但是被他制止，这对他不是更有利吗？他甚至根本用不着删除这条记录。可孟恒现在声称，他对自己的手机拨过这通电话，以及删除这条记录都不知情，这反而会让他很被动。"

"您的意思是？"

"有没有可能孟恒说的是实话，他确实不知情？如果他确实知情，也没必要一开始向我们隐瞒与高倩文相关的这些只要一查就会弄清楚的事。如果孟恒的供述都是他自己编的，为什么不编一个更合理的故事？"

"还有张岚用哪只手拿手机的问题。孟恒当时把手机扔在床尾，在张岚右手边，她用没有受伤的右手去拿手机不是更方便吗，为什么要频繁地使用左手？第二次侦查实验的结果证明了两点：一是张岚没有足够的时间用左手去拿手机，再去拨打高倩文的电话并删除记录；二是床头柜上的血迹不符合张岚自己拿刀的行动轨迹。我们提审孟恒的时候，孟恒说记得张岚是用的右手去拿的手机。如果情况属实，那她就有足够的时间拨打并挂断高倩文的电话，之后再删除两条记录。"

（十一）钥匙

魏成将一张 A4 纸推到向前面前，他把孟恒明显说的四个谎列在了纸上。

"从目前的事实和证据情况看，孟恒有几点很明显是在说谎。"魏成说，"他的话应该是真假参半。"

向前看向手头的纸张，孟恒明显说的几个谎是：第一，声称张岚不知道高倩文的事；第二，声称在刺伤发生前的几分钟之内，不知道张岚给高倩文打电话，以及高倩文回拨的事情；第三，声称水果刀是张岚带到现场的，不知道张岚已经把水果刀还给他了；第四，隐瞒了刺伤发生前，从站立到侧坐这段时间发生了什么。

"这里面，除了第四点，前三点都有非常明确的证据可以证明孟恒在说谎。但是换个角度想，我们刚才也分析过了，如果张岚真的当场与他对质过，那么张岚是否知道高倩文的事，以及有没有给高倩文打过电话、水果刀张岚有没有还给他，这么容易就能查证的事情，他为什么要说谎？

"如果我们反过来想，对于上面的前三个问题，如果孟恒说的是真话呢？他确实不知道张岚已经知道高倩文的事，也不知道张岚用他的手机给高倩文打电话，也确实认为水果刀是张岚带来的，那么不仅矛盾的地方可以得到解释，而且这可能也是孟恒的第四个问题，即隐瞒刺伤发生前他刻意略过的一段时间发生过什么的原因。"

"怎么讲？"

"如果孟恒关于前三个问题说的都是真的，那就只有一个解释了，他被张岚摆了一道。"魏成解释道，"孟恒曾经说，张岚聪明，报复心强。既然孟恒已经移情别恋，那么求复合就不太符合张岚的性格。有可能张岚约见孟恒不是为了兴师问罪，而是以一种特殊的方式对孟恒进行报复。而且这个计划，可能在张岚知道孟恒与高倩文同居的时候，就已经想好了。这也是为什么自尊心极强的张岚会三次到孟恒家堵门。"

"什么样的报复方式？"

"还需要一个验证。"魏成说完拨通了李毅的电话，请他第二天补充侦查一个细节。

高倩文曾经提到过，她在图书馆频繁见到张岚是在6月份，当时觉得或许只是巧合。李毅按照魏成的提醒，调取了阅览室的监控，从6月底开始，查看高倩文和张岚的情况。高倩文一直在文史阅览室学习。李毅发现从6月20日开始，张岚的身影也出现在阅览室不显眼的座位，她一直在悄悄观察高倩文。高倩文每天早上7点30分左右准时到阅览室，中午会离开一个半小时去吃饭，买一杯咖啡或者奶茶。6月25日中午，张岚在确认高倩文离开后，装作打电话帮忙拿东西的样子从高倩文包里从容取出一串钥匙。大约40分钟后，她回到高倩文的座位，把钥匙放回了高倩文的书包，离开阅览室。

经高倩文辨认，张岚带走的钥匙里有孟恒家的钥匙。

张岚拿走高倩文的钥匙很可能是想去做一个备份。张岚配钥匙的地方只能在学校附近。随后，李毅和同事果然走访到了学校附近张岚配钥匙的店铺。店长对张岚有印象。

张岚既然6月底就已经有孟恒家的钥匙，为什么三次去孟恒家堵门的时候不用，反而被孟恒关在门外？

李毅将发现的情况告诉魏成。向前忽然明白，张岚三次去孟恒家堵门，和求复合没关系，她是为了证明自己没有孟恒家里的钥匙。

"李警官，还有一件事要麻烦你查证。"

"我知道，孟恒家的监控嘛。"李毅笑道。

"凌江大学放暑假是在 7 月 2 日。放假之后，孟恒大多数时间在家，所以张岚拿到钥匙后，应该会在这之前去孟恒家。"魏成说。

李毅调取了孟恒家小区 6 月 25 日至 7 月 2 日中间的监控，发现在 6 月 27 日这天，孟恒有监考任务，张岚来到孟恒家门口，用钥匙打开门，30 分钟后从孟恒家里出来，离开小区。

张岚之所以要证明她没有孟恒家里的钥匙，是因为她之后用钥匙取走了那把水果刀，她需要证明案发时，水果刀在孟恒家里。

一个与之前推测的完全不同的案件事实摆在众人面前。正如孟恒自己所说，如果知道孟恒与高倩文交往，张岚不可能再想和他复合。张岚在 6 月 18 日，从闺密邹乐乐那里知道了高倩文之后，一个复仇计划便已经产生，那就是栽赃嫁祸孟恒。她先是在闺密的见证下把礼物包括水果刀寄还给孟恒，随后又偷偷跟踪高倩文，从高倩文那里弄到了孟恒家的钥匙，再将水果刀带走。之所以三次到孟恒家堵门闹出动静，也并不是为了真的要与孟恒见面，只是要留下她没有孟恒家钥匙的印象，同时也逼孟恒出面和她做个了断。

孟恒赴约后，她故意带了水果刀，在孟恒面前演戏，表面上是要复合，但实际上已经暗中留下了不利于孟恒的证据。例如：故意制造频繁使用左手的不合理情况，引起公安司法机关怀疑；拨打高倩文的电话，之后删除两次通话记录；故意在床头柜留下了相反方向的血指印。

"孟恒在案发时或许不知道张岚给他设了局，但是到现在这一步，他怎么也该想到了，那为什么不说出来呢？"向前表示疑惑。

"问题就在这里，他为什么不说出来？"

"难道？这和孟恒的第四个谎有关？和他刻意隐瞒的细节有关系？"

魏成点点头。

"孟恒坐下前，和张岚之间到底发生了什么？"

"张岚要用受伤的左手留下那么多线索，需要耗费不少时间。她需要说点什么转移孟恒的注意力，否则，不可能当着孟恒的面完成这些动作。已经没有任何底牌的张岚，此时还能靠什么稳住孟恒，让他坐下来洗耳恭听？"

"是她的计划。"受到魏成启发，向前说，"在孟恒刻意隐掉的时间里，张岚在和他聊自己的计划。"

（十二）挣扎

魏成再次提审孟恒，发现仅仅一个月的时间，孟恒仿佛苍老了十岁。

"在你起身给张岚拿水时，张岚跟你说了什么？"

"什么？"

"你撒谎了。如果张岚听到你不愿意复合的回复，立刻拿刀自杀，你根本没有时间坐下。在这之前，你和张岚之间发生了什么？张岚跟你说了什么？"

孟恒仍然摇头。

"你不说，公安的同志也已经查清楚了。张岚给你设了圈套，要嫁祸给你，对吗？"

孟恒惊愕地抬起头。

"张岚给你设了一个局，当时她告诉你的就是这个。从她把你送的礼物还给你的时候，她就已经想好了，包括现场的那把水果刀，还有拨打给高倩文的电话，以及删除的通话记录。她留下了很多指认你的线索。这样在她自杀后，你就会被怀疑成杀人凶手。"

孟恒深吸了一口气，似乎已经放弃了挣扎。

"在张岚告诉你这些的时候，她已经完成了手上的所有动作，你也坐到了床边。张岚可能还告诉你，她如果死了，你就成了杀人凶手。之后如你所说，张岚拿刀要自杀，你们之间便开始抢刀。在这个过程中，刀刺入了张岚的身体。这个时候，张岚并没有死。但是你也知道，且不说张岚已经设好局，如果你救了张岚，你也害怕张岚会诬蔑你是杀人凶手。所以，你才没有报警，也没有叫救护车，而是眼睁睁看着她断气。是这样吗？"

"不是！"听完魏成的话，孟恒激烈地反驳，"她是给我设了局，要陷害我，但是她跟我说她的计划的时候，我已经六神无主了，我不敢相信我爱过的人心肠竟然这样恶毒。我没有说谎。她被刺伤后，我当时就蒙了。而且，张岚还说留下了那些线索。我当时听完，脑子一片空白，也被吓到了。等我反应过来的时候，她已经死了。"

魏成冷冷地看着他，"你怎么那么确定她已经死了，你不是没有查看过她的情况吗？"

"我之前说谎了，等我回过神，我查看了她的情况，她当时已经死了！我没有想要害她！"

向前有些不解，难道他们之前的推测是错的？他看向魏成，只见魏成面色凛然，甚至有些冷漠地看着孟恒。

"孟恒，我说句不是法言法语的题外话。"魏成看着孟恒缓缓说。"张岚爱你，你或许也爱张岚，但是你更爱你自己，知道我为什么这么说吗？"

孟恒不敢抬头，眼里闪着泪，似乎回忆起了当时的情形，又或者他从魏成脸上看出了自己再怎么辩解都是徒劳。

"如果你现在说的是真话，你是因为张岚的计划被吓住了，在审查逮捕阶段你不说出来,或许还可以解释为你没有意识到问题的严重性。但是到了现在,你已经涉嫌故意杀人,仍然不说出来,一口咬定你之前供述的版本,为什么?如果你说的是实话,你现在的说法,确实可以更有力地解释你为什么会陷入惊慌失措。你也懂法,因为你与张岚抢刀的先行行为导致你负有救助义务,在我第一次提审你的时候,你提出来,是因为张岚设计害你,让你陷入双重恐慌,而没能救助,或许你连过失致人死亡都算不上。如果你说的是实话,你在接受李警官讯问的时候,把你刚才的说法讲出来,你也不会被指控故意杀人。你宁愿冒着被指控故意杀人的风险,也不改口,又为什么?"

孟恒此时已经面如死灰。

"因为你在说谎!"

孟恒坐在椅子上,含着胸,像是要把自己蜷缩成一团。

"你当时的想法是,张岚设局的动作已经完成,就像电话已经删除,你已经不能修改,救了她,她又可能会指控你杀人,所以任何与张岚设局的事情有关的细节你都不能说。除了你和张岚的这段对话,你都实话实说,这样一来,张岚的局里和你的供述就会有明显矛盾的地方。只要你一口咬定张岚是为了复合而闹自杀的说辞,存疑有利于被告人,最差最差,你也就是个过失!你真正要隐藏的不是你的过失!而是你放任张岚死亡的故意!你是故意杀人,我说的对吗?"

孟恒的心理防线,在这一刻瓦解,眼泪顺着颤抖的脸颊滑落下来。"既然你们什么都知道了,还要问什么呢?"他两眼通红看着魏成,"魏检察官,我有错吗?我父母养我三十多年,我已经对不起他们!难道我应该任由张岚得逞,任由她毁掉我吗?我是真的爱过她的呀!她为什么要这么害我?为什么事情会变成现在的样子?"

（十三）回忆

当张岚打开房门时，空气中弥漫着她的香味，她打扮得很漂亮，或者说她一直很漂亮，就像天上的月亮，美丽又遥不可及。

"好久不见……"张岚说这话的时候，眼里带着一点泪光。

"你想跟我说什么？"

"谢谢你能来，进来再说吧。"

孟恒浑身汗毛都立了起来，不仅因为张岚前女友的身份和顾虑高倩文的感受，更多是因为他告诉过自己，绝对不能再见张岚，因为他知道再见张岚，分手的决心一定会动摇。正因为这样，之前无论张岚怎么敲门，他都没有开门。

孟恒像个贼一样走进房间，注意力全部被张岚吸引。张岚的眼睛像两个旋涡，带着忧伤的神色，像要将他拉入深不见底的黑潭。她化了淡妆，但可以看出脸色苍白，抿着嘴唇，她是多么单薄和脆弱啊！孟恒这样想，往日种种缱绻缠绵像海啸一样一股脑向他袭来，孟恒的意志像破败的竹篱一样不堪一击。

张岚在电视柜和床之间站定，孟恒此时才注意到，放在电视柜上的零食和水果。

"孟恒，我们重新开始好不好？"张岚问。

话哽在咽喉，孟恒艰难地咽了一口唾沫，缓解内心的压力。他内心的屈辱沉渣泛起。"之前我已经说得很清楚了，你不要再说了。"

张岚似乎对这话早有预料，闻言眼泪夺眶而出，无声地顺着脸颊流下来。"你真的要这么绝情吗？"

孟恒没有回答，他低着头，张岚抓起床上的包砸向他，嘴里哭喊着骂他混蛋。

之后便如孟恒所说，他转身要走，张岚突然拿起袋子里的水果刀。

孟恒掏出手机拨通了张岚父亲的电话。"既然你那么听你爸妈的话，还是让你爸妈来解决吧。"

"放下手机，不然我死给你看！"

水果刀在张岚手腕划过，血从伤口涌出。

"你到底想怎么样？"孟恒挂断电话将手机扔到床上，"你总是这样！我们之间一出现问题，你就大吵大闹。我也是人，我也有脾气，我可以迁就你一次、两次、三次、四次，但是不可能迁就你一辈子！你为什么要一次次逼我？"

"你有什么资格指责我？"张岚哭道，"高倩文是怎么回事？"

孟恒哑口无言，两人相对无言。

"我们为什么会变成现在这样？"张岚的哭声让孟恒心软了，但是也让他看清了现实，不管他心里，或者他们两人心里有多爱对方，他们也不可能在一起，他们在一起只会无休止地指责和不满，这个问题是无解的。

孟恒见张岚手上流血了，捡起一块被张岚扔在地上的毛巾，给她按住伤口。"好了，是我错了，别哭了。"

他感觉张岚在发抖，一摸她的双手也冰凉，于是让她坐到床上，给她盖着被子。孟恒坐在床边，张岚靠在他肩膀上一直哭，两人就这样僵持了一段时间。

"我想喝水。"张岚说。

孟恒起身去对面的桌上拿起房间里准备的矿泉水，转身看见张岚右手隔着床单拿着他的手机，左手在手机上点了几下，之后将手机换到左手。他当时也没有多想。

"都已经一个小时了，考虑得怎么样？还是要分手吗？"张岚问。

孟恒沉默地把矿泉水递给张岚。

"我刚才用你的手机给高倩文打了电话。"

091

孟恒刚要发作，但张岚接下来的话，让他从头到脚凉透了。

"我有一个计划。"

"什么计划？"

"杀人计划。"

孟恒心里一惊，正在他慌神之际，张岚掌心朝外，用一种奇怪的姿势从床头柜拿起水果刀，在手里把玩起来。

张岚的样子让孟恒心里有些发毛，他走过去坐到床边。"你先把刀放下，你究竟想做什么？"

"孟恒，你把我毁了，你知不知道？"张岚手里拿着水果刀，将自己的计划向孟恒和盘托出，"乐乐可以做证刀我已经还给你了，床头的血迹也不符合我自己拿刀的特点，还有你手机上刚才打给高倩文的通话记录也被我删了。只要我死了，警察就会认为我们两个是因为高倩文的事吵架，会认为是你杀了我。"

"张岚你是不是疯了？"

"我不仅疯了，我还瞎了！"张岚说着就要试图自杀，"九年！人一辈子能有几个九年！我这辈子都毁在你手里了！除了发疯，我还能做什么？这都是你逼的！"

"你把刀放下！"孟恒劝说，"你不要犯傻。我家门口有监控，还有图书馆也有监控，警察会查到真相，不要白白搭上自己的性命。"

"就算最后查到又怎么样？你被怀疑杀人，有这个污点，即便你没有杀人，我不信你还能正常工作生活，我也不信高倩文还能跟没事人一样和你在一起。"

孟恒去抢刀。张岚用力把刀拉向自己。

"你别疯了！"孟恒双手控制着刀柄怒道。他想把刀抢过来，又怕伤到张岚，没想到张岚突然发力，水果刀不偏不倚刺入张岚胸腔左肺处。

孟恒的眼泪流了下来。张岚满脸惊愕。孟恒当时也吓坏了，联想到张岚设下的圈套，惊慌失措，愣在原地，不知道应该怎么办。

"我想到了很多，想到了父母，他们辛苦把我养大，供我上大学，现在我却沦为了杀人犯。"孟恒咽了一口唾沫，"我还想到很多很多……现场只有我们两个人，但是张岚留下的种种证据都指向我，我百口莫辩，我觉得我完了……"

"孟恒救我……我不想死……"张岚发出微弱的求救声。

"张岚的求救声让我回过神来，我想要打电话求救，但是想到张岚留下的那些证据和线索，而且如果她醒了，万一她诬蔑是我杀人怎么办？所以我什么也没有做……只是坐在地上想办法……"孟恒长吁了一口气。

"张岚留下的很多证据，比如通话记录还有删除的记录，我没办法改变，还有邹乐乐知道刀已经寄给我了，还有床头柜上的血迹。如果我把床头柜上的血迹擦掉，反而会被发现问题。因为即使擦洗，借助仪器，血迹还是可以被检测出来。我坐在地上一直想，我真的是恨透了张岚……我想不出办法脱身。这个时候，等我再去看张岚……"孟恒舔舔嘴唇，"……她已经断气了……"

孟恒眼里含泪苦笑。"我也是学刑法的，我知道我的迟疑是放任张岚的死亡，我本来没有想过要杀她，现在我真的杀了她。"

"我决定自杀……我出了酒店给我妈打电话……"孟恒继续道，"我站到桥上，看见脚下的江水，我很快清醒了。魏检察官，你说的没错。我当时想的和你刚才说的一样，我不能说我知道张岚设了局，这样我迟疑的30分钟就可以合理解释了。除此之外，我都实话实说。因为我实话实说，你们就会发现张岚的设局和我说的有明显矛盾的地方，而存疑有利于被告人。只要你们不知道我迟疑的真正原因，就拿我没办法。只要我一口咬定是她想要自杀，最多我也只是过失致人死亡。"

"所以到案后，你对这些只字不提？"魏成盯着他。

"因为如果我坦白，你们就知道我惊慌失措的真正理由……"

案发当时张岚打开孟恒的手机，他的解锁密码还是张岚的生日，手机锁屏壁纸是他们确定交往那天张岚拍的星空。孟恒说着掩面痛哭："我忘不了她解开手机，看到壁纸时的表情，她知道我心里忘不掉她，她也忘不掉我，可是，又能怎么样呢……"

孟恒故意杀人案被移送分院审查起诉。等魏成写完将案件移送分院的报告，已经快晚上11点了。好在住得离单位不算远，他步行回到家，让新鲜空气充斥憋闷的肺部。他像往常一样走进小区，看着电梯缓缓上升，心里五味杂陈。

他不想用凝视深渊来形容此时的感受，但是与人性的恶打交道，确实会让人的心情不怎么痛快。

他用钥匙打开家门，发现客厅的灯还亮着，桌上给他留了消夜。消夜放在保温桌垫上，还热着。他换了鞋，到卧室时发现姜欣已经睡着了。

他亲了下姜欣的额头，姜欣被吵醒，嗔怪地瞪了他一眼："我都睡着了。你洗手了吗？洗手去，桌上给你留了吃的。"

魏成无奈地笑笑，突然释然了，起身去洗手。

上门女婿：岳父对我太好了，我不得不杀了他

游忠的好意劝和让温鹏偏执地认为，这是游家人的套路，是游家人在秀优越。他们嘴上劝和，嘴上说为小两口和温鹏父母考虑，实际上是故意做给他看的，温鹏因此记恨上了游忠。除夕这天，温鹏终于爆发。他趁着家里人睡着，从主卧出来去厨房拿了菜刀，来到次卧掀开游忠的被子，手里的刀向游忠的右边胳膊砍了下去……

2023年1月21日除夕，凌江市冬天的第一场雪才缓缓而至。大雪纷纷扬扬，街道两旁张灯结彩，到处洋溢着节日的喜悦气氛。街边商铺橱窗精致的布景和灯光，在雪中显得更加华丽温暖。

22日午夜1点16分，派出所接到报案，称在宜景大道湖畔嘉园小区一单元201室有人持刀砍人。报案人名叫温鹏，是被害人。砍人的名叫游忠，是温鹏的老丈人。而在1点13分，该小区物业也报案称，小区里发生了砍人事件。

民警赶到现场，邻居和小区物业也在，游忠和温鹏穿着睡衣各自坐在客厅沙发上。游忠的右臂和后背有砍伤，胳膊上也有血迹。温鹏的左臂有两道砍伤，都不深。一把带血的菜刀放在餐厅的桌上。血迹从餐桌旁一直延伸到进门右边的次卧。次卧床上也都是血，床头的玻璃花瓶和陶瓷装饰碎了一地，地上满是水、玻璃碎片，还有血迹。民警赶到时，温鹏看起来惊魂甫定。面对民警的询问，他显得很紧张，反而是游忠表现得很平静。

游忠承认自己砍了人，整个过程有妻女以及被害人温鹏作证。游忠与温鹏随后被送往医院急诊。

公安机关以游忠涉嫌故意伤害罪立案，并出具了验伤通知单。经鉴定，温鹏为轻伤，已经符合故意伤害罪的入罪标准。游忠因涉嫌故意伤害由靖江分局刑事拘留，随后取保候审。

（一）介入

游忠是国有企业退休干部，今年刚满75岁，为人和善，逢人总是笑盈盈的。游忠退休前在公司十分忙碌，对工作认真负责，退休后又被返聘了几年。后来，因为身体状况，他不得不离开工作岗位。身体健康原因加上对退休生活的不适应，游忠在彻底退休后的第二年被诊断出抑郁症。一年多以来，他都在吃抗抑郁的药物。

温鹏在农村长大，靠着努力和幸运在凌江市成了家，事业上也顺风顺水，三十出头就已经是某商业银行靖江区支行的行长，是一个温文尔雅、年轻有为的好男人。翁婿之间，虽然算不上亲近，但是从来没有闹过什么矛盾，逢年过节温鹏也会给老丈人家送来补品礼物。游忠平时在和亲戚朋友的言谈中，也表现得对女婿温鹏很满意。亲友都没有听说过两人之间有什么过节。游忠和温鹏也说，两人之间没有矛盾。

一开始，游忠对于砍人的原因也没有说出个所以然来，只说是鬼使神差。

正常人不会无缘无故拿刀砍人，既然两人没有过节，游忠似乎没有伤害温鹏的动机。李毅考虑，游忠或许还有其他精神疾病，于是委托鉴定机构对游忠进行了精神病鉴定。鉴定结果显示，游忠除了抑郁症，精神正常。抑郁症不属于《刑法》规定的不需要负刑事责任的精神疾病，因此还是需要追究游忠的刑事责任。

近年来，司法机关对"银发犯罪"以及被害人是老年人的案件较为关注，既注重对侵犯老年人权益的犯罪的打击，也重视对老年被害人的保护和司法救助，当然还关注对老年人轻微刑事案件的宽缓处理。特别是对于涉老轻微刑事案件，嫌疑人或被告人是初犯、偶犯，情节轻微、社会危害性小、主观恶性不深的老年犯罪嫌疑人，往往采取宽缓政策。所以游忠故意伤害案案发后，靖江分局把案件情况通报给了靖江检察院。

游忠这起案件的特殊性在于游忠本人年龄比较大，属于涉老案件，而且游忠还有心理疾病和基础病，再加上是发生在家庭中的纠纷。接到通报之后，一部主任蒋文渠认为有提前介入的必要，于是派魏成提前介入侦查。

《中华人民共和国刑事诉讼法》第八十七条规定：必要的时候，人民检察院可以派人参加公安机关对于重大案件的讨论。这是检察机关提前介入的法律依据。按照刑事诉讼的一般程序，不考虑立案监督等情况，公安机关发现嫌疑人后，提请检察机关批准逮捕或者侦查终结后移送检察机关审查起诉，检察机关才进入刑事诉讼环节。提前介入比较完整的说法是提前介入侦查引导取证，它是检察机关在侦查机关未提请批准逮捕，还未移送审查起诉时，受公安机关邀请，或者依照职权主动决定提前介入侦查环节，参与到特定案件的现场勘查、调查走访、案件讨论等侦查活动当中。实践中的提前介入主要表现为提前阅卷、参与案件讨论，对公安机关收集证据、适用法律、确定案件性质和侦查方向提供建议，以及对侦查活动是否合法进行监督。

检察官在提前介入阶段参与到什么程度，主要还是看案件的具体情况和检察官的个人习惯。

（二）翁婿

李毅向魏成介绍了案件的大致情况，想要听听他的意见。2023年1月21日除夕当晚，游忠女儿游晓敏和女婿温鹏带着孩子回到位于宜景大道湖畔嘉园小区的游忠家里过年。因为没有守岁的习惯，晚饭过后，10点多，一家人洗漱好陆续回房间睡觉。

老两口很多年以前就已经分房睡，平时主卧都是老伴杨萍在住，游忠住在次卧。据游忠家里人所说，当天晚上，游忠夫妻一起住在主卧，游晓敏和温鹏被安排睡在次卧，外孙游嘉佳睡在次卧隔壁的儿童房。接近午夜0点，新年烟花、爆竹声一时间震耳欲聋。

温鹏认床，睡得不踏实。游晓敏也有睡眠障碍，烟花爆竹声逐渐小了之后，她才迷迷糊糊地入睡。

1月22日0点40分左右，游忠起床从厨房拿了菜刀，走到次卧，掀开温鹏的被子，举刀砍向温鹏的肩膀。温鹏睡得本来就不踏实，游忠开门的时候，他其实已经迷迷糊糊地醒了。他看见游忠站在床前举起刀，立马清醒，一面用手去挡，一面往旁边一滚，但是左边肩膀和手臂还是被游忠连砍了两刀。

"爸，您干什么？"温鹏翻身下床，推开游忠，撞倒了床头的花瓶和陶瓷装饰，花瓶和陶瓷碎了一地。游忠背撞在门上，哐当一声，游晓敏被惊醒。

游忠又举起刀向温鹏扑上去，已经退到墙角的温鹏抱住老丈人的腰，将他顶翻在床上。之后趁机上去抢刀，两人在床上扭打。游忠挥刀对着温鹏乱砍。游晓敏尖叫一声，手忙脚乱跳下床。杨萍闻声赶来。游嘉佳也被声音惊醒，哇哇大哭。

温鹏握住游忠的手腕，抢了刀从床上爬起来。游忠蹬了温鹏一脚，温鹏一个趔趄撞上床尾的墙壁。温鹏刚转身，游忠又要上来抢刀。温鹏挥刀不让游忠靠近。游忠不管不顾像疯了一般扑上去，两人从卧室扭打到了餐厅。

游晓敏和杨萍也跟了出来。游晓敏把大哭的游嘉佳带回了隔壁房间，并关上房门。之后，他们三人合力制服了游忠。

1点7分，住在隔壁的三个年轻人带着物业来敲门。当天晚上他们在客厅喝酒，点了外卖。外卖在0点30分左右送到，之后可能过了10多分钟，他们听见隔壁有女人的尖叫声。其中一个年轻人听见有女人喊"杀人了"。他们感觉应该不是电视剧里的声音，所以去隔壁敲门，但是没有人开门，时间大概是在0点55分。他们担心出事了，忙给物业打电话，叫当天值班的保安一起来敲门。

在等开门的时候，三个年轻人听见年轻男人惨叫，又催了一次物业的人。三个年轻人当时就想要报警，但又怕是误会，所以准备等物业来了再说。

十来分钟后，物业来了。值班室的电话显示，物业在0点55分接到三个年轻人的电话，之后1点7分他们到了游忠家门前。几人一起敲了很久的门，其间一直没人开门。1点13分，物业拨打了报警电话，并且在屋外喊话，说已经报警。到了1点17分，杨萍才打开门。开门的时候，游忠和温鹏已经没打架了——游忠坐在沙发上，温鹏坐在餐桌边上。温鹏向来人说明了情况，并告诉他们，他已经报警了。之后，警察赶到了现场。

接警记录显示：1点13分，物业报警；1点16分，温鹏报警；在物业和温鹏报警前，大约0点47分，杨萍也打过报警电话，不过电话接通后又很快挂断了。

根据游忠的供述，案发当晚他睡下之后，半夜被烟花爆竹的声音吵醒，当时心里很烦躁。他也不知道为什么会鬼使神差地去厨房拿菜刀砍温鹏。

如果游忠的供述属实，游忠故意伤害造成温鹏轻伤，那么根据《刑法》的规定，轻伤可能处三年以下有期徒刑、拘役或者管制。按照最高法出台的《最高人民法院关于常见犯罪的量刑指导意见》，故意伤害致一人轻伤的，可以在二年以下有期徒刑、拘役幅度内确定量刑起点，游忠故意伤害案并不算严重。因为属

100

于可能判处三年以下有期徒刑、拘役或者管制刑罚的情况，游忠故意伤害案具备适用缓刑的条件。实践中，对于可能适用缓刑的嫌疑人一般会采取取保候审。再加上游忠已经75岁高龄，属于《刑法》规定可以从轻或者减轻处罚的情况。嫌疑人本人也表示愿意认罪认罚，并获得了被害人的谅解。从家庭关系修复的角度来说，也需要对游忠从宽处理。游忠本身除了高血压、糖尿病等基础病，还有抑郁症，不适宜长期羁押。游忠符合取保候审的条件，不需要逮捕。按照现在的案件情况，到了审查起诉阶段，也很有可能会对游忠作相对不起诉处理。

不过，在李毅看来，本案仍然还有几个疑点。温鹏身上的伤比游忠少，最深的伤口在左臂，是游忠趁他躺在床上时砍的，胳膊上也有两人搏斗时留下的深浅不一的伤口。游忠最深的伤口在右臂，手臂和背部也有多处砍伤。从伤口情况看，温鹏应该是左手持刀。当时两个人大体上是相向持刀，两人的伤口和现场的血迹情况与两人笔录里所描述的基本一致。

李毅困惑的问题在于：第一，根据法医的意见，温鹏身上的伤是嫌疑人用左手砍的。游忠也说自己是左手持刀，刀上能提取到的二人指印都是左手的。

"问题是，游忠并不是左利手，"李毅解释道，"温鹏倒是左利手。刀把上提取到的温鹏的指印都是左手的，温鹏是左手持刀。"

"温鹏，还有在场的游晓敏、杨萍，记不记得游忠是哪只手持的刀呢？"

"游晓敏和杨萍都说不记得了，温鹏也说自己当时吓蒙了，不太清楚。"

"游忠自己怎么解释，当时为什么会用左手？"

"他说自己太混乱了，不记得了。"

"温鹏的说辞和游忠的很像……"魏成若有所思。

"对，我也觉得有些奇怪。案件的第二个疑点是，游忠虽然患有抑郁症，但抑郁症多是具有自伤倾向，很少表现为伤人。游忠与温鹏之间或许有什么深层次的过节,只是游忠家人不愿意透露。"

"游忠本人对为什么持刀砍人,也没有给出明确的解释吗?"向前问。

"对。游忠的状态其实不太好,虽然能正常交流,也不能说不配合,但是他情绪比较低落。很多问题,他都保持沉默。"李毅回道,"对于砍伤温鹏的事实,他都承认。至于为什么砍温鹏,他没有说。"

"本案的第三个疑点,不管温鹏和游忠平时关系怎么样,正常人半夜被老丈人拿刀砍伤,不可能表现得这么平静和配合。温鹏不计前嫌,不排除另有隐情。"

犯罪的认定讲究主客观一致,因此对嫌疑人、被告人主观心态的考察十分重要,但是也非常困难,特别是这类发生在家庭中的矛盾纠纷。清官难断家务事,而且亲亲相隐,如果游家人想要刻意隐瞒什么,对侦查取证是很大的挑战。

魏成此时想到一个问题:"温鹏的父母对这件事是什么意见?"

"我们联系过温鹏的父母,他们表示尊重温鹏的决定。看得出,他们还是有不满的,谁能眼看自己的孩子受伤害呢?不过,这属于被害人自己的家事。"

"老魏,有没有什么点子?"

"这个案子的案情其实不复杂,不过疑点确实也不少。你说的几点我都认同,还有一件事。"魏成说,"温鹏既然只是进行防御,为什么游忠身上的伤会比他身上的伤还多?按照现场目击人的说法,游忠和温鹏身上的伤很多都是在他们搏斗时留下的,那游忠背部为什么会有刀伤?"

"温鹏毕竟是年轻人,可能手上的轻重没有把握好。不过,游家人或许多多少少在说谎。"李毅回道。

"另外,建议再核对一下两人关于打斗过程的描述。还有……案发当晚,杨萍为什么拨通了报警电话又挂断？"

魏成说完又补充了一句："温鹏和游晓敏晚上睡觉不锁门吗？"

（三）"赘婿"

李毅对温鹏和游忠家的情况进行了深入调查。温鹏作为外地女婿，孤身一人在凌江市，一路打拼到了现在行长的位置。他能在凌江市站稳脚跟，除了他自身很努力，游家也功不可没。游晓敏和温鹏刚开始交往的时候，游忠就将温鹏引荐给自己一些做企业的朋友，温鹏因此接到了不少客户。游忠还给温鹏传授了不少为人处世的经验。温鹏靠着自己的努力，小有积蓄，但是钱不多。温鹏和游晓敏结婚的时候，游忠夫妻知道温鹏一时半会儿也拿不出什么钱，也没有为难温鹏，甚至小两口的婚房还是游忠夫妻出钱买的。更为难得的是，游忠夫妻从来没有以此居功。反倒是温鹏，从小自尊心很强的他当时就表明，婚房的钱算是他借的。

后来，温鹏也确实把钱一分不少、连本带利还给了游忠夫妻俩。

游忠和妻子对温鹏这么上心且慷慨，无非是想温鹏和游晓敏能好好过日子。没有人刻意想要让日子不舒坦，但是生活哪里又能尽如人意。

结婚时温鹏和游晓敏约定，两人第一个孩子随母姓，第二个孩子随父姓。但是生下游嘉佳后，游晓敏身体不好，两人一直没有要第二个孩子。温鹏也知道这件事并不是游晓敏的错，但每次想到这件事仍然如鲠在喉。

温鹏的父母也尽量体谅温鹏和游晓敏，不给他们添麻烦。但是去年年中，温鹏父亲突发脑梗。老人不想让温鹏担心，一开始发病时没有告诉温鹏，之后也没有引起重视而耽误了救治。后来因为病情严重，家里人才告诉温鹏。温鹏将父亲接到凌江的大医院，人虽然救回来了，但是脑梗对身体的伤害是不可逆的。医生告诉温鹏，之后老人家都不能干重活了。于是，家里的农活都落到了温鹏的母亲身上。

父亲的事让温鹏很内疚，觉得是自己没本事，他想把父母接到凌江来住。对此游晓敏也表示支持，但是按照凌江市的购房政策，二套房首付要七成。游忠听游晓敏说了这些情况，愿意出钱再给小两口买套房，给亲家住。但温鹏父母以不愿意离开老家为由拒绝，其实是不想给温鹏添麻烦。温鹏父母始终觉得拿人手短，亲家明事理是好的，但是他们不能觍着脸白占人家便宜。

温鹏自知家里负担重，认为自己已经拖累了游晓敏，因此谢绝了游忠和杨萍的好意。每个月末，他都会回老家看望父亲。但是老家的亲戚、朋友不了解情况，谣传温鹏入赘了游家，不仅孩子跟着游晓敏姓，现在老父亲没有了劳动能力，还要在老家干活，纷纷指责温鹏不孝顺，进了大城市就忘了本，没良心。

虽然知道是谣言，但是温鹏无意间从奶奶那里听到这些闲言闲语时，心里仍然很不是滋味。父母辛苦供他上学，但是他现在却不能在父母跟前尽孝，温鹏为此十分痛苦。

从温鹏亲友那里了解到的情况是，温鹏人前人后都是一个好女婿、好丈夫，游忠也非常体谅女儿和女婿，他实在没有理由拿刀砍温鹏。

不过，从游忠对温鹏的照顾看，温鹏倒是有理由包庇游忠。

李毅随后带着徒弟小曹走访了游忠的心理医生。心理医生表示，虽然游忠在进行药物治疗和心理辅导，但并没有表现出自伤或者伤人的倾向。

"在你们的治疗中，游忠有没有提到过温鹏？"李毅问心理医生。

"游忠的心理问题主要是从繁忙的工作突然退休导致的。在治疗过程中，他没有怎么提及他的家庭。李警官你们应该了解过游忠退休后有几年被单位返聘之后提前结束返聘的事情。这件事情其实才是游忠抑郁的根源，这才是他的心病。"

"他结束返聘不是身体原因吗?"

"身体原因只是一部分。据游忠所说,他被返聘是负责牵头一个数字化的项目。他为这个项目付出了很大的心血,但是因为和团队的年轻副手意见不合,两人到了有你没我,不愿意在一个项目里工作的地步。单位出于整体考虑,就让游忠以身体原因请辞结束返聘了。"心理医生解释,"游忠对工作,还有这个项目都非常有感情,也非常上心,所以他心里不能接受让他离开岗位这件事。他既觉得遗憾,又有很多不甘,同时还觉得屈辱和气愤,再加上退休生活确实比较清闲,他自己除了工作又没有什么别的爱好,找不到消遣的方式,所以抑郁了。"

"他一次也没有提及过自己的女婿温鹏吗?"

心理医生想了想:"也不是完全没提,我有印象在一次治疗过程中,他表示很担心。"

"担心什么?"

"他提到过亲家公突发脑梗的事情,他担心女婿压力太大。这件事让女婿状态很不好,女婿又是自尊心很强的人,什么事情都闷在心里。再加上女儿和他提过,女婿工作上似乎也不是很顺利,近期压力很大。他担心女婿一直这样闷着早晚会有问题。如果哪一天他不在了,女儿、女婿还有外孙的日子可能会不好过。抑郁症病人大多数时候都是悲观的,他有这样的看法也很正常。"

"游忠有没有表现出过攻击性?"

"抑郁症患者比较常见的症状是情绪不稳定、脾气暴躁,还会觉得做什么事情都没有兴趣,也不喜欢出门和人交流。游忠本人有暴躁的症状,情绪也确实不太稳定,不过,在治疗中没有表现出明显的攻击性。当然如果遇到什么刺激的话,不排除具有攻击的可能。"

105

下午4点多，已经淅淅沥沥下了一天的雨还没有停。李毅按照约定时间来到温鹏家。温鹏家给李毅的感觉非常整洁，几乎可以用一尘不染来形容。玄关鞋架上的鞋子摆放整齐。李毅看了看鞋架，发现了一件有趣的事情。

游晓敏为李毅两人准备了鞋套。温鹏脖子上挂着吊臂带，精神还算不错。游晓敏给两人倒了水，转身去书房回避了。

"你手怎么样？"李毅问道。

"还是不太能动，抬起来也疼，再休养一段时间可能就好了。"温鹏说完又补充了一句，"案发的时候太紧张了，根本没有意识到疼。"

李毅觉得温鹏这句解释有些别扭，不过温鹏很快就转移了话题。

"爸工作很负责，做事也很认真，对我和晓敏也很关心。"温鹏说，"我初到凌江的时候，什么也不懂，他给了我很多提携和帮助。爸也没有那些门户偏见，不嫌弃我家是农村的，我和晓敏的婚房也是老两口出钱买的。"

提到婚房时，温鹏环视了一下四周。

李毅看这套婚房的面积和地段，觉得首付至少要一两百万。

"爸有抑郁症，我相信他也不想伤害任何人，所以我也恳请李警官你们可以从轻处理。"

"你说的这些情况，我们会考虑。"李毅说，"游晓敏既然有睡眠障碍，你们平时在家，她不嫌你打呼吗？"

"平时在家都是我带着嘉佳睡。"

"你们平时分房睡？"

"对，因为晓敏晚上睡不好，所以我们这段时间都是分开休息。"

"你们分房睡多久了？"

"半年吧。"温鹏抿着嘴唇，似乎不太愿意提及。

"案发当晚，怎么你又和游晓敏睡一间房？"

"哦，"温鹏舔了一下嘴唇，拨着面前的茶杯，"主要是怕老人家误会我们感情出了什么问题。"

"为什么你认为他们会误会你们感情出了问题？游忠也知道自己女儿有睡眠障碍。"徒弟小曹追问。

温鹏笑笑："这个没有什么依据，你们也知道老年人总喜欢瞎想。"

"平时你和游忠的关系怎么样？他对你有什么不满吗？"李毅问。

"爸平时对我很好，我也非常感谢爸给我的帮助和支持。我不敢自诩是千里马，但是爸确实是我的伯乐，物质上给我们帮衬，工作上也给了我很多提点。"

之后，温鹏又为游忠说了不少好话。李毅借口去了一趟卫生间，之后不着痕迹地查看温鹏家里的情况。问询结束，温鹏将李毅二人送到门外。

李毅让徒弟先去车库把车开出来。

"烟瘾犯了，我抽根烟就下去。"他掏出烟，顺势递给了温鹏一支，"温先生平时抽烟抽得厉害吧？"

"谢谢李警官！"温鹏接过烟，叹了口气，"工作压力大，烟瘾也大。"

"我也烟瘾大，我给自己定了规矩，一天不能超过5根。"

温鹏苦笑："我和李警官差不多，一天不超过6根。"

李毅哈哈大笑，举着手头的烟说："这算第几根？"

"第8根。"

"哈哈哈哈！"

借着抽烟的工夫，两人又在过道里闲聊了两句。李毅趁机问："养小孩不容易，动不动就拆家。你和游晓敏晚上睡觉锁门吗？"

"我们锁门。"

李毅心里犯起了嘀咕，既然锁门，游忠是怎么进次卧的？李毅回到车上，裹进来一阵冷风和烟味儿，说道："温鹏和游晓敏感情有问题啊。"

徒弟一惊："师父，您怎么知道的？"

刚才进门的时候，李毅发现家里鞋架上温鹏的皮鞋是湿的，说明他也刚到家不久。但温鹏一个正在养伤的病人有什么事情是非得现在出门不可？不仅如此，温鹏家里的很多细节也在传递着二人感情不和的信息。一般情况下，为了吃药方便，不少人会习惯把药放在客厅茶几放水壶的地方，但今天他们并没有看到桌上有温鹏的药。李毅方才借口去用卫生间，发现卫生间放洗漱用品的架子上只有一把粉色成人牙刷和一把儿童牙刷，并没有温鹏的牙刷。温鹏有烟瘾，刚才在门外，温鹏说是第8根烟了，但他家里的烟灰缸却非常干净。李毅大胆推测，温鹏和游晓敏不仅是分房，应该是分居了。

联想到心理医生提供的游忠对温鹏夫妻两人婚姻的担心，难道是游忠知道女儿女婿感情出了问题，所以对温鹏怀恨在心，借着犯病为女儿出气？

（四）离婚

李毅关于温鹏夫妻婚姻状况的猜想得到了温鹏银行同事的证实——温鹏在公司过夜已经有一两个月的时间。并非只有温鹏和游忠之间的直接冲突会导致游忠的伤害行为，游晓敏和温鹏之间的婚姻问题也可能导致游忠对温鹏怀恨在心。

案件调查到这一步，李毅的直觉告诉他，这条线索有深挖下去的必要。循着这条思路，李毅从游晓敏这边入手——游晓敏也承认两人感情的确出现了问题。

"温鹏变了,不是说他不爱我了,或者有外遇,我相信他没有外遇,只是我们之间已经没有激情和亲密感。"游晓敏叹了口气,"大家说的结婚久了,爱情会变成亲情。就算爱情变成了亲情,两个人也应该是亲密的,但我们之间没有亲密感,很有距离感。他没有把我当过自己人。就像他爸脑梗这件事,我也跟他说过,把爸接出来,但是他不愿意。"

游晓敏顿了一下,无奈地说道:"我知道他是怎么想的,他怕我会看不起他,但是我从来没有因为他没钱,或者他的家庭负担重,就看不起他。"

"你们谈过吗?"

"我也想啊,可是温鹏一直回避和我谈这些。"

"你们动过离婚的念头吗?"李毅问。

此时,游晓敏的神情变得黯淡。

"我当然是不想离婚的……"她抿着嘴,"其实年前我和温鹏提过,他说需要冷静考虑下,所以才去公司住。嘉佳还那么小,如果可以,还是想要一起过。可是如果我们继续这样,我也没有信心能走得更远……与其以后互相折磨、两败俱伤,不如趁早,好聚好散。"

"既然你们提过离婚的事,"李毅想了下,"那你们夫妻名下的财产是什么情况?你们有没有提过财产怎么分割,还有孩子的抚养权的问题?"

游晓敏摇头:"离婚的事只提过一次,毕竟嘉佳现在还小。家里没有什么存款,温鹏爸看病用了八万块,存款应该还有百十来万。再就是这套房和两辆车,两辆车加起来大概值几十万吧。"

"有债务吗?"

"除了房贷,没有其他债务。"

"你和温鹏的情况跟家里说过吗？或者家里知道吗？"

"我本来不想和家里说，这是我们两个人的事，家里人牵扯进来，只会让情况更加不可收拾……"游晓敏看向窗外继续回答，"但是孩子过得怎么样，哪里又能瞒过父母呢？年前我妈过生日，温鹏没有回来。看我状态不对，我妈问起，我不小心说漏嘴了。"

"对你们的感情问题，你父母怎么看？"

"天底下的父母当然都是想要自己的孩子过得好。"游晓敏说着说着，哭了起来，"我爸妈他们已经尽力了，是我们不对，让老人家担心了……七十多岁的人了……"

此时，李毅只当她是因为游忠为了替她出头而砍伤温鹏的事情伤心。

"既然你和温鹏已经在闹离婚，怎么又一起回家过年了？"

"我爸妈知道我们俩的情况后，都劝我不要离婚。想要趁过年，大家都在，给我们做做工作。"

"案发当天晚上，你们聊过这个问题吗？"

"我和我妈在厨房做饭的时候，我爸找温鹏谈了，但是温鹏没有正面回答，他什么也没有说。所以，晚上家里的气氛很压抑，大家休息得早。"

从目前情况来看，游忠或许是因为温鹏和游晓敏闹离婚的事情要为女儿出头，所以才砍伤了温鹏。

不过，李毅还是带着徒弟跑了温鹏老家一趟，希望能发现什么有价值的线索。

温鹏家里的一些亲戚数落温鹏为了巴结游晓敏一家，对自己的父母不闻不问。然而，温鹏父母否认此事。他们证实游家实际上对温鹏十分照顾，而且温鹏父亲生病在凌江住院时，游忠也非常关心。他们并不知道温鹏和游晓敏正在闹离婚的事情，温鹏没有和家里说过。对游忠砍伤温鹏，他父母也没有多说什么，他们只希望小两口能够好好过日子。

温鹏奶奶拉着李毅絮絮叨叨说了很多。温鹏自小是她带大的，一直以来和奶奶很亲。

"小鹏这孩子懂事、善良、上进，从小到大，不管是上学、找工作还是结婚，都没有让家里操心。读书以后，有什么不开心的事情，他不敢和爸妈说，就和我说。小鹏上次回来，跟我说，他觉得很累。警官，我看他的样子很不放心，是我们拖累了他啊。他总是为别人着想，自己受了天大的委屈，也不会说出来，人家说什么就是什么。我真怕他憋坏了身体。"

（五）父亲

李毅让徒弟通知游忠到分局做了一份笔录。李毅问起温鹏和游晓敏离婚的事情，游忠见瞒不下去了，只好承认自己已经知道两人闹离婚的事情。

"家丑不外扬，这些事，我本来不想说。"游忠说道，"当天晚上，我找温鹏谈了，问他和晓敏到底有什么问题，需不需要家里帮助。我劝他不要多想，好好过日子，但是温鹏的态度很坚决。这么多年，对他的性格，我多少也知道。他既然说想离，事情就没有挽回的余地了。警官，我想不通，是你，你能想得通吗？"

李毅没有回应，游忠继续说道："我们游家到底哪里亏待他了？事事都为他们小两口着想，但他们还是走到了离婚这一步。我们已经仁至义尽了！晚上我越想越气，所以就想教训教训这个忘恩负义的白眼儿狼……"

游忠砍人动机已经明了，李毅接着对当时的一些细节情况进行了核实。

"你说，你先砍了温鹏的肩膀？哪边肩膀？"

"左边。"游忠往左边转了一下头示意。

"哪只手拿的刀？"

"我记不清楚了，应该是左手。"

"刀刃砍击，往往收刀端创角伴有拖刀形成的切割痕迹。根据你和温鹏身上创口的形态、部位以及排列分布规律显示，你们都是左手持刀砍人。温鹏是左利手，而你不是左利手，为什么会左手持刀砍伤温鹏？"

"李警官，当时的情况太混乱了，我也记不清楚了。我可能是气急了，所以才会用左手。"

李毅也找温鹏核实了当时的情况，游忠确实劝过他和游晓敏好好过日子。

关于离婚的问题，他自己也说不清楚，觉得只要在家里，他就感觉异常压抑。

"晓敏，还有她的家人对我，和我的家人都很好。但是他们对我越好，我越觉得难受。他们知道我自尊心强，所以对我永远都是小心翼翼。或许在他们看来，这是对我好，但是太明显了，太刻意了，反而让我觉得更难受，让我觉得生分。"温鹏说，"如果只是某一件事还好，但是每一件事都能让我感觉到他们家的善意。这种善意让我觉得很压抑，很不自在。就像无时无刻不在提醒我，我要低人一等，他们都很善良。"

"我有时候甚至在想，他们一家是不是在通过我秀优越感，通过对我的包容和接济，彰显他们高尚的人格。我知道，我这么想是以小人之心度君子之腹。可我就是忍不住不这想。我不知道你们能不能明白我在说什么，但是那种感觉太让人窒息了。我知道，这是我的问题，你们说我身在福中不知福也罢，忘恩负义也好，我都不想再继续了。那种感觉……"温鹏灭了烟头，"我觉得我快疯了。"

"游忠当时跟你说了什么？"

"他说，希望我能再好好考虑考虑，让我不要有心理负担，他们永远是我和晓敏的后盾。"

"但是你没有接受？"

"我不需要施舍。"温鹏冷冷地说。

温鹏也说明了自己痛快原谅游忠的考虑，因为认可游家人对自己的好，所以不愿意将事情闹得难看。

此时，李毅心里还有最后一个疑惑：0点47分，杨萍为什么拨通报警电话之后又挂断？

对此，杨萍的解释是：看见游忠发疯，她的下意识反应是报警，但是后来又意识到，报警对游忠也不好，还是先控制住游忠再说。

至此，李毅心里的疑惑暂时得到了解答，到目前为止，案件的基本情况已经明朗。游忠因为温鹏与游晓敏闹离婚，劝说温鹏未果，决定教训温鹏。于是，等温鹏睡着之后，持刀将温鹏砍伤。隔壁三个年轻人听见的女人尖叫声应该是游晓敏。杨萍醒来，看见游忠像发疯了一样砍人，于是拨通了报警电话，但是又挂断。0点55分，三个年轻人来到门外敲门，并给物业打了电话。十多分钟后，物业也到了。在等候物业的过程中，他们还听见了温鹏的惨叫声。之后，游忠被温鹏、杨萍、游晓敏三人合力制服。温鹏报警后，杨萍为等在门口的人开了门。

结合这段时间的侦查，基本可以确定游忠故意伤害的事实，该案件被移送检察机关审查起诉。

（六）燃放点

魏成看完案卷材料，他在提前介入阶段提到的疑点，李毅基本上都进行了回应。魏成通知游忠第二天下午来检察院做一个笔录。游忠供述的事情经过和侦查阶段的一致。

"魏老师，按照游忠的情况，可以作相对不起诉吧？"向前看了案卷材料说道。

不起诉指的是检察机关对监察机关或者公安机关移送起诉的案件，或者对检察机关自行侦查终结的案件，经过审查作出不将案件移送法院进行审判的决定。不起诉的分类有法定不起诉、酌定不起诉、存疑不起诉以及附条件不起诉。法定不起诉也叫绝对不起诉，是指犯罪嫌疑人没有犯罪事实，或者符合《刑事诉讼法》第十六条规定的不追究刑事责任情形之一的；酌定不起诉也叫相对不起诉，是对犯罪情节轻微，按照《刑法》不需要判处刑罚或者可以免除刑罚的；存疑不起诉，顾名思义就是证据不足的不起诉；附条件不起诉只对未成年人犯罪嫌疑人适用。

游忠故意伤害造成温鹏轻伤，可能判处的刑罚较轻。再加上游忠已经75岁高龄，根据《刑法》第十七条之一的规定，已满75周岁的人故意犯罪，可以从轻或者减轻处罚。游忠自愿认罪认罚，获得被害人谅解，考虑到家庭关系的修复，可以作不起诉处理。

向前发现魏成的表情并不轻松。以他对魏成的了解，看样子魏成对案件还存有疑问，便问道："魏老师，还是有问题吗？"

案件的事实和证据都没有问题，但是魏成总觉得哪里不太对，一时也说不上来。那种感觉就像有根头发丝贴在脸上拂来拂去，痒痒的，但是伸手去摸又什么也摸不到。

"审查报告我要先拟起来吗？"向前问。

"你先拟起来吧。"魏成点头，并重新翻阅案卷。

向前正在写报告，魏成突然抬起头问："温鹏既然不打算追究游忠责任，为什么一开始要报警？"

"可是就算他不报警，物业也报警了，有什么区别吗？"

魏成面前的案卷显示，物业报警的时间是22日1点13分。而且，据物业和三个年轻人的证言，保安大叔报警后，还向屋里喊过话，说明他们已经报警了。温鹏的报警时间是在3分钟之后的1点16分。1点17分杨萍打开门。

"既然温鹏知道物业已经报警，为什么还要再报警？"魏成反问。

"这……"魏成这话把向前问住了。

魏成仔细观察了案卷里的现场照片，从主卧、客厅、厨房再到案发的次卧。

"按照游忠和温鹏的说法，游晓敏是在花瓶和摆件落地后才被惊醒的，但是她有睡眠障碍，是不是睡得太熟了点？"魏成疑惑道。

魏成用手机地图找到案发的湖畔嘉园小区。湖畔嘉园是老小区，绿化非常好，楼层不高，最高只有7层，没有电梯。魏成放大地图后发现，进小区后是一个小广场，游忠家住一单元，紧邻着广场。

"游忠家离小区广场很近嘛。"

"对，在广场边上。"

"游忠家是几楼？"

向前往前翻了翻审查报告，回道："一单元201，游忠家应该在二楼。"

魏成看了下时间，已经接近中午。

"下午出去一趟，你填个车单。"

"好的。"

向前填好公务用车单，从调度室拿了警车钥匙。下午两人换好制服，带上证件，开车来到湖畔嘉园小区。

两人停好车，来到小区正门。进小区之后，他们看到大爷大妈们正在广场上跳舞。广场中央有一个喷泉。喷泉许久不用，水池里没有水，残留着除夕时集中燃放烟花爆竹的红色纸片。两旁的红灯笼还留有春节的气氛，配合着广场舞的音乐，小区显得十分热闹，生机勃勃。从广场的位置就可以看到游忠家。

距离案发已经过去了两个月。魏成他们上门时，游忠去医院拆线还没回来，杨萍正在做午饭。

魏成向杨萍表明了来意，说想看看案发当时的环境。

杨萍有些紧张，但是也没有拒绝。

"那，两位检察官，你们想要看哪里？"

"我想看下主卧，还有次卧，方便吗？"

"……方便，方便。"

杨萍把两人带到了主卧。

"杨阿姨，您不用管我们，您忙您的。"

"行，有什么事，你们喊我。"杨萍因为锅里还炒着菜，急忙回到厨房。在厨房的杨萍不时往卧室张望，防贼一样注意魏成两人的动静。

家里被杨萍收拾得干净整齐。游忠家是大四室，四室两厅双卫。进门之后是餐厅，餐厅右侧是厨房，左侧是客厅和阳台。主卧和书房，次卧和三卧室，分别在客厅的两边。主卧和书房都在东面，两间房间门对门，中间有一个走廊。客厅西面是次卧和三卧，两间房间也是隔着走廊门对门。

老两口很多年以前就已经分房睡，平时主卧都是杨萍在住，游忠住在次卧。主卧是一米八的大床，次卧的床要小一些，只有一米五。魏成注意到，次卧的四

表 1 案发时报警线索进展表

时间	案件进展
0:40 左右	三个年轻人听到隔壁房间传来女人的尖叫声
0:47 左右	杨萍报警，拨通电话后，随即挂断
0:55	三个年轻人去隔壁敲门，无人回应，随后给物业打电话
1:07	物业来到杨萍家敲门，屋内依然无人回应
1:13	物业报警
1:16	温鹏报警
1:17	杨萍开门

表 2 案发前后床单信息对比

	案发时	案发后（魏成检查时）
主卧四件套	一米八新四件套	杨萍平时用的一米八旧四件套（案发时，洗了挂在阳台）
次卧四件套	一米五旧四件套（床单在案发时沾了血迹，事后被杨萍扔了）	案发时主卧用的一米八新四件套

件套非常新，床单垂到了地板上，被芯也没有把被套撑满，用的应该是一米八的四件套。他回想起案卷材料里现场的照片，现在次卧用的新四件套案发时本来铺在主卧。现在主卧用的四件套，案发时洗了挂在阳台。所以现在主卧用的旧四件套，应该就是平时杨萍睡的四件套。

案发时，铺在次卧床上的四件套上沾了血迹，取证后，床单被杨萍扔掉了。旧四件套干了之后杨萍又给铺在主卧，因为没有多余的四件套，所以次卧才用了案发时主卧铺的一米八的新四件套。

魏成突然发现了一个有趣的细节，小声问向前："杨萍平时住主卧，游忠睡在次卧。女儿女婿回家过年，做母亲的把主卧的四件套换成了新的，自己住，却让女儿女婿睡在老爷子平时睡的次卧，四件套也不换洗，不觉得奇怪吗？"魏成说这话的时候，特别在"自己住"三个字上加重了语气。

"是奇怪。"向前细细琢磨，确实有些不合理。一般家里过年过节，父母知道子女要回家，会给子女很久没住的房间换上崭新的床单被套，让子女可以住得舒服些。但是杨萍却给自己睡的主卧换了崭新的四件套，而不给女儿女婿睡的次卧换，这确实有些反常。

"怪事还不止这个。"魏成示意向前到次卧。

案发当晚，温鹏和游晓敏就住在这间房间。魏成推开窗，次卧和游嘉佳睡的那间卧室靠近小区正门，窗户距离正门的小广场只有一两百米。因为楼层也不高，房间里可以听见楼下震耳欲聋的音乐声。

"你看，有哪里不对劲吗？"魏成眼神示意向前往小广场看。

向前朝广场上看了一眼，不明白魏成的用意。"我没看出来。"

魏成没有点破。刚才他们路过书房时，他看见书房书架上有不少法律类图书。从次卧出来后，他又回到了书房。杨萍此时关掉了灶上的火，也来到了书房。

书房里面有两个书架，书架上满满当当都是游忠以前工作时的专业书，看得出游忠对自己的工作确实非常热爱。除了专业书，游忠的书桌上还有不少法律书籍。

"以前做项目的时候，有的项目会涉及合同或者法律政策，老头子都会自己大致先了解一下，之后再和法务部沟通。"杨萍解释。

魏成点点头。

书架上不仅有《民法典》，甚至还有一本最新版的《刑法一本通》。

离开之前，魏成还特意问了游忠和杨萍平时睡觉有没有锁门的习惯。杨萍摇头，她和游忠平时不锁门。

魏成从游忠家离开后，敲响了隔壁邻居家的门。来之前，向前和三个年轻人约了时间。按照规定，魏成和向前分别对三个年轻人做了询问笔录，三个年轻人的回忆都差不多。

第一个接受询问的年轻人叫王果，他说道："当时我们在客厅喝酒，点了消夜。外卖是12点30分左右送到的，我们刚拿到外卖没多久，就听见隔壁有女人的尖叫声。"

第二个年轻人张柯回忆道："我听见有女人喊'杀人了'！当时我们都听见有打斗的声音，感觉应该不是在看剧。老俞说，会不会有人在打架，我们一起去敲了门，但是里面没有人开门。我们担心出事，就给物业打了电话，叫当天值班的保安一起去敲门。"

"你进门后，看到了什么？"

"我们敲门敲了很久才有人回应，是姓杨的阿姨来给我们开的门。那时，他们已经没有打架了，大叔坐在沙发上，那个年轻人坐在餐桌边上。"

"这么说，你们先后敲了两次门？"

119

张柯点了点头。

"从你们第一次敲门到之后物业过来，这中间用了多少时间？"

经三个年轻人分别回忆，他们都记得大概是十来分钟。

"在等物业来的时间里，屋里是什么情况？"

"有男人的惨叫声。"第三个年轻人俞宏说。

另外两个年轻人在分别接受询问时，也都证实听见了那声惨叫。

"是一个年轻人的惨叫声，所以听见声音后，我们又催了一次物业的人。我当时想要报警，但是王果说万一搞错了，大过年的，不太好，所以我们觉得还是等物业来了再说。"

从王果三人家里出来之后，魏成又到门卫室走了一趟。

"大爷，我是检察院的，问您一件事。"魏成出示了证件，"我看广场上还有很多烟花爆竹包装纸，广场这边是咱小区的烟花爆竹集中燃放点吗？"

"对，小区早几年就对烟花爆竹燃放进行管理，通知业主到广场这边集中燃放了。广场这边空旷，避免发生火灾事故嘛。"

魏成点点头："多谢啊！"

从门卫室出来后，魏成问向前："刚才在次卧问你的问题，不对劲的地方，想明白了吗？"

向前仍然很迷茫，回道："还没有。魏老师，到底是什么不对劲的地方？"

魏成给向前指了指前面的小广场："集中燃放点正对着游忠家次卧的窗户，游晓敏不是有睡眠障碍吗，在次卧她怎么睡得着？游忠和杨萍既然知道这个情况，为什么还让两个年轻人睡次卧？"

联想起除夕当晚，杨萍只换洗了主卧四件套的事，向前恍然大悟："案发当晚，游晓敏和温鹏没有睡在次卧，而是主卧，所以杨萍才把原来主卧的四件套洗了，给主卧换了新的四件套。因为她和游忠睡在次卧，所以次卧四件套洗不洗无所谓。"

魏成点头。

"游忠一家人为什么要隐瞒当时几人休息房间的真实情况？这和游忠故意伤害有什么关系？"向前问。

"给你一个晚上的时间好好想想。"魏成笑道。

魏成的心里已经有了答案，他让向前通知游忠明天找时间再来检察院做一份笔录。

这时，院里六部主任给魏成打来电话："小魏，你在哪里？现在能来控申大厅一趟吗？"

靖江区第六检察部由内设机构改革前的控告申诉科、案件管理科、法律政策研究室三个科室合并而来，其中控告申诉部门主要负责群众控告申诉、办理国家赔偿、司法救助案件等。

"王主任怎么了？我在外面。"

"温鹏的母亲来检察院了，她要见你。"

魏成和向前立刻赶回院里。温鹏的母亲吵着要见办案检察官，她说温鹏是被逼的，游忠就是想害人！

（七）控告

温鹏的母亲情绪非常激动。在大厅接待的检察官一边安抚她，一边向她了解大概情况。两天前，温鹏的母亲徐秋桂见温鹏的父亲情况逐渐好转，便不顾儿子阻拦，执意要来凌江看看儿子。

因为徐秋桂来凌江住，温鹏不得已搬回家里，但是昨天夜里温鹏和游晓敏不知什么原因大吵了一架。不仅如此，游晓敏还动手扇了温鹏一耳光。

徐秋桂看见游晓敏打人，便上前质问游晓敏为什么打人。游晓敏当着徐秋桂的面，大骂温鹏是神经病。温鹏气急了，推了游晓敏一把，游晓敏摔倒在地。游晓敏报警说温鹏家暴，吵着要和温鹏离婚，要让他净身出户。

"检察官，我一个老妇人，没有文化，你们都是知书达理的人，你们评评理。这些年，我们不想给温鹏添麻烦，所以也从来不干涉温鹏和游晓敏的生活。但是，游晓敏他们一家太作践人了。游忠拿刀砍了小鹏，这个官司还没有解决。这一次明明是游晓敏先动的手，却跟警察说是小鹏打她，想让我们小鹏净身出户，怎么会有这么狠毒的女人？！小鹏心眼好，脾气好，不和他们游家计较，但是他们也不能这么不讲道理吧？"

徐秋桂正说着，魏成和向前回来了。

窗口接待的检察官向徐秋桂说明了情况。徐秋桂转向魏成："你是办我儿子案子的检察官？你一定要严惩游忠！把他抓起来！还我们一个公道！"

"阿姨，您不要着急，这起案子我们正在审查，请您相信我，我们一定会秉公办理。"

正在这时，温鹏着急地赶了过来。

"妈，您怎么来检察院了？我不是跟您说了，我的事情您不要管吗？"

"我跟你爸就是不想给你添麻烦，你说不追究游忠的责任，我们也没有逼你，但是游晓敏他们一家安的什么心？"

"妈，您在瞎说什么呀？您什么情况都不知道，就不要添乱了，行不行？"

"你怎么还向着她们家说话呢？"

"妈，算我求您了！您还嫌事情不够乱吗？走，跟我回家去！"

"我不走！游晓敏敢提什么净身出户，我们就追究游忠砍人的事！"

魏成好说歹说，温鹏在旁边就差下跪了，终于劝服了自己母亲。

"两位检察官不好意思，最近我和晓敏吵了两句，有点冲突，我妈不了解情况，自己胡思乱想，给你们添麻烦了。"

温鹏把母亲接走后，控申的同志终于松了一口气。没想到第二天一大早，徐秋桂又来到12309检察服务中心，要求见魏成。

控申的同志非常紧张，以为老太太还会像昨天那样大闹一场，但今天温鹏母亲显得沮丧而又紧张。

"检察官，我昨天是被气糊涂了，你们千万别把我说的话当真。夫妻嘛，过日子哪有不吵架的。我们和亲家打交道这么多年了，他确实是一个好人，也帮了小鹏不少。希望你们不要处罚他。我昨天说的那些，你们千万不要当真啊！我和小鹏他爸一样，还有他奶他们，我们都希望不要追究游忠。"

"信访人儿子昨天晚上给她做工作了吧？"控申接待的检察官说。

魏成点头，至于温鹏和徐秋桂说了什么，他已经猜出一二。

（八）勘破

下午游忠准时来到检察院，杨萍和游晓敏也陪同过来了，两人在外面等候。

告知了基本义务，核对了基本信息后，魏成把一本《刑法一本通》放在面前的桌上。

游忠在椅子上坐着，不知道魏成葫芦里卖的什么药。

"我在你书房里看到过不少法律专业书，还看到了这本《刑法一本通》，你对刑法应该很了解吧？"

听见魏成这么说，游忠有些坐立不安。

"研究过故意伤害罪，还有年满75周岁人的处罚规定吗？"

"魏检察官，您这么说是什么意思？"

"我相信你也是明白事理的人，既然你对刑事法律有研究，你更应该敬畏法律，而不是抱着侥幸心理，挑战法律。"魏成别有深意地看了游忠一眼，"再说说案发当晚的详细情况。"

游忠又把当时的情况说了一遍。"当天晚上我被放烟花爆竹的声音吵醒了，想到这些年我们家对温鹏的帮助，还有温鹏的态度，我就来气。我就想教训教训他，让他打消离婚的念头。我起床到厨房拿了菜刀，砍了温鹏。但是他那会儿也没有睡熟，可能是被开门声惊醒了。他翻下了床，但我还是砍到了他的手臂。他把我推开，自己撞倒了玻璃瓶，把晓敏吵醒了。我当时气急了，更恼了，就和他打起来。他把我推倒在床上，要来抢我的刀，我就乱砍。后来，刀被他抢走了，我想去抢回来，他也乱挥，不让我靠近。我们打到客厅，后来邻居来敲门，还带来了物业的人。物业的人在外面喊已经报警了，我这个时候才有些清醒了。趁我分神，我被温鹏还有晓敏他们按在椅子上。温鹏紧接着就报警了，是杨萍去开的门。"

等游忠说完，魏成没有立即问话。游忠还是坚持自己的说辞，看来他并没有把刚才魏成的提示听进去。过了片刻，魏成忽然问："你和杨萍平时分房睡的？"

游忠竟有些意外，警惕地点了点头。

"杨萍睡在主卧，你睡在次卧？"

"对。"游忠皱着眉头，努力思考着魏成究竟想要问什么，以及他究竟发现了什么。

魏成取出案发现场的照片，他指了指照片上挂在阳台的四件套，问道："这是主卧用的四件套吧？"

游忠看了看照片，点点头。

"四件套什么时候洗的？"

"这，这四件套什么时候洗的和案子有什么关系？"

"有关系。"魏成斩钉截铁地回答。

"……是除夕前一天洗的。"

游忠说完，魏成一直盯着他。游忠似乎意识到了魏成想要问什么，脸色瞬间变得十分难看。游忠的反应被魏成尽收眼底，魏成的视线和表情让游忠感到压迫。

"为什么洗主卧四件套？"

"因为脏了吧……过年洗点东西，不是很正常吗？"

魏成看着游忠，知道他还在挣扎。魏成将案发当晚的主卧照片摆在游忠面前，问道："主卧铺的这套四件套是新的吧？"

"我不清楚，家里的东西都是杨萍在收拾，应该是吧。"

"女儿女婿过年回家，当妈的当天给主卧换了全新的四件套，却让女儿女婿住在次卧，你觉得合理吗？"

听完魏成的话，游忠急了："检察官，你问的这些和案子到底有什么关系？如果没有关系，我拒绝回答。"

魏成并不理会他，接着道："当然有关系，为什么只换了主卧的四件套，却不换次卧的四件套？换主卧的床上用品是因为温鹏和游晓敏回来住的是主卧，新的四件套是换给他们用的。案发当晚，住在主卧的不是你们，而是温鹏和游晓敏。你们明知道游晓敏有睡眠障碍，怎么可能会让她和温鹏住在靠近爆竹燃放点

125

的房间？案发当晚住在次卧的人不是游晓敏和温鹏，而是你和杨萍。"

"就算我和杨萍住的次卧，那又怎么样呢？"

"温鹏和游晓敏睡在主卧，你趁温鹏睡着了砍他，主卧一点血迹都没有，而你和杨萍住的次卧却满床血迹，你觉得这合理吗？砍人事件发生在次卧，不是你趁温鹏睡着了砍他，而是温鹏趁你们睡着了，来次卧砍了你。持刀砍人的不是你，而是温鹏。"

"不知道你在说什么。"

"隔壁邻居听见的大叫'杀人了'的女人声音并不是游晓敏，而是杨萍。温鹏半夜潜入次卧，举刀砍人，你和温鹏缠斗在一起，撞碎了花瓶。杨萍听见动静，大喊杀人了，惊动了隔壁邻居联系物业来敲门。游晓敏有睡眠障碍，如果真的是你去次卧砍温鹏，她早就醒了。"

向前恍然大悟，正是因为行凶的人是温鹏，所以才有了杨萍的那通打通了之后又挂断的报警电话。如果真的是游忠行凶，亲亲相隐，或许她就不会报警了。

难怪魏成之前觉得温鹏报警自相矛盾，而且显得多此一举。当时物业已经报警，温鹏报警只是为了表明自己被害人的身份。这样一来，温鹏母亲徐秋桂态度的一百八十度转变也就合理了。因为怕母亲担心，温鹏本来没有打算告诉她真相。但徐秋桂闹到了检察院，温鹏担心节外生枝，只能把事情和盘托出。所以徐秋桂才第二次来检察院要求不追究游忠责任。

三个年轻人在第一次敲门后听见的年轻男人的惨叫声，是温鹏的惨叫。温鹏身上的伤不多，最深的伤是左臂上的伤。如果真的是游忠砍人，那么温鹏被砍伤胳膊的时候最有可能惨叫，而不会在三个年轻人来敲门时才惨叫。

魏成推测，三个年轻人敲门时，屋内的游忠三人已经控制了温鹏。考虑到外孙游嘉佳，如果温鹏因为犯罪被判刑，那么游嘉佳可能一辈子都要生活在父亲是罪犯的阴影之下。于是，游忠想到了这出将被害者和加害者颠倒的办法。

次卧床上和地上虽然有两人搏斗的血迹，但是血迹主要是游忠的。为了自圆其说，游忠只能当着老婆和女儿的面补砍温鹏左臂两刀，然后在次卧留下温鹏的血迹。所以游忠身上伤多，温鹏伤少。

"检察官，你们办案是要讲证据的。"游忠有些恼了，"不是在这里瞎猜测一通，你有证据吗？"

"你说，你先砍了温鹏的肩膀，哪边肩膀？"

"左边。"游忠往右边转了一下头示意。

"你用哪只手拿的菜刀？"

"左手。"

"李警官应该也问过你，你不是左利手，为什么左手持刀砍伤温鹏？"

"用了就是用了，你们提取到的指印应该也是我左手的，哪有那么多为什么？"

"那是因为你右边肩膀这个时候已经被温鹏砍伤了，根本没法动。"魏成说，"你不得已才用的左手。"

"所以呢？你想说明什么呢？"

"你让温鹏讲述了他的作案经过，之后你砍伤了温鹏的左边肩膀。但是你忘记了，温鹏是左利手，如果一开始他的左臂就已经被你砍伤，那他为什么一直使用受伤的左手持刀和你搏斗呢？"

游忠沉默了很久，当他再次抬起头时，仿佛整个人又苍老了许多。他嘴唇动了动，最后吐出来几个字："就让我当嫌疑人不好吗？"

（九）父母心

温鹏长期精神压抑，认为自己对不起家里，也对不起游晓敏。但是，游忠的好意劝和让温鹏偏执地认为，这是游家人的套路，是游家人在秀优越。他们嘴上劝和，嘴上说为小两口和温鹏父母考虑，实际上是故意做给他看的，温鹏因此记恨上了游忠。除夕这天，温鹏终于爆发。他趁着家里人睡着，从主卧出来去厨房拿了菜刀，来到次卧掀开游忠的被子，手里的刀向游忠的右边胳膊砍了下去……

年轻人睡觉一般都有关门的习惯，李毅问过温鹏，他和游晓敏有锁门的习惯。魏成也与杨萍确认过，游忠和杨萍没有锁门的习惯。如果住在次卧的是温鹏和游晓敏，游忠根本进不去。正因为住在次卧的是游忠和杨萍，当天晚上次卧的门才没有上锁。

此时，游忠被惊醒，两人在打斗中撞碎了花瓶，吓得杨萍大叫"杀人了"。邻居听见动静，过来敲门。游晓敏听到声音，急忙赶到次卧，三人合力将温鹏控制住。之后，温鹏逐渐恢复了理智，才意识到自己犯了大错。

听见邻居的声音，游晓敏哭着让父亲想办法。游忠阻止了杨萍报警，并提醒她，如果温鹏被指控犯罪，那么游嘉佳一辈子都会活在父亲是罪犯的阴影里。

游忠定了定心神，他检查了自己和温鹏的伤口情况，没有造成功能性的缺失，应该可以被判定为轻伤。对法律非常了解的游忠此时立即想出了一个主意：砍人的是温鹏，免不了要被起诉，但如果砍人的是他这个患有抑郁症的75岁高龄的老人，或许可以拼一个不起诉。只要检察院不起诉，他就不会有案底，也不会影响家里人，当然也不会影响到游嘉佳。

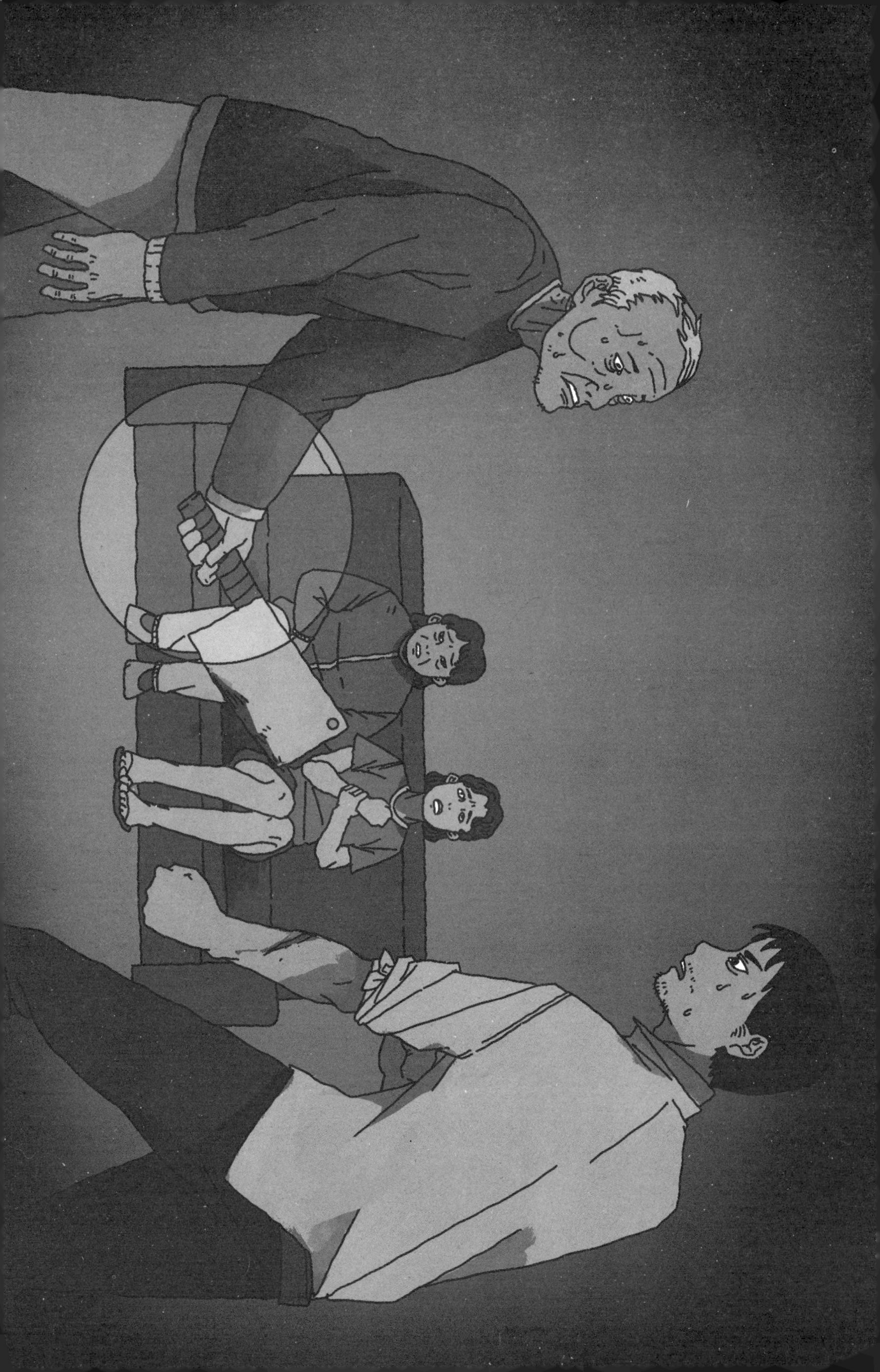

但是口说无凭，要证明温鹏才是被害人，游忠身上的伤口是在打斗中被误伤的，需要在温鹏身上也造成和他差不多的伤口。但是游忠右臂被砍伤，使不上力，于是只好用左手砍伤了温鹏。这也是邻居后来听见的那声惨叫的来由。

由于两人在打斗过程中都受了伤，造成次卧床单上的血迹难以分清，给了游忠蒙混过关的机会。但是，百密终有一疏，床单、伤口等留下了线索。即使一家人极力掩饰，但还是暴露了事情的真相。

游忠看似是为了女儿，却把一家人拉入了更大的泥潭。温鹏以及游忠分别因为涉嫌故意伤害、包庇罪被刑事立案。

温鹏因犯故意伤害罪，被法院判处有期徒刑7个月。游晓敏和杨萍虽然参与了隐瞒真相，但情节轻微，不构成犯罪。游忠犯罪情节轻微，再加上高龄，被作了不起诉处理。

游忠家的案件至此告一段落。判决下来后，魏成的心情有些复杂。他想起来游忠说过的话，天底下哪有父母不想自己的子女过好日子的？但是父母用自己认为合适的方式对子女好，却不想反而给子女造成了更大的困惑和负担。

魏成想到自己这些年来为了工作常年在外，在父母身边的日子实在太少。他把目光转向桌上堆着的案卷，准备办完手里的这几个案子，休个探亲假，和姜欣回老家看看。

做局：失窃的八万美元变成了八万元人民币

　　王川被周程和罗晓彤敲诈勒索八万元，为了套取公司的钱，他决定将计就计，借发奖金的机会把八万美元带到了酒店。接下来，他在地下车库把周程给的八万元放在了自己装美元的袋子里，偷梁换柱。之后，他报警称遭遇盗窃，实际是将公司的八万美元私吞下来。

"我上高中那会儿和罗晓彤谈过恋爱，但是我当时就很喜欢杜娟姐。她人漂亮，又聪明，对我也很照顾，不过她当时有老公。"

嫌疑人周程1995年出生，身高接近一米八，模样帅气阳光。妻子杜娟1980年出生，没有小孩，自己在老家经营火锅店，有些家底。

周程因涉嫌盗窃罪被公安机关拘留，刑侦支队姚录警官将案件提请检察机关批准逮捕。周程此时正在接受检察官魏成的讯问。

"既然是这样，你就应该好好和杜娟过日子，为什么来凌江？"

周程听见魏成的问话，微微侧着脸没说话。

"你和罗晓彤什么时候来的凌江？"魏成问。

"2022年8月。"

"你和罗晓彤怎么认识的？"

"2022年6月我们同学聚会，之后她联系我，我们高中的时候谈过朋友。"周程回道，"老家石船镇的人都认识我们，所以我们就想一起到一个没有人认识的地方重新开始，8月份我们一起到了凌江。"

"你怎么跟家里人解释的？"

"我跟杜娟姐说，我想到凌江闯一闯，找工作。"

（一）盗窃

  2022 年 12 月 11 日，华清池温泉度假别墅酒店发生了盗窃案。甬城广告传媒集团有限公司财务部总监王川用于结算奖金的八万美元失窃。更衣室没有监控录像，储物柜也没有人为破坏的痕迹。公安机关侦查人员现场勘查后，认为小偷应该是用酒店的卡刷开柜门实施盗窃。如果不是有人捡到或者盗用被害人的卡，就是酒店有人监守自盗，使用了酒店可以刷开所有储物柜的"通卡"。

  刑侦支队姚录警官是该案的承办人，他通过调查更衣室外的监控发现，在案发时间段进出更衣室的人中，周程进入更衣室前手里提了一个瘪的公文袋，十多分钟后离开更衣室时，他手里的公文袋鼓鼓的，最为可疑。

  再查之下姚录发现，周程在半个月前通过电商平台购买了一个 NFC 门禁卡复制器。既然购买 NFC 门禁卡复制器，那就不可能只是用来复制某一个储物柜的卡，因为储物柜寄存是随机的，周程不可能事先知道哪一个储物柜有财物，也不可能拿着某一个特定储物柜的门卡守株待兔，所以 NFC 门禁卡复制器只能是用来复制户外园林温泉前台的通卡。

  通卡由园林温泉酒店前台保管，可以打开所有的储物柜门，主要是预防客人门卡丢失等情况。不过，通卡一般客人不可能接触到，只有前台值班的几个人可以拿到。因此，园林温泉前台很可能有人与周程内外勾结。华清池温泉度假别墅分为客房温泉和户外园林温泉，客房温泉独栋别墅有单独温泉汤池，户外园林温泉对住客免费开放的同时，也接待散客。园林温泉前台有五个服务窗口，七人轮流值班。

  周程虽然有复制的通卡，但是他对储物柜什么时候寄存了贵重财物不可能清楚。所以，在周程购买 NFC 门禁卡复制器相近的时间段，与他密切接触的人，以及案发当天在前台值班的人，最有可能是周程的同伙。

经过排查，案发时间值班的工作人员里，没有发现与周程有交集的人。但姚录发现，周程购买 NFC 门禁卡复制器时，园林温泉前台一名叫罗晓彤的女孩与周程是情侣关系。罗晓彤极有可能是周程的同伙。但是半个月前，也就是周程购买 NFC 门禁卡复制器的差不多时间，罗晓彤向酒店提出了辞职。

再查之下，发现周程不仅有罗晓彤这名女友，他还有一个老婆——杜娟。

（二）妻子

周程被刑事拘留后，按照规定，需要在 24 小时内通知被拘留人的家属。姚录和同事联系上了杜娟。杜娟第二天乘高铁来到凌江，向警方提供了一些新的情况。

周程在遇到杜娟前没有正经工作。杜娟老家在农村，父母离异，从小跟着父亲生活。她在 30 岁那年闪婚，嫁给了一个家境还不错的男人洪斌。洪斌是个"妈宝"，大学毕业后，游手好闲，日常的开销全靠自己父母接济。洪斌对杜娟并不好，两人没有小孩，夫妻生活也不和谐，结婚两年多，开始闹离婚。

杜娟提出离婚时，洪斌拿出几张结婚期间向自己母亲借钱的借条，要将借条上的几十万元作为夫妻共同债务，要求在财产分割时予以扣除。如果按照洪斌的一通如意算盘打下来，杜娟几乎是净身出户。

"那个男人一家吃人不吐骨头。"杜娟在接受询问的时候对姚录说道，"洪斌跟我说，彩礼钱，还有买房的首付都是问他妈借的，要还给他妈。这不是吃干抹净，这是什么？"

洪斌拿出来的借条杜娟从来没有见过，虽然她知道洪斌一直从自己妈那里拿生活费，但是不知道那些钱是"借"来的，也从来没听洪斌提起向他妈借钱的事情。这些借条不管是因为两人要离婚事后补的，还是真的确有其事，都说明洪斌一家从来没有把她当作过一家人。杜娟本来只是凉了一半的心因为借条的事彻底死了。

说来也巧，两人离婚程序还没有走下来，闹得要对簿公堂的时候，洪斌外出时突发车祸撒手人寰，杜娟因此继承了一笔钱。

杜娟用这笔钱在老家红砂市区开了一家火锅店，她人漂亮、勤快，也很有生意头脑，店里生意不错，没几年还开了好几家分店，很快就在老家积攒了一笔不小的积蓄。杜娟虽然生活条件好了，但是很多时候觉得自己孤孤单单，回到家连个说话的人都没有。

杜娟和周程同村。周程上学的时候，父母忙，没空做饭，他经常到杜娟家里蹭饭。杜娟从小没有母亲的照顾，当家早，是做家务的一把好手。杜娟对周程很好，还经常给他辅导功课。后来杜娟26岁的时候到城里上班，两人也就断了联系。四年后，杜娟嫁给洪斌，一起生活了两年多又离婚。杜娟离婚的第二年回老家过年，见到了高中毕业四处闲逛的周程。

19岁的周程一表人才、白白净净，凭着一张嘴在老家很招年轻姑娘喜欢。但周程似乎对身边的年轻女孩并不十分热情，反而对成熟能干的杜娟十分上心。杜娟在老家镇上的几天时间里，周程天天往她家里跑，骑着摩托拉着她到镇上和村里逛。春节过后，杜娟回到红砂市，周程开始到杜娟的店里帮忙算账，天天围着杜娟转。

杜娟从小缺爱，周程阳光帅气，能说会道，一来二去，两人就跨越年龄差距发展成了情侣关系。

"我 10 岁那年爸妈就离婚了，我妈后来去了外地，再没有回来过。我一直特别想要有一个属于自己的、完整的家，所以才会和洪斌草草结婚。洪斌从来没有把我当成家人，一直防着我、算计我，他们一家人只想怎么害我。遇到周程我才知道，被人关心、呵护是什么滋味。我和周程恋爱那年我已经 34 岁了，今年已经 40 多岁，我的娃预产期是明年……"

杜娟流着泪向姚录哀求："警官，不管周程偷了多少钱，我都愿意赔，希望你们从宽处理，再给他一次机会。我不能让我的孩子一出生就见不到自己的爸爸啊。"

（三）落网

2022 年 12 月 18 日，周程涉嫌盗窃案移送检察机关审查批准逮捕。杜娟和周程在 2020 年领证结婚，周程 25 岁，杜娟 40 岁。周程也不在乎杜娟二婚，不管店里其他同事和老家亲戚朋友怎么议论，婚后两人感情一直很好。但是 2022 年 7 月，周程突然想要去凌江找工作，以走出去见见世面为由，悄悄和上学时谈过恋爱的罗晓彤一起来到凌江市。

"罗晓彤的开销很大，吃喝玩乐，只住高档酒店。杜娟姐给的钱用完了，我想起来和罗晓彤出来玩的时候，看见住过的温泉别墅在招聘前台。罗晓彤人漂亮，身材又好，会说话，所以我就想到了让罗晓彤去应聘前台。"周程在魏成提审时这样说。

周程并没有一技之长，想要在凌江这样的大城市找到轻松、赚钱的工作并不容易。他们当时带出来的钱日渐减少，但他和罗晓彤的开销并没有下降，于是便商量让罗晓彤先去找个工作。

"罗晓彤应聘上前台后，没干多久就嫌累，不想干了。她跟我说，酒店消费比较高，人少，来的很多是谈生意的或者一家来玩的有钱人。我们就想能不能弄点钱。"周程到案后对盗窃事实供认不讳，"户外园林温泉前台有通卡，而且会帮客人寄存财物。所以我就想到在罗晓彤值夜班的时候去复制通卡，这样我们就可以里应外合。"

周程所说的里应外合，是他复制通卡后，由罗晓彤瞅准有钱的客人，把寄存了贵重物品的储物柜号数告诉周程，周程再到更衣室找到相应柜子，把东西偷出来。

"酒店说，罗晓彤已经离职半个月。既然你们要里应外合，罗晓彤为什么辞职？"魏成问。

"罗晓彤害怕，不敢干，而且她觉得工作太累，所以辞职了。"

"既然罗晓彤已经辞职，那你怎么知道被害人携带大额现金？"魏成追问。

"没有人告诉我，是我碰巧没事，想去试试运气，就在网上买了温泉门票。"

"你在网上买的门票多少钱？"

"门票？"周程看了看魏成，下意识警觉，不知道魏成是不是看出了什么。

周程道："600多块。"

"你继续说。"

"我每个柜子都试了一下，碰巧发现有一个柜子里有很多现金。我就把钱装在自己带的公文包里面，拿走了。"

"碰巧？"魏成加重了语气，"是哪个柜子，你还记得吗？"

"E排，具体多少号我不是太记得，可能是十几或者是二十几号吧。"

"柜子当时的状态什么样？里面都有什么？"

"柜子是锁着的，里面有一个黑色的包。包很鼓，我摸了一下，发现是一叠一叠的，我猜可能是钱。我拉开拉链一看，真的是捆好的钱，有好几摞，我没有数。柜子里还有手机、一个智能手环和一个上网本。我想手机、电脑这些东西不好处理，就只把钱拿出来放我包里。"

"你去更衣室拿到钱是什么时间？"

"大概是11号下午两点多，我是两点零几分到的。"

"什么时候走的？"

"大概是两点半吧？"

"在找到钱之前，你开了几个柜子？"

"好多个吧，我记不清楚了。"

"拿到钱之后，你还开了其他柜子吗？"

"没有，柜子里钱已经不少了，我也怕有人进来。"

"中途有人进出吗？"

"中间应该有两三个人，我记不清楚了。"

"你一共拿了多少钱？"

"八万块。"

"人民币？"

周程到案后承认自己盗窃了柜子里的八万元人民币，而王川报案时称丢失的是八万美元。

"对。"

周程得手后，与罗晓彤在市区处理了赃款。之后，他们驾车离开凌江市，到凌江附近的荆山玩了两天。

"为什么回凌江？"

按照周程的说法，他们也不能确定盗窃案件警察查得怎么样了，所以就想回凌江试试看。13日，周程像没事人一样返回凌江市，被蹲守的公安民警抓获。周程当时还想逃跑，但很快被控制住。

姚录在周程的住处发现了NFC门禁卡复制器，并在周程的包里找到了复制的通卡，人赃并获，但是却没有见到罗晓彤。

周程车副驾上放着罗晓彤的手提包，后备箱还有罗晓彤的行李箱，但罗晓彤并没有在车上。

"罗晓彤人在哪里？"

"我也不知道。"

据周程回忆，13日当天晚上6点多，周程与罗晓彤在下山途中吵了一架。周程驾车自己回了凌江，把罗晓彤扔在了荆山的山道上。

"我当时气急了，故意往前开了一百多米，之后停下来等她。但是等了二十多分钟也没有看到她过来，我掉头开回去看，却没有看到罗晓彤。我打她手机，她手机关机。"周程说，"我想，这不是给脸不要脸吗！所以我没有等她，自己先下山了。"

"按照你和罗晓彤手机的通话记录，在罗晓彤手机关机前，你们还通过话。这是怎么回事？"

"哦，"周程眼神飘了一下，"是我刚开出一百多米停下来的时候，我就给她打了电话。本来是想跟她好好解释解释，但是电话接通后，她臭骂了我一顿。我很生气，就把电话挂了。我想着她总归要下山，所以就在车里等。"

周程继续说："但是等了二十多分钟都没有看见人，再打电话，她手机就关机了。"

"把她一个人丢在山路上，你不担心吗？"

"反正这年头只要有手机,在哪里都能打上车,有什么好担心的?"

"她手机都关机了,怎么打车?"魏成问。

"……万一她是打上车之后才关机的呢?我管她那么多?是她自己要跟我闹的!"

"你们因为什么吵架?"

周程抓了抓头发:"她要我和杜娟姐离婚再和她结婚。"

罗晓彤并没有回住处,也没有回酒店。山下距离罗晓彤最近的路边监控并没有拍到罗晓彤下山。姚录联系了罗晓彤老家的父母,她没有和家里联系,也没有和自己的朋友联系过。

罗晓彤失踪了!

(四)肇事

周程对盗窃罪行供认不讳。在周程盗窃案件提请检察机关审查批准逮捕的同时,姚录也在与荆山森林公安局联系寻找罗晓彤。森林公安局很快在周程所说的罗晓彤下车地点,再往山下走一段山路的路边栏杆上发现了少量血迹。现场还有一段刹车车轮印。荆山海拔很高,上山的盘山公路坡度陡、转弯急,再加上罗晓彤和周程吵架分开时是傍晚六点多,时值冬季,天已经很暗了。姚录怀疑罗晓彤可能出了意外。

荆山森林公安局会同荆山林业管理部门和当地热心群众对发现血迹的山林进行了搜索,几天后在山林里发现了罗晓彤的尸体。

根据对事故现场的勘查情况和下山路段的监控,交警很快找到了肇事车辆。肇事司机名叫张亮,是一名网约车司机。他当时刚送了一个乘客上山,接了一个半山腰下山的单子，正往乘客上车地点赶。在拐弯的时候，他没注意到一辆上山的车迎面非常快地开过来。张亮为了避让猛地往右边打方向盘，没注意到弯道靠山的罗晓彤。他猛踩刹车，但是时间已经来不及了，罗晓彤当场就被撞飞了出去。尸检结果显示，罗晓彤在车祸发生时便已经死亡。

"我下车发现人没气了，当时都吓蒙了。我看周围没有人，下面山林又密，就把心一横，把尸体拖到路边，从栏杆那里扔进山林里，然后赶紧下山了。订单我也联系乘客取消了。"

"大概是什么时间？"姚录问。

"我送完上一个乘客是晚上6点10分。我是下山途中接到的订单，时间我猜应该是在6点20左右。"

"你还记得当时开上来的车辆车型或者车牌吗？"

"当时天色暗，而且很突然，只记得是一辆白色日产车，车牌里好像有个K。"

网约车的后台数据显示，张亮接到订单是在6点14分，距离上车地点约有三公里的距离。按照周程所说，他当时把车往山下开了大约一百米并在这个位置等罗晓彤，但是等了二十多分钟也不见她下来，便掉头回去找。如果是这样，周程或许见过肇事车辆或者造成肇事车辆发生车祸的那辆车。

"我当时把车停在路边，等的时候是有几辆车从我旁边过去，但是我当时在看手机，没有注意到那几辆车长什么样子。"周程说。

"你也没有注意到上山的车辆吗？"

周程摇头。

肇事司机的车辆行车记录仪是循环录制模式，案发当日的视频早就被新的视频片段覆盖。森林公安局对张亮所提到的白色日产车进行了追踪，但是当时上山的车里并没有白色可疑车辆，事故路段附近前后两公里左右的监控均没有发现张亮提到的车辆。那辆可疑的车仿佛在事故发生路段神秘消失了。

既然车辆没有在前后两公里的监控出现，警方推测车辆可能停在了事故路段附近的酒店、饭店或者居民住所，便对案发当天事故路段五公里以内的酒店等进行了走访调查，仍然没有查到车辆的踪迹。

难道所谓的突然驶来的车辆是张亮为了减轻责任而瞎编的？但刑事科学技术研究所对现场痕迹的勘查证实了张亮的说法。既然张亮没有说谎，那么那辆神秘车辆又去了哪里？

（五）说谎

另一边，周程盗窃案处于检察院审查批准逮捕中，魏成认为周程盗窃案的案件事实比较清楚，证据也很充分。周程盗窃可以说是人赃并获，他本人对自己的盗窃事实也供认不讳，案件唯一的疑点是盗窃金额。

周程承认盗窃金额为八万元人民币，但王川报案称失窃金额为八万美元，两人究竟是谁在说谎？ 魏成以前也碰到过被害人为了引起公安机关重视而夸大自己损失的案子，但根据王川同事以及银行的反馈，王川的确提取了八万美元。姚录在案发后联系了王川取款的银行。经银行证实，王川在案发前一天，也就是10日，预约了取款，并于当日取走了八万美元。

在本案中，周程的盗窃数额无论是八万元人民币还是八万美元，都已经达到盗窃罪的追诉标准，已经构成犯罪。并且，即使按照较少的八万元人民币的数额来算，也已经属于数额巨大的犯罪行为。按照《刑法》规定，周程可能被判处三年以上、十年以下有期徒刑。再加上他曾试图逃跑，已经符合逮捕的条件。不过，八万元人民币和八万美元的差异让魏成心里不免疑问，担心事情另有隐情。

向前看出魏成的疑虑，猜测说："周程和王川一定有一个人在说谎。这些钱是广告传媒公司的钱，会不会是王川想要中饱私囊？他报案时候说丢了八万美元，但是其实他在柜子里只放了八万元人民币，想要让周程来背这个黑锅？"

魏成也在作这样的假设，但是仍有矛盾的地方。"如果是王川偷梁换柱，他怎么知道周程会盯上他，除非两人有合谋。"

"那他们两个人有没有合谋的可能？"向前进一步推测道，"周程说，他只是去碰碰运气。姚警官调了温泉酒店的监控，周程配了通卡之后，除了案发当天，就没有去过酒店。这家伙难得去一次，就碰到王川携带大额现金，这也太巧了吧。"

还有一件事情，魏成在提审时也觉得奇怪。

"周程手头已经没钱，按照他的说法，案发当天他只是去碰运气，不确定自己一定能搞到钱。但是，他却花了正价的票钱去温泉，这一举动也不合常理。"他说完还加了一句，"反正我舍不得花这钱。"

"除非你家里领导想去。"向前打趣道。

魏成不经意间露出了笑意，立马正色道："聊工作呢，严肃点。"

魏成决定先到温泉酒店走一趟，让向前填了一张用车单。趁着中午的时间，向前开车来到酒店。

酒店的人看见警车和穿着制服的两人，叫来了前台经理。魏成出示证件，说明了来意。经理带着两人来到更衣室。

更衣室的柜门上有编号，可以存放衣物和其他物品。储物柜编号并不能显示柜子里是否存放物品，所以除非周程当场看见王川寄存物品，否则就只能将所有储物柜逐一查看。

王川比周程早到了差不多一个小时，换了泳裤就去泡温泉了，中途也没有出来，所以周程不可能碰巧看见王川正在寄存，也不可能碰到王川中途打开柜子。在没有任何提示的情况下，周程只能挨个试柜子。周程自己也说试了好几个储物柜，最后才找到了王川放钱的柜子。

更衣室很宽敞，储物柜像图书室的书柜一样排列。更衣室的门和进入温泉区域的门分别在更衣室两端。从进门位置往内是从A到H打头的储物柜，一个字母有十个立柜，五个立柜为一组，两组为一排，中间隔着过道。一个立柜打开，里面有三格，可以分别放包、挂衣服和放鞋。也就是说，从A区到Z区一共260个柜子。

"经理，寄存物品的储物柜是系统随机自动分配，还是按照从A到H的顺序一直往后？"魏成问。

"是按照顺序的。一般情况下，会优先从A开始自动分配。为了让客人有更好的体验，我们会根据预约人数，一般两个客人之间会隔一个柜子。比如一组五个柜子，可能空出三个。依次往后，前排或者前面的区满了，再分配后一个区。"

"你们每天大约接待多少人？"

"现在是旺季，每天男女游客大概有两百多人。平时人不多，可能就几十个人。我们需要提前预约的，虽然我们的接待能力在400人左右，但是我们会控制人数，人数最多会控制在200人，毕竟泡温泉也是私密性比较强的一个休闲放松方式。公司大型团建或者会议情况除外。"

"储物柜的号码，客人可以指定吗？"

"可以指定区，比如A区或者G区，您也看到我们H区靠近进入温泉的区域，有的客人会想要靠近通往温泉的地方。"

"12月11日，这位客人是指定区吗？"向前取出王川的照片。

"不是，当天都是随机的。"

王川的柜子在 E08。既然王川并没有指定储物柜，按照经理介绍的分配规则，一排五个柜子最多被两名客人同时使用，那么王川前面可能有 19 人。因为没有提示哪个柜子寄存了物品，柜子随机分配时也未必从 A01 开始，所以如果周程要从 A 区开始试，这也就意味着他逐一试过去需要试 48 个柜子。这在一直有人进进出出的更衣室不太现实。

"既然罗晓彤曾经在这里工作，周程应该也知道分配规则。他当天也寄存物品了吧？如果他的号码靠后，他至少可以判断在他前面的柜子都是有人使用的。"

"你是说，他从最靠近自己的柜子开始试？"向前来到 E 区的柜子旁，"周程当天的号码是多少？"

"两位稍等，我去查一下。"经理很快从前台回来，"是 G01。"

这样看来，周程不管是从 A 区往后，还是从他所在的 G 区往前，都不太可能轻易找到王川存钱的柜子。

温泉前台的监控显示，周程 11 日下午 2 点 7 分到温泉区前台，2 点 21 分离开。也就是说，周程在不定时有人进出更衣室的情况下，从一百多个柜子里找到王川的柜子，并且把钱装在自己的袋子里之后到离开一共只用了 14 分钟。

姚录组织过一次侦查实验，安排了和案发当时差不多数量的游客自由活动，进行实验的人员从进入更衣室到小心提防找到 E08 柜子，并且离开更衣室至少要用 30 分钟。

周程肯定在说谎！虽然在之前魏成对他的讯问中，周程一口咬定自己是碰运气。

"从 A01 到 E08，有 48 个柜子，你是怎么做到在 14 分钟之内，一个个打开并找到有钱的储物柜的？"魏成说。

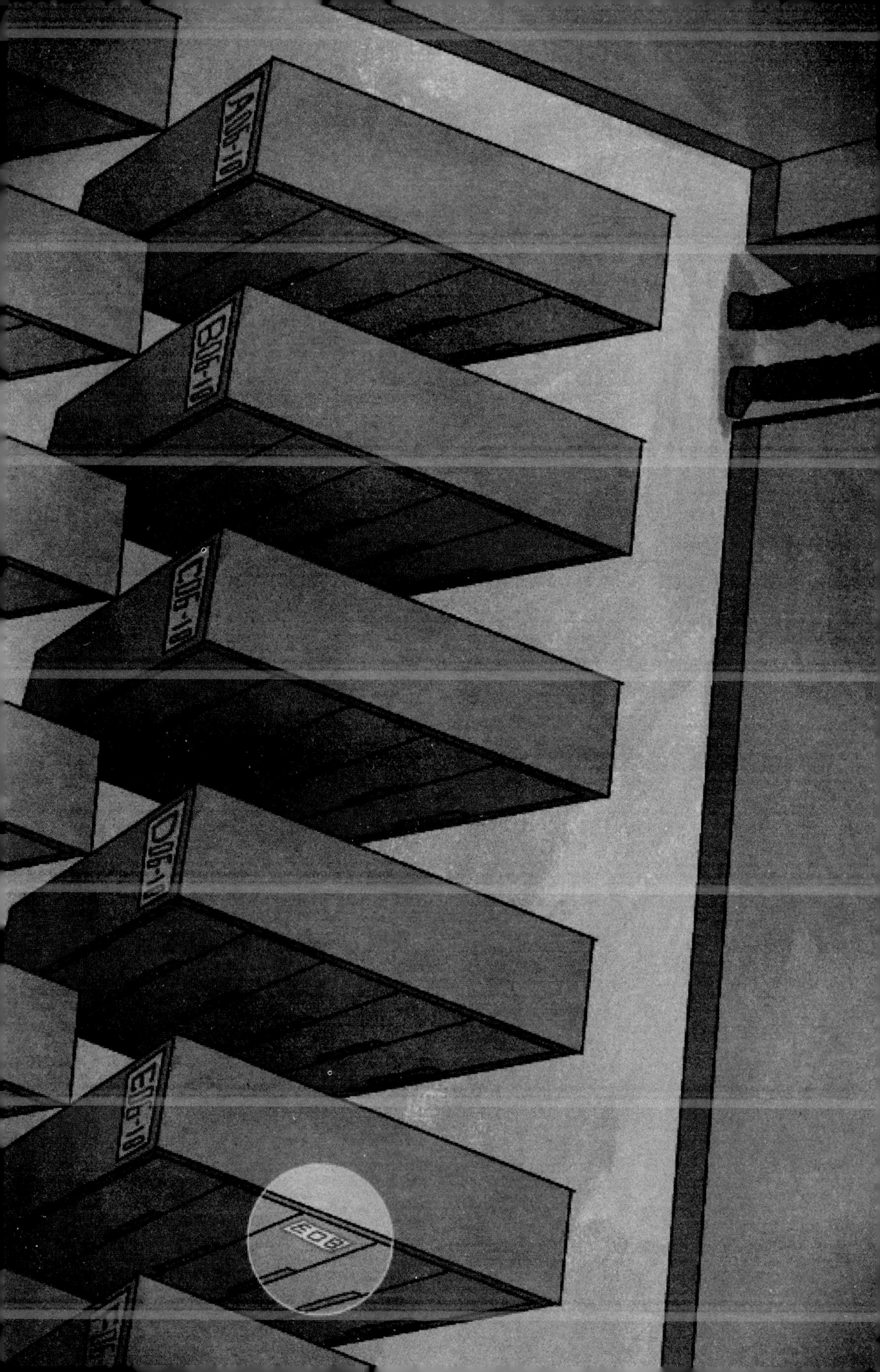
A06-10
B06-10
C06-10
D06-10
E06-10

"我又不是挨个去试，反正没试几个，就找到了有钱的那个。我那天就是运气好，我有什么办法？"周程反问。

姚录调取过周程和王川两人的通话等通信记录，显示两人之间并没有联系。如果两人真的串通，那他们怎么联系？

魏成在温泉区走了一圈，温泉酒店建在江岸边，温泉、峡谷、山林、古树，风景优美、环境雅致。前台二楼是休息区，为客人提供茶点和水果。魏成来到二楼，有两三个客人在这里休息。他们向魏成和向前投去好奇的目光。接着魏成又走到二楼落地窗前，这里的监控可以看到楼下进出温泉的路口。

案发后，姚录调取了当天二楼的监控，监控证实王川中途确实没有离开过。

魏成向温泉路口相反的石板路看去，问石板路通向哪里。经理看后，说那边是餐厅。魏成和向前来到餐厅，有意思的是，他们在餐厅里发现了一台座机。

监控视频中，王川确实没有出过温泉区，但是他去过温泉区里的餐厅。

（六）追踪

魏成将走访现场的线索提供给了姚录。餐厅座机使用得并不多，姚录调查了这台座机拨出和打进的电话，发现案发当天有一通电话打到了酒店一公里以外的一家临河的花园咖啡店。

咖啡店的监控清楚地记录了周程和罗晓彤在12月11日下午到达咖啡店，周程在接了一通电话后前往温泉酒店的经过。随后，周程回到咖啡店与罗晓彤会合，时间与案发时间段也吻合。

这一反常的巧合让两人确信王川有问题，于是魏成又查看了园林温泉所有可能拍到王川的监控。王川当天把车停在了地下车库。向前指了指监控画面：

"地面那么多空车位,他为什么停到地下去?"

监控显示,王川将车停在地下车库最里面。他从前排下来,到后座逗留了10分钟,但是监控视频里看不清王川在车上做什么。

王川是这里的常客,对温泉酒店的情况也很了解。10分钟后,他下车提着手提包,径直从车库来到户外园林温泉前台,办理了手续,之后走进更衣室。

周程配好通卡之后,只使用过一次。罗晓彤也在通卡配好后不久辞职,这与周程所说的里应外合盗窃财物的说辞有矛盾的地方。会不会两人一开始就不是为了盗窃,而是为了王川这八万美元呢?

魏成和向前推测,王川不管是出于职务侵占或者别的什么动机,用酒店餐厅座机告诉了周程储物柜的号数。周程随后来到更衣室,用事先复制好的通卡取走了财物。关于八万美元变成了八万人民币,魏成和向前怀疑是王川中饱私囊,只在柜子里放了八万人民币,而把公司的八万美元据为己有。

此外,在对周程的讯问中,魏成还发现了一个疑点。周程和罗晓彤拿到钱后,去荆山游玩了两天,然后就像没事人一样很快返回。他们如此行事,是自信警方没有那么快找到他们,还是说另有缘由?一切都还有待进一步侦查。

综合考虑案件情况后,魏成对周程作出了批准逮捕的决定,并让向前拟了一份继续侦查提纲。向前列出了查清周程实际盗窃数额,以及侦查王川是否存在职务侵占情况的建议。

"魏老师这样可以吗?"向前将提纲打出来给魏成过目。

"再加一条,"魏成想了想,"建议对罗晓彤的背景,以及杜娟和周程的感情状况也做一个调查。"

"杜娟和周程的感情状况和案件有什么关系?"

"杜娟的预产期是今年上半年,倒推回去,两人要孩子的时间在去年7月份。

既然当时周程已经决定和罗晓彤远走高飞，那为什么又和杜娟要孩子？"

周程和罗晓彤拿到钱后，到市区金店以结婚买五金为借口，买了金手镯、金项链、金戒指、金耳环、金吊坠，花了七万五千多元。随后罗晓彤又跨越大半个市区到另一家金店，将刚买的金首饰卖给店里回收，金店将七万一千多元钱款转到罗晓彤的银行账户上。两人带着剩下的几千元现金到荆山度假，在酒店刷卡花掉了近一万元。

周程和罗晓彤没有其他收入来源，两人的银行账户和其他收款账户也没有资金转入，唯一的资金转账就是金店转给罗晓彤的回收黄金的那笔钱。因此，周程和罗晓彤买金饰的钱只能是从温泉酒店来的。在犯罪金额上，周程应该没有说谎，他拿到手的钱的确是八万元人民币，没有疑问。

王川公司要赶在圣诞节前现金结算公司外籍员工年终奖金。案发前一天预约了取钱，王川从银行径直来到温泉酒店。所以也可以明确，八万美元在王川手上。

王川把周程叫来，最大可能是监守自盗，侵吞公司财产。如果这样的假设成立，而周程和罗晓彤没有钱，那么周程偷走的八万元人民币只能是王川这边提供。但是姚录发现，王川名下的银行账户既没有资金转入，近期也没有提取过大额现金，甚至王川家人的账户也没有资金转出。

难道王川还有其他同伙替他准备了钱？

姚录替王川算了一笔账，八万美元也就是五十多万元人民币，除去八万元"成本"，如果三个人平分，王川到手也不过十来万元。从目前掌握的情况看，王川的经济状况不错，也没有财务危机，似乎也犯不着为了这些钱铤而走险。而且，如果说王川不放心把八万元真的给周程偷走，那他可以不在储物柜里放钱，事后再与周程分赃。姚录怀疑，除了职务侵占，可能案件还有别的隐情。

为了不打草惊蛇，姚录一面申请对王川进行监控，一面把对王川、周程以及罗晓彤行动轨迹调查时间线放到了案发前半个月，加紧侦查。

此时，罗晓彤车祸死亡事件出现了新情况。罗晓彤父母从老家石船镇来到靖江分局门口，要求刑侦支队调查女儿死亡真相，称女儿是被人杀死的，并提供了一条重要线索。

（七）罗晓彤

李毅被支队安排对罗晓彤死亡事件进行初查。李毅从罗晓彤父母口中了解到，两人都是普通农民，罗晓彤是家里独生女。罗晓彤高中毕业之后，在城里打工，但是她不是一个勤快人，每份工作都干不长，工资也都花了，没有一点积蓄。父母眼看她快到30岁的年纪，免不了为她的终身大事操心。实际上，罗晓彤自己也着急，但是她越着急，恋情就越发不顺利。直到2022年6月的同学聚会，罗晓彤再次见到周程。

周程比罗晓彤印象中英俊了不少，而且罗晓彤看他的穿着打扮也不像穷人，不由得动了心，留了联系方式。回家后，她迫不及待地给周程发了短信。

2022年8月，罗晓彤突然和家里说，要和现任男友到凌江去找工作。父母很不放心，关于新男友，罗晓彤没有和家里多说。但是罗晓彤经不住追问，家里人很快也知道她的新男友是有妇之夫周程。尽管家里人一致反对，但是罗晓彤还是背着家里偷跑了出来。更令罗晓彤父母没有想到的是，再次见面，女儿竟然变成了一具尸体。他们不相信女儿是死于意外，认为女儿是被人给害死的。

罗晓彤的母亲提供了一个新情况，罗晓彤在凌江给家里打电话的时候，曾经向母亲保证，等她挣了本钱，就回家里开个店好好过日子。

"晓彤说，她这次去凌江是因为有个男人欠她一大笔钱。她拿了钱就回家，不会和周程长久的。"

罗晓彤母亲当时就觉得奇怪，罗晓彤并没有存多少钱，又从哪里来的钱借给别人呢？

"我问她那个男人是谁，她没有说。但是李警官，你们相信我，我家晓彤肯定是被这个男人害的！"

罗晓彤父母提供的线索引起了李毅重视。他知道罗晓彤还涉嫌盗窃案，所以向姚录了解了罗晓彤和周程盗窃案件的情况。但是根据姚录这段时间的侦查，罗晓彤身边除了周程并没有别的男人，更谈不上有人欠她钱。李毅还对近期与罗晓彤通话联络的人进行了筛查，也没有发现可疑的人员。他还特别留意了王川的电话，但是王川并没有与罗晓彤联系过。

姚录一边和李毅交谈，一边翻着案件材料。这时，李毅发现车祸当晚约网约车的电话号码十分眼熟。再一想，这不就是王川的电话号码吗？

两人将电话号码一核对，果真如此。

王川作为盗窃案件的被害人，竟在案发后不久约了撞死盗窃案件涉案嫌疑人之一的车，这未免过于巧合。罗晓彤的死，或许真的不是意外。

（八）研判

考虑到周程盗窃案和罗晓彤车祸之间有千丝万缕的联系，刑侦支队决定将两起案件并案侦查，并且邀请蒋文渠和魏成参与案件的研判会议。

李毅和姚录分别介绍了两起案件的情况。

"罗晓彤的母亲说，罗晓彤到凌江前提到过她来凌江是来要钱的，有个男人欠她一大笔钱。"李毅说，"我们对罗晓彤的社会情况进行了走访调查，她到

151

了凌江之后，只是吃喝玩乐，没有接触过别的男人。而且，她的账户上也没有其他收入。如果罗晓彤母亲提供的情况属实的话，我怀疑，罗晓彤所说的男人是王川。"

"我和毅哥讨论过，王川收入不低，家里经济状况不错。他不可能欠罗晓彤的钱，更何况罗晓彤自己也没有钱借给王川。所以我们怀疑，可能王川有什么把柄在罗晓彤手里，罗晓彤和周程不是在盗窃，而是在敲诈勒索。"姚录接着说道，"我查过王川的背景，他十年前因为工作调度，在周程老家市里的分公司做过几年。如果说王川和罗晓彤有什么交集，我相信是那个时候。"

李毅和姚录的假设让案件原本一些不合理的地方都得到了合理解释。

"盗窃的地点之所以选在温泉酒店，是因为王川常去。"

"周程复制温泉酒店的通卡也不是为了偷东西，而是为了神不知鬼不觉地让王川把钱放到指定的柜子里，他们再拿钱走人。"李毅说，"王川自己不愿意当冤大头，所以用公司的钱来当给罗晓彤和周程的封口费。由同伙放了八万元在储物柜，等周程得手后又报警，把公司的钱据为己有。这也就解释了为什么周程和罗晓彤拿到钱之后不远走高飞，反而去荆山玩了两天，之后又像没事人一样回来。因为他们认为，王川不会报警，他不想自己的把柄被抖搂出来。之后王川精心设计，制造意外，杀人灭口。"

副支队长转向蒋文渠："蒋主任，你们怎么看？"

"如果是这样，是什么样的把柄，让王川不惜杀人灭口？周程对于王川的把柄是否知情，如果知情，王川就不怕周程到案后把王川的把柄抖搂出来吗？"蒋文渠说。

"会不会周程对这个把柄知道得不是那么清楚？"李毅说。

魏成道："假设王川出现在荆山并非偶然，而张亮的车是他约的，那可以进一步推测，张亮车出现在当时的路段是王川故意设计的，目的是杀罗晓彤灭口。但是根据现场的痕迹来看，直接导致车祸的是那辆突然出现的神秘轿车。而且，罗晓彤下车是因为半道和周程吵架，才会在路边下车。即使那辆神秘的车是王川事先安排好的，他也不可能提前知道周程和罗晓彤会吵架。周程和罗晓彤的行踪，王川也不可能知道得这么清楚。"

"老魏，你的意思是？"

"这也只是我的推测。从逻辑上来分析，罗晓彤为什么下车，是因为和周程吵架。如果不是周程恰好和罗晓彤吵架，王川的设计根本无从谈起。虽然王川也十分可疑，但是周程才是导致整个事故发生的关键变量。"

众人一惊。

李毅想到了另一种可能。

"如果罗晓彤的死是周程与王川合谋，那就说得通了。"李毅说道。

魏成对李毅的假设表示赞同："张亮撞上罗晓彤是为了躲避对面开过来的那辆车。如果凶手的目的是杀死罗晓彤，那么那辆突然出现的车冲向张亮就不是偶然。那辆车怎么掌控张亮的车的轨迹？靠的就是王川。"

"靠看网约车的实时地图。"向前惊呼。

"大家都有坐网约车的经验，打车的人可以实时看到司机的位置。王川就是这样把位置反馈给自己的同伙，设计好时间，制造了这起事故。"魏成分析道，"我们一直认为车是上山的车辆，所以在上山车辆里面排查。如果那辆车就在我们眼皮底下呢？"

"你是怀疑王川的同伙是周程，当时冲向张亮的车是周程的车？"姚录说，"可是罗晓彤是个活人，又不是一个路标，周程怎么确保罗晓彤还在原地等他呢？"

"这个倒是问题不大。周程和罗晓彤分开后，两人还通过一次电话。我提审周程的时候，他供述是开车走后，他打电话给罗晓彤想要求和，但是两人又吵了两句。"魏成说，"如果事实不是这样，如果当时电话里周程再次花言巧语蒙骗罗晓彤，并且让罗晓彤在原地等他呢？"

几人点头。

"事实证明，罗晓彤当时确实是在下车的位置出的车祸。"李毅说。

"还有一个问题，"姚录说，"周程怎么确定张亮当时会把人扔下山？而且，行车记录仪不会拍到他？"

"他并不能确定，也不需要确定。因为他完全有其他辩解理由。案发时间差不多是晚上，即使张亮当时没有逃逸，行车记录仪拍到了周程。别忘了，周程的车是冲向张亮而不是冲向罗晓彤的。他完全可以辩解自己是回来找罗晓彤的，也正在气头上，才把车开快了，没有看到罗晓彤，也没有注意到张亮的车。"魏成解释，"但是他后来观察，发现张亮不仅没有报警，还处理了罗晓彤的尸体。所以他就直接把车开回了市里，装作什么事也没有发生，这也是最理想的状态。只是像刚才李警官说的，他没有想到王川会报警。"

"可是周程为什么要杀罗晓彤呢？"李毅问道。

"杜娟怀孕是在去年的六七月间，但是之后一个月，周程就和罗晓彤私奔到了凌江。周程和杜娟的感情一直不错，老李你们不觉得周程的出轨有些突然吗？"

"你是说，不仅王川，实际上王川的把柄也是周程的把柄。"

"从目前的情况只能推测，王川和周程都在隐瞒什么事情，而这件事情罗晓彤知情。"魏成说道，"但是从王川报警看，他与周程又不完全是在同一条战线上。从目前情况看，周程和罗晓彤应该只是勒索了八万元人民币，但是王川知道周程即使被抓，为了守住心里的那个秘密，周程也不会说出实情。所以，他铤而走险，借机侵吞公司的钱。"

"如果以上假设都成立，现在罗晓彤已经遇害，知情人只有王川和周程，李毅接下来你们准备怎么办？"副支队长问。

"我们准备去周程老家红砂市石船镇一趟。"姚录回答，"魏老师提到过，周程的出轨十分突然。现在看来，很有可能是去年6月同学聚会上，罗晓彤再次见到周程，威胁了他。表面上是两人旧情复燃，其实周程是为了稳住罗晓彤。"

"我突然想到一个问题，"姚录补充道，"对于周程和罗晓彤之间的事情，杜娟是不是知情？"

"你怀疑杜娟也参与了敲诈勒索？"李毅说。

姚录点点头。

因为杜娟也可能涉案，会后姚录对杜娟的一些基本情况进行了初步的调查。他发现，2022年8月底，杜娟的银行流水里有一笔给周程的转账。而且，在案发前约一个月的2022年11月5日，杜娟从银行提取了一大笔现金，金额恰好是八万元。在她取款后的第二天，她还购买了到凌江的车票。

（九）旧案

我国《刑事诉讼法》对侦查羁押期限进行了明确规定，对犯罪嫌疑人逮捕后的羁押期限不得超过2个月。2022年12月13日，周程被刑事拘留。12月18日，案件报捕到检察院。12月21日，魏成作出批准逮捕的决定到现在已经一个多月。因为案件涉及的情况比较复杂，如果届时还不能侦查终结，就需要经靖江区检察院的上一级检察院批准延长一个月的侦查羁押期限，留给侦查人员的时间很紧张。

车辆在隧道和大山中间穿行。2023年2月4日是立春，山上的草木孕育着勃勃生机。经过几个小时的车程，李毅、姚录和公安的同事，以及魏成、向前一行开车到了周程老家红砂市。

李毅和姚录商量兵分两路：李毅带着徒弟去红砂市区了解杜娟家里的情况，姚录和当地民警去王川当时所在的分公司，之后他们再到石船镇派出所会合。魏成和向前跟着李毅。

娟姐火锅店的店员和杜娟的亲友都说周程和杜娟两人感情很好，也从来没有听说过周程有外遇的事。李毅一行正在前往杜娟家的车上，接到了姚录的电话，他从当地民警那里了解到一个重要情况。十多年前，杜娟的前夫也是车祸死的，车祸地点是石船镇的山路上。

2012年1月14日，那天是星期六，下午6点多，洪斌车祸当天和朋友在山上度假村吃了晚饭回家。洪斌因为喝醉酒在路边呕吐，肇事车辆为了躲避迎面开来的车没有注意到他，导致洪斌被车撞死。肇事车辆的司机找到了，但是那辆迎面开来的车却一直没有找到。虽然这两件事情相隔了十年，但是情节却如此相似，不太可能是巧合。

他们知道，距离案件真相不远了。此时，李毅几人也见到了杜娟。

"当时，我和洪斌正在闹离婚。那天下午，洪斌和他的朋友在山上度假村打牌。他中午喝醉了酒。到了下午5点，当时天已经有点黑了，他们吃晚饭的时候，洪斌一定要让我马上把离婚协议送过去。我当时也在气头上，就在家门口拦了一辆车，去他说的那个度假村。等我到的时候，他们已经吃好晚饭。洪斌的朋友跟我说，洪斌晚上又喝了点酒，自己走了。我就追了出去，没想到没走多远，就发现前面出了车祸。现场有人打电话报警，我害怕死人，没敢往前看，但是我发现……"杜娟的记忆飞回到十年前的车祸现场,"我看见被撞的人穿的衣服洪斌也有一件,我心想不可能是洪斌被车撞了吧?没想到……真的是他……"

杜娟说这话的时候,身体禁不住颤抖。当年的情形把杜娟吓得不轻。

"事情过去这么多年,你怎么对当时的时间记得那么清楚?"魏成问。

"因为我当时看天已经黑了,我还在电话里跟洪斌说,已经5点了……"

"你到度假村是什么时候?"

"我当时看了表,应该是6点。"

"你上山的时候,车祸还没有发生,对吧?"

"嗯,我出门的时候天已经黑了,路上也不好叫车,我在路边等了蛮长时间。后来在路边碰到一个好心人,我就搭了个顺风车。我路上想着离婚协议的事,没有看见洪斌。等我到了地方,才发现我们错过了。"

因为当时监控并不普及,加上杜娟也记不起好心让她搭车的人的车牌号,顺风车车主一直没有找到。

魏成用手机地图搜索了洪斌的车祸地点,他曾经学过测绘,所以对地形地貌比较敏感。他放大地图后,发现洪斌车祸现场的地形和罗晓彤车祸地点的地形非常相似。或者说,罗晓彤的车祸简直就像是洪斌车祸现场的翻版。他把地图缩小,惊讶地发现,洪斌车祸地点不远处就是十年前周程上学的学校。

"周程和你提过罗晓彤吗?"李毅问。

杜娟对这个问题似乎十分排斥,她摇摇头回道:"周程没有和我说过。"

"那你知道周程外遇的事吗?"

"知道。"

"什么时候知道的?"

"去年8月中旬吧?"

"我们查过周程的银行账号，既然你知道周程有外遇，为什么8月底还给他打钱？"李毅继续追问。

"我发现自己怀孕了。"杜娟小声说，"我想再给他一次机会……我以为给他钱……他就能回心转意。"

她说着说着，眼泪掉了下来。

"2022年11月5日，你从银行取了八万元现金。这笔钱是做什么用途的？"

杜娟低头沉思片刻："周程说，他在凌江遇到一点麻烦，急需八万元现金应急。"

"这八万元你亲自送到周程手上的吗？"

"嗯。"

"你没有问周程是什么急事吗？"

"我问了，他没有多说。我还想挽回他，所以也不敢多问。"

"周程到案后，你去过凌江市，也知道周程涉嫌盗窃，金额恰好也是八万元。你为什么没有和姚警官提起你给周程八万元现金的事？"

杜娟委屈地摇摇头："我当时也没有多想。"

杜娟看起来无助又迷茫，不像在说谎。

下午魏成几人和姚录在石船镇上碰头。姚录调查到，十年前王川在分公司担任总经理，分公司现在的会计当时与王川关系不错。据会计回忆，他们当时经常在周末去石船镇附近的农家乐。

石船镇在当时是未经开发的古镇，附近有一个面积很大的湖，市里很多人去那边钓鱼。王川在分公司的时候也很喜欢周末约上客户或者朋友去湖边钓鱼，然后将钓来的鱼拿到他们常去的那家农家乐煮。今天那家农家乐还在经营，不过改名为某某鱼庄。姚录到石船镇之后，已经去现场看过，鱼庄的位置距离车祸地点不足一公里。

度假村、周程的学校、鱼庄、车祸现场像四颗奇怪的珠子，被山路这条线串在了一起，如诡异的项链一般，挂在山间。

（十）鱼庄

下午3点，李毅几人坐车到了当年洪斌的车祸地点。现场情况和魏成在地图上查看的差不多。

李毅因为对罗晓彤车祸的情况比较了解，所以他决定去找当年处理洪斌车祸案件的民警了解情况。魏成和向前则与姚录几人前往王川经常光顾的鱼庄了解情况。

他们往山上开了一公里不到，就到了那家鱼庄。鱼庄老板对十年前的车祸还有印象，也记得当年一直光顾的王老板。

"王老板出手很大方，是名牌大学生，说话也很客气，一点没有老板架子。"

提起王川，鱼庄老板仍然记忆犹新，滔滔不绝地讲起来王川当年在这里的事情。

"王老板钓鱼也很厉害，每次拿到我们鱼庄的鱼个头也比其他客人的大，数量也更多。他当年刚结婚，说是老婆、小孩都在凌江那边，他自己也不开火，所以基本上每周末都来。刚开始吃不完的鱼他还让我们帮他养着，后来钓的鱼太多了，索性就送给我们了。他还带老婆和儿子来过我们这里吃饭，是个很好的人。还给我儿子辅导英语，不过后来就不来了……"

"怎么回事？"

"大概是2012年1月份，因为还有半个多月要过年了，他要回家过年，说在节前来吃个饭。我们约了晚上6点，但是那天晚上我让厨房的师傅做好了小菜，也一直没有等到他来，我们还等着他钓来的鱼做火锅鱼。我老婆说，我不会做事，可能人家王老板有事情耽误了，总不能等人家自己带主菜吧。于是，就让我去选了一条大鱼先备好菜。"

这时，鱼庄老板娘接过了话头抱怨了两句："但是我们等到晚上很晚，那个王老板都没来，打他手机也不接，白白浪费了一桌菜，我们后来吃了好几天。"

"我和我老婆当时都觉得很奇怪，但是人家大老板总归是忙的。我当时有点不放心，而且晚上还听来吃饭的人说路上发生了车祸。结果第二天下午的时候，王老板的电话终于打通了。王老板说，他临时有事情在加班，过了年就调回凌江了。后来，我们就没联系了。"

魏成一行人回到石船镇上的宾馆，几人点了外卖，围坐在房间的茶几旁，一边吃饭一边交换了解到的情况。

"肇事司机吓坏了，只记得那辆车可能是赶时间，突然冲过来。他为了避让，没有看到路边的洪斌。根据当时的笔录，洪斌朋友说，他们散场大概是在5点30分，而洪斌车祸的时间在5点45分。这个时间恰好是王川去吃饭的时间。不过，当时附近没有目击者，而且那会儿路边也没有监控，所以那辆车一直没有找到。依我看，王川很有可能就是导致洪斌出车祸的司机，所以他当晚没有去赴约。而且，当时警察到鱼庄排查的时候，鱼庄老板一直以为王川在加班，压根儿没有来过，所以王川当时也就没有牵扯进洪斌死亡的事件中。"姚录结合李毅所说的和自己今天的调查情况分析道。

"据王川原来分公司会计的意思，他们公司对员工管理非常严格，如果员工涉嫌违法，或者生活作风有问题，或者有其他丑闻的，一律会被开除。所以，如果公司要是知道因为王川的过失导致有人被车撞死,王川很大可能工作不保,更别说调回凌江跟老婆孩子团聚了。"

几起案件情况的拼图逐渐完整。王川的车应该是被罗晓彤看到了,但是当时不知是出于什么样的原因,罗晓彤没有声张。直到去年,她和周程才打起了王川的主意。

尽管许多情况已经明朗,但大家心里仍然还有几点疑惑。王川自那之后没有再回过红砂市,是什么契机让罗晓彤在十年之后忽然想起来敲诈勒索千里以外的王川?当时周程只是在校学生,他与洪斌的车祸又有什么牵连,让他和王川一起杀人灭口呢?而且到目前为止,那八万元人民币又是怎么回事?

"老魏,你在发什么呆呢?"李毅见魏成心不在焉,便撞了一下他的胳膊。

魏成回过神来,说道:"姚警官刚才说,洪斌的朋友说,散场在 5 点 30 分左右,洪斌车祸发生在 5 点 45 分。"

魏成刚才听到姚录说到这里时,用手机打车软件搜索了度假村和杜娟家的路线,发现两地驾车只需要 20 分钟。

"今天白天在杜娟家里,她很肯定地说,她是 5 点出门的,但是她到达度假村却是在 6 点钟。她用在路上的时间是不是太长了?"

"她当时不是说没有叫到车吗?"李毅说。

魏成的目光还停留在地图上,他截屏了地图,把洪斌车祸的位置圈了出来。

"假设杜娟上车的时间比较晚,你们看,从洪斌车祸的位置到度假村驾车只需要五六分钟。杜娟 6 点到度假村,车祸 5 点 45 分。上山只有一条盘山公路,如果杜娟 6 点到度假村,她应该经过了车祸现场才对。可是如果她上车早,20 分钟的路程,为什么 6 点才到度假村呢?"

"杜娟有没有可能在说谎?"魏成说,"她并不是在回去的路上看见洪斌死了,而是在去的路上?"

魏成的假设有一定的可能性,而且这个假设将之前的一些情节都串了起来。

杜娟和洪斌当时在闹离婚,洪斌家人对她一直也不好,杜娟是洪斌死亡的最大获益者。几人想到了一种假设,洪斌的死或许并不是意外。罗晓彤敲诈勒索的内容和洪斌的车祸有关,而洪斌的死又与王川、杜娟都有不同程度的牵连。

"所以罗晓彤并不是因为王川而想起来敲诈勒索,很可能是同学聚会之后她加了周程微信,她在周程的朋友圈见到了杜娟的照片,想起来当年和洪斌车祸有关的一些事情,而这些事情很可能指向杜娟和王川。"李毅说,"这也就解释了为什么杜娟和周程明明感情很好,两人还要了小孩,但是8月份周程就出轨罗晓彤,还和她私奔到了凌江。"

"周程很有可能一直在骗罗晓彤,或许是为了稳住她,或许是为了杀人灭口,或许两者都有。"姚录分析道。

(十一)误会

李毅和姚录再次分头询问杜娟和王川。姚录和同事回凌江,对周程的车辆和肇事车辆上的刮痕做一个微量物证的鉴定。

李毅和魏成几人在红砂市王川工作过的分公司会计那里找到了王川的老照片。照片里是王川和同事的合影,后面是王川的车。通过组织辨认,撞死洪斌的司机认出,照片里的车就是当年差点撞到他的车。

有了司机的证言,李毅和魏成几人再次来到娟姐火锅店。杜娟正在收银台算账,见他们再次到访,便停下了手里的活。

李毅拿出了王川的照片,问道:"照片上的人,还有车,你认识吗?"

杜娟显然有些紧张,她舔了下嘴唇,摇摇头回道:"我不认识。"

见她还想隐瞒,李毅叹气道:"周程有没有问过你当年洪斌车祸的事情?"

李毅这么一说,杜娟忽然想起来,周程去凌江前,确实突然问过她洪斌车祸的一些细节问题。她疑惑不解,难道周程的案子还和洪斌的车祸有关系吗?

李毅从杜娟的表情看出来,周程确实问过她,便索性直接问:"2012年1月14日,也就是洪斌车祸当天,你有没有搭乘过照片上这个男人的车?"

"我……"

"车祸司机认出来,当时就是这辆车突然冲向他,他才撞死了洪斌。"李毅道,"当时究竟是怎么回事?周程问你的时候,你也没有跟他说实话吧?否则,他也不会铤而走险。周程涉嫌敲诈勒索和故意杀人,很有可能是为了替你掩盖当年事情的真相……"

"什么?周程他,不会认为是我害死了洪斌吧?"杜娟听到李毅这么说,差点晕过去。

"都是我造的孽,当时周程问我的时候,我应该实话实说的。"杜娟哭了好久才缓过来,"周程误会了,事情不是他想的那样。十年前,我的确看到了王川的车,但是我并不认识王川。"

当时杜娟在路边打车去度假村送离婚协议书,但是当时天晚了,根本打不到车。她在路边冷得瑟瑟发抖,越想越难过,蹲在路边哭了起来。这时王川刚好上山,停下车问她是否需要帮助。

杜娟说了自己打不到车,王川一听顺路,就决定好心捎带她一程。

杜娟上车后,在后座悄悄抹眼泪。王川看见她手里的离婚协议,好像明白了什么,默默给了她一张纸巾,热心问她怎么回事。这些年,杜娟满腹委屈无处诉苦,便把事情的经过一五一十地告诉了这个陌生人。

王川对她很同情，之后两人还没说两句，杜娟眼尖，大老远看到了前面在弯道处呕吐的洪斌。她害怕洪斌误会，又生出事端，让王川原地停车。

杜娟下车后，王川因为赶时间，车开得飞快。杜娟在后面走着，忽然听见前面急刹车的声音，之后就是车撞上的声音。她一下子吓蒙了，还没等她反应过来，只见王川的车飞快掉头往山下开。杜娟下意识大喊，想要逼停王川的车。杜娟也没想到，王川真的停了下来。因为王川知道杜娟记得他的车。王川求她不要说出去，让她先上车。

杜娟当时鬼使神差地上了车，王川赶紧逃离现场，把车开到岔路他经常钓鱼的湖边。这里十分僻静，王川以前在这里钓过鱼，还没有其他钓鱼佬找到过这里。他求杜娟不要把看见的事情说出去，并且答应给她一笔钱，还把钱包押在了她那里。

想到洪斌一家吃人不吐骨头，杜娟脑子一热也就答应了。之后，她步行从小路到了度假村，6点才到，并对外隐瞒了搭车以及王川当时在车祸现场的事情。

（十二）供述

看守所里，李毅将杜娟的取款以及与周程的通话记录，还有周程被捕时从他车上搜出来的现金编号等证据逐一摆在周程面前。

"杜娟在2022年11月5日取了八万元现金，你知道她为什么要取这八万元钱吗？"

周程听到这话的时候，脸上掩饰不住地慌乱，但是他还是说："我不知道。"

"你知道银行取现金可以跟踪编号吗？12月13日，从你身上搜出来的钱的编号有10多张和杜娟取的这些钱的编号是一样的，你怎么解释？"

周程一时间乱了方寸，选择沉默作答。

李毅继续拿出当时温泉酒店餐厅拨打到咖啡馆的电话记录，以及周程、罗晓彤在咖啡馆接电话的监控。

"这个电话是从温泉酒店的餐厅打到咖啡馆的，谁打给你的？"

周程脑门儿上开始冒汗，他低着头看看李毅，不敢说话。

李毅接着又拿出同一时间段王川走进餐厅的监控照片，说道："是王川给你打的电话，是他把存财物的储物柜号码告诉你的。王川为什么要给你钱？"

眼看周程不说话，李毅继续放出王川在网约车平台的打车记录和之后取消订单的记录。

"罗晓彤车祸当天，王川也在荆山。你前脚刚和罗晓彤吵架，把罗晓彤赶下车之后，王川后脚约的车就把人撞死了。你认为这世上有这么巧合的事情吗？"

李毅随后又问了几个问题，周程都没有回答。

"我们对比了你的车和肇事车上的微量证据，当时刮到张亮车的是你的车，还不坦白吗？"

周程终于绷不住了，他的辩解和魏成之前所推测的如出一辙。

"我当时是回去找罗晓彤了，但是因为着急，没注意看路，所以才差点撞到那个司机。我看出人命了，当然就跑了。当时都已经晚上了，我也不是故意的。"

"那王川当年是故意的吗？"李毅把洪斌当年车祸的照片摆在周程面前，"我们在分公司，还有王川家里，找到了王川的老照片，里面有他车的照片。撞死杜娟前夫洪斌的司机认出，照片里的车就是当年差点撞到他的车。杜娟已经跟我们说清楚了，她当时在王川车上。罗晓彤看到了什么，导致你们要合伙杀人灭口？"

"杜鹃姐怎么跟你们说的？罗晓彤的死不关杜鹃姐的事！"听见杜娟被牵连，周程急了，他脱口而出，脖子涨得通红，很快就意识到自己说错话，一时间像一个泄了气的皮球，"……是我的主意，不关杜鹃姐的事。"

"确实不关她的事，杜娟当时只是搭了王川的车，她和王川并不认识。罗晓彤是怎么跟你说的？"

听到杜娟和洪斌的死并没有关系，周程如释重负，但他放松的心很快被对罗晓彤的怨恨和对自己的愤怒填满。

"是我不相信杜鹃姐，我活该！罗晓彤这个贱人！"周程知道，自己现在说什么都已经晚了。

之后周程供述了案件经过，与李毅和魏成他们之前推测的大部分一致。去年6月同学聚会，罗晓彤加了周程微信后，开始翻他的朋友圈，看到周程晒的一家人的照片。她多次向周程示好，一开始周程出于礼貌还回复，后来索性就不理她。罗晓彤被拒绝后，只好说有关于杜娟和她前夫的秘密要告诉他，这才把周程约了出来。

周程按时来到了约定地点。他以为罗晓彤要说什么桃色八卦，没想到罗晓彤却告诉他，洪斌是被杜娟和一个男人一起害死的。当年她翘了下午的课，去镇上玩。后来走路回学校，因为在镇上吃坏了肚子，就找了个草丛方便。没想到过了一会儿，一辆车停在了空地上。罗晓彤看见车上的男人非常着急地跟一个女人解释什么，女人哭得非常厉害，车有剐蹭的痕迹。后来，男人还把自己的钱包给了女人。她当时并不认识杜娟，就没有多想。上山之后，她看到很多人围在一个车祸现场，她也在那里看热闹。过了一会儿，她看见杜娟也来了，才知道刚才看到的女人是车祸死掉的人的老婆。狗血电视剧看多了的她，很快联想到刚才车里的男人应该是女人的情夫。但是她当年并没有在意，直到她在周程朋友圈看到了杜鹃的照片。

因为喜欢周程，所以她便将当年的事情说了出来，没想到却给自己招来了杀身之祸。

"我不相信杜娟姐会害人。后来，我问了杜娟姐洪斌车祸的事，但是她不愿意多说，我才以为事情真的像罗晓彤说的那样。罗晓彤这个女人嘴多舌长，我不想惹麻烦。为了稳住罗晓彤，我骗她跟她好，想慢慢想办法。但是我们很快就没钱了，罗晓彤在酒店上班的时候看到了王川，想起来他就是当年造成车祸的男人，就提议让王川给我们一笔钱。我担心如果直接转账会留下线索，万一王川鱼死网破报了警，到时候再把杜娟姐牵扯进来就麻烦了。所以，我让罗晓彤把通卡偷出来，我复制了一张。罗晓彤怕被抓，也怕累，就辞职了。"

辞职前，罗晓彤借口填顾客问卷，要来了王川的电话号码，两人联系上了王川。周程不相信杜娟和王川有私情，悄悄联系了王川。他和王川确认了，当时杜娟确实在车上。但是关于两人究竟是什么关系，王川却不愿意多说。

现在看来，是王川摆了周程一道。他看出周程并不知道真相，便误导周程，说杜娟涉案，借机拉周程入伙，一起对付罗晓彤。王川向周程哭诉自己没钱，表面上好像吃穿不愁，但是他的钱套进投资都打水漂了，还要还房贷，供孩子上学，根本没有一点存款。

两人都想摆脱罗晓彤，所以就一起做了个局。周程自己准备一笔钱交给王川，也就是杜娟给周程的那八万块，由王川带到温泉酒店，当作是王川的钱放在储物柜。条件是王川和他一起制造事故，杀了罗晓彤。

"这件事杜鹃姐什么都不知道！那八万块是我跟杜鹃姐说，我在凌江遇到点麻烦，让她给我的。我也没想到王川会报警……"

（十三）利用

因为有了周程的指控，姚录也顺利拿到了王川的供述。

"我是家里的顶梁柱，当时我和老婆刚在凌江买了房。2012年的时候，我们房子买的3万多元，快4万元一平，总价360万元。我们每个月还贷压力不小。公司的规定很严格，如果车祸的事情被公司知道，我很有可能会被开除。当时我在分公司工资算高的，我不能丢掉这份工作。我都不敢想，如果没有这份工作，房贷、车贷、小孩教育，还有家里的开销应该怎么办。"

为了尽快离开红砂市，王川执意要调回总部，不惜和公司高层闹翻了脸。王川回到凌江后，处处受排挤，生活过得并不如意。现在人到中年，孩子正是花钱的时候，再加上他在公司发展并不好，经济情况并不宽裕。一年前，为了儿子的将来打算，王川和老婆咬牙在凌江买了第二套房，现在他正是缺钱的时候。

刚好周程、罗晓彤找到他，他明知道杜娟和当年的车祸没有关系，但是为了让周程帮自己，他故意隐瞒了当年的真相。王川被周程和罗晓彤敲诈勒索八万元，为了套取公司的钱，他决定将计就计，借发奖金的机会把八万美元带到了酒店。接下来，他在地下车库把周程给的八万元放在了自己装美元的袋子里，偷梁换柱。之后，他报警称遭遇盗窃，实际是将公司的八万美元私吞下来。

而周程为了在罗晓彤面前把戏做足，真的陪着罗晓彤在凌江销"赃款"。之后，他们像没事人一样回到凌江，结果周程被姚警官抓获。到案后，周程本以为王川揭发了他和罗晓彤敲诈勒索的事，但在讯问中才知道王川报的是盗窃案。虽然周程气愤王川过河拆桥，但他不想故意杀人的事被牵扯出来。于是，他顺水推舟，认下了盗窃罪。

（十四）尾声

王川因涉嫌故意杀人被刑事拘留。随后，公安机关对王川故意杀人案与周程敲诈勒索、故意杀人的案件并案处理。案件侦查终结后，被移送检察机关审查起诉。魏成制作了审查报告，将案件移送到凌江市人民检察院第一分院审查起诉。

分院张毅和助理来院里向魏成了解了案件的一些情况。

"两条人命啊，如果魏老师你当时没有深究那八万块人民币和美元盗窃数额的差别，那这世上除了周程和王川，也就没有人知道罗晓彤到底是怎么死的了。"张毅说道。

"罗晓彤死得也不值了，真是选错了人。"向前道。

魏成叹了口气："周程对杜娟倒是一往情深，可是选错了方式。"

杜娟当时的话还在他的耳边回响，她说不能让自己的孩子一出生就见不到自己的爸爸。可是，罗晓彤的父母又做错了什么呢？

坟地杀人案：是连环杀人案，还是模仿犯罪

很多凶手都有在案发后回到犯罪现场的习惯，很多是为了打探消息，看看侦查的进度。如果常桂芬案件的真凶当年也回过现场，而且认出了我，或者我无意间触及了什么关键信息，让凶手感觉到了威胁，此时恰好又有现成的机会，于是便有了第二次作案。

2023年8月22日是七夕，魏成请了几天假，和妻子姜欣到位于北方的滨城市度假。8月的滨城已经十分凉爽，夜里甚至有一丝凉意。吃了晚饭，两人手牵手从城市广场走到江边。江边行人不少，每隔一段距离，就有正在直播的年轻人唱着动人的歌曲。

夜幕之下，树影婆娑，一望无际的江面波光粼粼、摇曳动人。

"你还记得我们第一次见面的时候吗？"姜欣晃晃魏成的胳膊，眼睛里闪着光。

"2015年吧。"魏成这么一说，才意识到，不知不觉竟已经过去八年了。

姜欣点头。当时她和向前还在凌江政法大学刑事侦查学院读研究生，正在凌江市刑侦总队实习。魏成也刚工作四五年，还是个小伙子。

"八年了……"魏成看着晃动的江水自言自语道，波光粼粼的江面像一大片随风晃动的艾草丛。

姜欣明白过来，魏成应该是想起了八年前三桥镇的那起悬案。

那是姜欣作为实习生参与侦查的第一起命案。现代刑侦技术发达，命案必破不仅是目标，也是办案的理念。但是，八年前的那起命案至今也没有找到凶手。真相就像是藏在夜色中江面下的流沙一般，被水流、夜色层层掩盖。

这时，魏成的短信声响了。蒋文渠给魏成发来一条信息，只有短短几个字：常桂芬命案的凶手可能出现了。

（一）命案

2015年3月中旬，气温刚开始回升。姜欣和向前以及另外四个同学按照学院的安排来到凌江市公安局刑侦总队实习。姜欣从小就喜欢侦探、警匪小说，于是选择了命案支队，也就是三支队实习。向前也对命案办理更感兴趣，所以和姜欣一起在一个支队，剩下的几个同学去了四支队，也就是反诈支队。

姜欣的带教师傅姓张，单名健。张健五十出头，是支队老前辈，有丰富的刑侦经验，说话风趣幽默。他是山东人，身材魁梧，上学时候就在全国的拳击比赛中拿过奖。现在虽然算是老同志了，但是仍然能和年轻人练上两招。姜欣的拳击也是在这个时候跟师父学的。

张健不笑的时候看起来很凶，刚到支队报到的时候，姜欣还有些怕他。听说了张健的办案事迹之后，姜欣对师父佩服得五体投地。张健曾经办理过一起强奸杀人案件，凶手从高速上抛尸在山里。凶手非常狡猾，不仅没有留下体液，还放火烧尸。被害人的身份难以辨认，周边大山中也没有监控。此时张健向专案组提出，被害人生前体重应该有百来斤，虽然高速路口没有拍到被害人，但是凌江市高速出入口都有称重检测，结合尸检和现场情况确定的抛尸时间，对特定时间段进出高速的车辆进行排查，进高速时比出高速时重百来斤的车辆很有可能就是嫌疑车辆。用这个方法，专案组果然找到了嫌疑车辆，最终锁定了强奸杀人的凶手。

张健对带徒弟也很上心，不仅跟姜欣介绍了很多实战经验和案例，还给了她很多学习资料，教她怎么侦破投毒案件、怎样通过视频监控进行侦查。

"有些具有很强反侦查意识的犯罪分子会进行伪装，比如换衣服，但是步幅特征，甚至是手臂不自觉摆动的幅度等不经意间展现的特征，还是会暴露他们的身份，这就需要我们侦查员非常细致、敏锐、耐心地去发现。"

姜欣话多，总是追着师父问来问去的，但张健并不嫌弃她聒噪，反而很喜欢这个活泼可爱的小姑娘。尽管在命案支队，但姜欣是女生，出差办案总是不太方便，所以一般是向前跟着自己师父出现场比较多，姜欣主要是在办公室写一些成功案例的经验材料。她对向前羡慕得不行，虽然多次请缨出现场，但是一直没有合适的机会。

"师父，我也想去现场学习，您上次说带我去现场的，结果自己偷偷溜了。"姜欣假装不高兴。

"我可没有偷偷溜，是你们要去开会，我没等到你，才先走的。"张健脸上一副泰然。

"您就是不想带我。"姜欣愤愤地说。

"好好好，下次有机会一定带你啊。"张健拗不过她，只好答应，下一次如果再有命案，并且报到总队，一定带她出去。

张健这话说了没有多久，靖江区三桥镇双河沟村就发生了一起命案，村里一名独居老妇人常大孃被发现死在山上的坟地里。

常大孃名叫常桂芬，村里人都叫她常大孃，已经80岁。她有过两任丈夫，第一任丈夫去世后，她改嫁了现在的丈夫燕山，两人没有孩子，领养了一个男孩，起名叫燕应时。燕山常年在外面打工，挣了一点钱。几十年前，燕应时结婚的时候，燕山拿出积蓄给儿子建了一栋三层楼的新房，一家人一起住在新房里。常桂芬和儿媳经常吵架，经常一两个月也不说一句话。所以在燕应时的女儿出生没多久，又赶上燕山生病去世，常桂芬就单独搬回了以前的老屋。这么多年，常桂芬也不怎么和燕应时来往，自己靠种一点地和捡废品为生。

发现尸体的坟地位于村外的山上，长着成片成片半人高的艾草和矮小的灌木。艾草自古以来一直是吉祥的植物，未曾想会成为参与办案的人心里不祥的印记。

尸体是常桂芬的邻居和燕应时去找她的时候发现的。被害人穿着整齐，仰面倒在两座坟茔中间。头面部被人用石块连续击打，整个头骨都塌陷下去了。作为凶器的石块被扔在距离尸体不远处的位置，尸体没有被侵犯的痕迹。

姜欣一开始很激动，从小就期待着能够去现场办案。随着车离开城区，经过乡镇，往现场的山区开去，姜欣激动的心开始变为担心和害怕。毕竟是人命啊！平时看见死在路边的鸟或者被撞死的小动物，她都会感觉不舒服，现在即将去现场，她开始担心自己会不会关键时刻掉链子。

"小姜，你不会是怕了吧？"张健看着姜欣的样子道。

姜欣被张健这么一说，虽然心里害怕，但嘴上更不愿意承认了。

"可是你自己说要来的啊，一会儿跪着也得进去。"张健故意吓唬她说。

"健哥，你这带徒弟的手段够狠的啊！"同行的人说道，帮助缓解气氛，消除新人的紧张情绪。

"这都是侦查员一定会经历的，人家来实习，不就是为了经历。"张健回答。

大家说话间，车经过一片农田，往前方的山上开去。公路两旁是高大的树丛，间杂着嫩绿的桑树。虽然是晴天，山上还是有些冷。车拐过一个弯，进入一个山坳。清晨山坳里的雾气还没有散尽，显得静谧安详。从山坳出去几分钟之后，车又开始上坡。隔着山路一旁的树林，可以看见刚才经过的山坳。很快，车停了下来。前面停着警车，靠近一旁的山道拉着警戒线。进入现场的入口在半山的公路边，一条被野草覆盖的小路通往山上的坟地。姜欣深吸了一口气，现场到了。

现场勘查是侦查中非常重要的一步，姜欣在脑子里回忆学过的关于现场勘查的知识点。要确定勘查范围，之后按照"先静后动，先下后上；先重点后一般，先固定后提取"的原则，根据现场实际情况进行分工，确定勘验、检查的流程。她从书包里拿出笔记本和笔，飞快地在本子上写写画画，赶紧进入工作状态。

"你还是在这里等着吧。"张健一边做准备工作，一边向姜欣说道。他一改轻松，严肃起来。

姜欣很想顺坡下驴，但是已经到了现场，就这么在外面等着，实在也太不像话了。她打定主意，调整呼吸，硬着头皮跟在向前后面。他们跟着张健，穿过警戒线，往中心现场走去。

刚考进靖江分局刑侦支队没两年的李毅和同事正在向发现尸体的村民了解情况。

现场是一片坟地，几乎没有路可以走。不少坟头上挂青时留下的彩色纸在早晨的雾气里飘动，铺在坟头草上的纸钱微微抖动，这是回家扫墓的人留下的。除了艾草，还有到小腿肚高的丝茅草。姜欣远远地看见一个躺在草丛中的影子，她只看了一眼，就慌忙把视线移开。随后，她又强作镇定，一寸寸移动视线向尸体看去。

尸体仰躺在丝茅草和乱石中，穿着一件新的棉服，短发、头发花白。她的面部遭受了钝器击打，血肉模糊，红白的血肉中露出森森白骨。塌裂的颅骨下，聚集着积水和黑色的液体，以及昆虫。尸体右手边有一块大石头，上面的血迹早已经凝固变干，苍蝇围着血迹和尸体嗡嗡地飞。在尸体的脚边，有一个红色的塑料袋。半开的塑料袋露出了里面的纸钱和香烛，有种说不出来的诡异。

姜欣以为自己会很害怕，但是真的鼓起勇气看向尸体时，内心反而坦然了，毕竟自己的工作是要寻找凶手的呀！

"小姜，可以啊。"张健欣慰地说道，随即投入紧张的现场勘查工作中。

这时又一辆警车从山下开了上来，车身一侧有"检察"字样。因为是命案，所以公安部门邀请了检察机关派人提前介入。当时到现场参与勘查的人是侦监科长蒋文渠和助检员魏成。

魏成刚被任命为助检员不久，虽然年轻，但主意很大，谁的面子也不好使，常常会因为意见不同和蒋文渠争执辩论。他不仅在检察院系统名声不小，而且公安的同志对其也略有耳闻。虽然魏成一点儿也不让作为师父的蒋文渠省心，但蒋文渠对魏成却很有耐心，愿意悉心培养这个难搞的"哪吒"。

警车在空旷的路段停下，蒋文渠和魏成走下车来，这是魏成和姜欣的第一次见面。刚入职时的魏成十分瘦削，1米84的身高，体重却只有120斤，可以用骨瘦如柴来形容。姜欣好奇地盯着魏成，魏成也看见了她，路过的时候看了看她挂在脖子上的实习证。

（二）临场分析

临场分析安排在三桥镇派出所的办公室，姜欣和向前坐在后排。李毅大致介绍了案件的基本情况，大家对现场勘查的情况进行汇总。

"从现场的情况看，坟地应该是第一现场。我们从死者的裤子口袋里提取出一个布袋子，里面有一串钥匙，还有几块零钱。死者脚边有一个红色塑料袋，里面装着纸钱、蜡烛、一些散装的糖，还有一盒火柴。这些应该是死者为了祭拜携带到现场的。"李毅说道。

李毅这时也才工作一两年，算是个新人，但已经是办案的一把好手了。

"在尸体肩膀旁边提取到了不属于死者的半枚鞋印，很有可能是凶手留下来的。尸体右手东南方向半米处发现了带血的石块，血迹初步检测，其血型和被害人的血型一致，形状和被害人头部的伤口吻合，推测是凶器，上面没有发现指印。

"根据在勘验现场初步了解的情况，死者身上的财物没有丢失。这片坟地平时少有人来，但是因为还有半个月就是清明了，所以扫墓的人不少，凶手作案时间受到一定限制。从公路到中心现场的路段，有一些扫墓的人留下来的痕迹，破坏了被害人和凶手来去的痕迹。"李毅继续说道。

负责现场询问的警员也补充道："据常桂芬的邻居方大娘介绍，燕山就葬在现场附近，常桂芬之前每个月都会去给自己的丈夫燕山烧点纸钱、给坟茔除草。今年过年的时候，因为天气冷，常桂芬病了一段时间，没有上山，3月9日应该是她病好之后第一次上山。"

常桂芬脾气大，年龄大了之后，生活还算能自理，就是脑子糊里糊涂，经常和村里的人吵架，与儿子和儿媳妇关系也不好。邻居方大娘看她可怜，行动不便，平时对她很照顾，所以常桂芬和她的关系还算不错。

据方大娘说，案发前两天，因为自己孙子孙女要回来，所以去镇上买菜。她在三桥镇上看见常桂芬从邮政储蓄银行里出来。

"常桂芬去银行做什么？"张健问。

"据方大娘说，燕山还活着的时候，一直通过邮政储蓄银行给常桂芬打钱。

常桂芬脑子不太清楚，每次到三桥镇上买纸钱，还是会像以前一样先去银行让工作人员帮她取钱。闹一阵后，她才会离开，搞得银行工作人员都认识她了。"警员补充说，"常桂芬最后一次被人看到，是到银行说要取10万块钱，给儿子建房子、娶媳妇。还好方大娘及时去把她劝走了。"

随后，方大娘又陪常桂芬一起去了附近卖纸钱的店铺。本来她准备陪常桂芬一起去坟地，但常桂芬说自己能行。方大娘拗不过她，而且自己还要去买菜，就任由她去了。方大娘回家的时候已经是傍晚了，往常这时常桂芬家已经生火煮饭。今天看她家烟囱还没有冒烟，方大娘有些不放心就去敲了门，但是里面没有人。方大娘猜，常桂芬可能还没有回来，所以就回家了。

第二天，方大娘的儿子和儿媳妇带着孩子回来，她忙了一整天，也没注意到常桂芬有没有回家。第三天上午，因为孙女想要吃豌豆尖煮面，所以她准备去地里摘一些。当她路过常桂芬家门口时，发现常桂芬家的门还关着。她又去敲了一次门，发现还是没有人回应。等她摘了菜回来，常桂芬家依然没有动静。方大娘怕出事，就告诉了燕应时。燕应时回老屋开了门，发现家里确实没有人。他担心老人可能出事了，便和方大娘去山里找，最后在坟地里发现了常桂芬的尸体。

结合现场勘查的结果，大家讨论了作案工具、行为人的目的和作案过程。现场十分偏僻，推测凶手很有可能是一路尾随受害人，趁常桂芬在坟前准备烧纸时将其扑倒，随后再用石块连续击打其面部，直至其死亡。

"在现场询问的时候，顺便了解了一下常桂芬平时在村里的情况。老太太脾气比较大，和村里一半以上的人都吵过架。案发前几天，老太太还因为怀疑同村的赵广媳妇在自己生病期间偷摘了自己的菜，到赵广家破口大骂。另外，老太太和自己的儿媳关系也很僵，一直骂燕应时不孝，应该遭天打雷劈、不得好死。"警员介绍道，"甚至方大娘送老太太去三桥镇上医院看病时，常桂芬因为同房间的病人坐了自己的床和人家吵了一架。"

"检察院的同志有没有什么意见？"支队长问。

"老太太平时有积蓄吗？"蒋文渠问。

"被害人一直一个人生活，对她的存款状况，她的儿子燕应时也不清楚。现在只是在现场初步了解了情况，具体还要进一步调查。但是从目前看，是没有的。"李毅说，"据方大娘所说，常桂芬家在村里是出了名的穷。"

"她到银行取款是怎么回事？"

"按照方大娘的说法，常桂芬那天应该是脑子又不清楚了，以为儿子燕应时还没有结婚，要去取钱给他修房子。这已经是几十年前的事了。"

"各位都是刑侦方面的专家，怎么样侦查，在你们面前，我是门外汉，我只能是谈一点自己还不成熟的看法。"蒋文渠说，"这个案子，虽然尸检还没有出来，但是十有八九是他杀。我的建议，一是把握好侦查的方向。凶杀案件，财杀、仇杀、情杀还是最主要的。刚才有同志也说了，老太太和村里人积怨比较多，和自己的儿子、儿媳关系也不好，难保不会得罪人。个人认为，仇杀的概率比较大。二是可能要重点关注被害人死前是不是接触过什么特别的人，发生过什么特别的事，这对把握案件的性质有很重要的作用。最后，这个案件，凶手非常残忍，还是要和村里沟通，做好村民的情绪安抚工作，避免造成恐慌。"

姜欣在笔记本上记下会议的要点，无意间看见魏成双手撑在桌上指尖抵着额头，低头思考着什么。

"小魏，你怎么想？"蒋文渠说完，扭头问魏成。

"我只是在想，"魏成放下撑在桌上的手，"吵架而已，如果只是普通的邻里、家庭口角，犯得着杀人吗？"

"小魏老师说得也有道理。"张健也说,"而且凶手连续多次击打被害人头部,手段残忍,如果仅仅因为吵架就用这么残忍的手段杀人,未免不太合情理。"

(三)仇杀

会议结束之后,现场的血腥情形始终在姜欣脑海中挥之不去。开完会,大家在食堂吃午饭。姜欣看着面前的饭菜实在吃不下去,一磨蹭,食堂只剩下稀稀拉拉的几个人。

"实在不想吃,还是别勉强了。"向前说,"我也不太能吃下。"

姜欣挑起面前的饭菜,眼前都是尸体头部血肉模糊的样子。她左右张望,看见魏成和李毅才走进食堂,正要去打饭。散会后,魏成又抓着李毅单独交流了一会儿。

李毅来到向前旁边坐下,和两人打招呼:"你们是实习生?"

"对,我叫向前,她叫姜欣。"向前说,"这是她第一次出现场。"

魏成和李毅看看姜欣,眼神里都是同情,之后两人继续方才没有结束的谈话。

"李警官,你刚才说死者身上有个钱袋子,钱袋子是什么样子的,是什么状态?"魏成问。

李毅放下筷子,和魏成比画了一下:"那个袋子大概这么大,是一个普蓝色手工缝制的抽绳布袋。绳子一头挂在被害人的裤子上,里面装了钥匙,还有几块钱。"

这个细节引起了魏成注意:"袋子口是打开的,还是关上的?"

"你这么一说……"李毅回想现场拍的照片,袋子口没有封紧,稍微拉开了一点，可以看见里面是钥匙和零钱，"半开。怎么，你怀疑是求财？抢劫杀人？"

"老年人对自己这种随身携带的钱袋子保管都非常小心，不太会不系上。"魏成说。

"常桂芬毕竟年纪大了，这个还真说不好。"李毅摇头，叹了口气。

两人的话让姜欣和向前两人也来了兴趣。

"被害人在村里是出了名的穷，什么人会抢她呢？而且，被害人身上的财物也没有少。"向前说。

"财物没有少，是因为几块钱太少了吧，不能因为这一点就否认凶手求财的可能性。"姜欣道。

魏成看看身边的小姑娘，他的想法和姜欣有相同之处。

"不过你们也看到了，常桂芬也不像有钱的样子，谁会想到去抢她呢？再说，那袋子也装不了几个钱吧。"李毅说，"我觉得这个案子，还是仇杀的概率比较大。"

"我刚才听见魏老师说，因为吵架不至于杀人。"姜欣看看身边的魏成，后者转向她，"如果两人在现场发生争吵，激情杀人的可能性也是存在的。我最近看的案例里面，也有不少邻里之间因为一句气话就激情杀人的。有个老太太因为听见儿媳和邻居说了她的坏话，回家就给儿媳晚饭里下药，把儿媳毒死了。"

"你说的这种情况大部分也是积怨已久，因为一次吵架就杀人的毕竟还是少数。"魏成解释说。

姜欣被魏成这么一说，有些脸红。

"你们说的都有道理。"李毅说，"常桂芬这么多年在村里得罪了不少人，很可能和凶手积怨已久，之后很可能因为发生了新的冲突，最后导致凶手激情杀人。"

"会不会是变态杀人？"向前猜测。

"你电视剧看多了吧，哪有那么多高智商犯罪和变态杀人啊？"李毅调侃道，"穷凶极恶的人毕竟还是少数，大部分都是普通人。如果真是变态杀人，这类案件因为特征明显反而更容易侦破。"他叹了口气，继续说道："难办的是像这起案件一样没有明显特征的案子。"

（四）悬案

李毅也没有想到自己的话会一语成谶，常桂芬案件的侦查并不顺利，最后竟然真成了一桩悬案。

尸检报告很快出来了，结合现场侦查、毒化、尸检等情况，常桂芬案件确定为他杀。专案组分组进行了走访和摸排，发现常桂芬近期没有什么反常的举动。过年后，她除了去医院，其他时间都在家里养病。最近与常桂芬有过纠纷的人都被仔细地排查了一遍，包括常桂芬的儿子、儿媳，以及和常桂芬有过争吵的邻居。但是排查下来，没有发现形迹可疑的人，而且几个重点怀疑对象的鞋印、身高、体型，以及步幅等特征也和现场鞋印以及通过现场遗留鞋印推理出的特征比对不上。

常桂芬年轻的时候也没有什么感情纠纷，现在已经80岁高龄，更没有什么感情纠葛可言。尸体没有被侵犯的痕迹，因此也可以排除一些流氓作案。不过谨慎起见，专案组还是对附近有过猥亵等前科的人员，以及村里群众反映存在作风等问题的人员进行了排查，也没有发现可疑的对象。

仇杀、情杀的路走不通，难道真的是求财？李毅他们从常桂芬家里找出来

183

一万多元的现金，这些钱就连她的儿子燕应时也不知道。而且，常桂芬也不是会露财的人，没道理会被人盯上。

抱着最后一丝希望，专案组又对附近有盗窃等前科劣迹，平时惯有小偷小摸的人员进行了调查，也没有找到可疑的对象。正如李毅所说，常桂芬家穷在那一带是出了名的，谁会抢劫杀害一个穷困的老太太呢？

张健提议会不会是流窜作案，但是双河沟村，甚至三桥镇地方不大，平时有什么生面孔，一定逃不过当地人的眼睛。经过一段时间的走访，案发时间段并没有发现可疑的人，于是流窜作案的可能性也被排除了。

至此，常桂芬案件的调查进入了死胡同，一眨眼已经过去了八年。参与案件办理的张健有时候在想，或许这个凶手当真是一个变态，出于什么特殊的原因杀害了常桂芬，之后又销声匿迹。可如果三桥镇当真藏着这样一个变态杀人凶手，何以这几年间都如此风平浪静？

常桂芬案件过后的这些年，张健一直注意留意作案手法与其相似的其他案件。实践中，有部分凶手也是因为再次作案，经公安机关串并案件侦查，最终被绳之以法。但是，常桂芬案件却一直没有进展。

姜欣记得，实习快结束的时候，她曾经问过张健，如果一起命案最后也不能侦破怎么办？

"作为命案的侦查员，当然希望也会尽全力侦破案件，还被害人一个公道，将凶手绳之以法，但是没法破案的情况也确实存在。"张健说这话的时候十分无奈，此时常桂芬案件已经进入了死胡同，"不过，人总归是要先尽人事，才有资格谈听天命。"

几年间，物是人非，张健已经退休了，李毅成长为独当一面的侦查员。向前毕业后考入检察院，成了魏成的助理。魏成从助检员变成检察官，他和姜欣因这起案件认识，之后又因为别的案件产生交集，如今已经结婚三年。

2023年，就在三桥镇逐渐把这起案件遗忘的时候，又一起命案发生了。一名叫汤洁的女中学生被凶手用相似的手法杀害，案发地点距离常桂芬被害的现场不足50米。

（五）新案

汤洁今年16岁，在上高中一年级，是三桥镇刘家村人。大约半年以前，2022年9月3日，暑假即将结束，汤洁在家人的陪同下到三桥镇上买文具和日用品。因为和母亲范莉吵了两句，汤洁独自离开文具店，之后便失踪了。

范莉报了警，当地派出所和村里人开始寻找汤洁的下落。

三桥镇上文具店门口的监控显示，汤洁在9月3日上午10点12分离开之后，就失去了踪迹。汤洁失踪之后差不多一年的时间里，范莉几乎每天以泪洗面，担心汤洁已经让人给害了，她既想听到消息，又怕听到消息。2023年8月，双沟村有村民家里的狗跑了出去，从山上叼回来一只人手。村民很快报了警，警察在坟地附近的树林里找到了汤洁的尸体。

汤洁也是被人用石块连续击打头面部，颅骨塌陷，腐败严重，已经看不出人样。尸体上盖了草，上半身穿着一件粉红色的T恤，下半身穿着短裤，没有被侵犯过的痕迹。尸体在野外被日晒雨淋了将近一年，原本崭新鲜艳的衣服已经褪色，包裹着可怜的少女。尸体被虫和动物撕咬的地方露出了白骨，只有部分地方还可以看见完整的皮肉，散发着阵阵恶臭。树林平时没有人去，所以尸体一直没有被发现。

在尸体的旁边是汤洁失踪当天新买的书包，里面是她失踪时新买的文具和牙刷、毛巾，还有练字的字帖。侦查人员在距离尸体不远的地方，找到了汤洁的手机。李毅看着这些文具，心里非常难受。小姑娘原本应该在教室里学习，和同学们嬉戏打闹，一起憧憬未来，可她现在却支离破碎地躺在这荒山野岭。

凶手的作案方法与多年前的常桂芬案如此相似，让人不得不怀疑这两起案件的凶手是同一个人。现场的情况告诉李毅，多年前的常桂芬被杀案并不是流窜作案，当年的凶手应该还在三桥镇里。

接到汤洁案时，李毅的心情是复杂的，被害人还未成年，竟惨遭杀害。三桥镇并不大，但是他当年却没有抓到这个凶手。同时，他也暗暗高兴，按照常桂芬案凶手的表现，凶手不会突然离开三桥镇，否则显得可疑。既然凶手还在这一亩三分地，那抓到他只是时间早晚的事。

李毅在心里暗暗发誓，这次一定要将这个凶手绳之以法！

汤洁的母亲范莉当年初中毕业后外出打工，认识了同样去打工的同乡汤嘉恩，两人结婚生下了汤洁。但汤嘉恩好赌，欠了一屁股债，被追债的人撵得东躲西藏。范莉不堪忍受，与他离了婚，回到娘家生活。汤嘉恩在老家也欠了不少钱，这么多年都不敢在老家露面。

五年前，汤洁11岁的时候，范莉嫁给了现在的丈夫雷彬。

在后来的走访中，李毅了解到，范莉和雷彬经常为要小孩的事情吵架。范莉害怕再生一个小孩，雷彬会对汤洁不好，所以一直不同意要孩子。为了这件事，两人闹了几次离婚。因为雷彬平时也没有正经工作，家里的事都是范莉做主，所以要小孩的事情也就不了了之。不过，雷彬对这件事始终耿耿于怀，自此对汤洁的态度也逐渐变得恶劣。

在对范莉夫妻身边亲友的走访中，李毅还掌握了一条很重要的信息。

"汤洁跟她叔叔的关系不好，所以她只有放寒暑假才回来待几天。"范莉的朋友黄三妹说，"雷彬喝醉了酒会打人，而且对汤洁动手动脚的。"

随后，李毅和同事又来到范莉上班的糖厂了解情况。糖厂的老板华皓是黄三妹的丈夫，他记得有一次范莉上班的时候突然请假，说家里有点事。后来，他从黄三妹那里知道，雷彬喝醉了酒，因为汤洁顶嘴，竟然打了汤洁。

"我和范莉的前夫汤嘉恩是发小，雷彬可能因为这个不怎么和我说话，范莉家的这些情况我老婆比我清楚。"华皓说。

黄三妹的话得到了周围知情人的证实。雷彬因为范莉不愿意要小孩的事情经常向身边的人抱怨，还说过"汤洁要是死了，看范莉怎么办""要是没有汤洁就好了"这样的话。

李毅和同事再次找到范莉了解情况。

"你和雷彬是怎么认识的？雷彬是什么时候来的刘家村？"李毅问。

"我们是2018年在网上聊天的时候认识的，后来发现都是三桥镇的人。雷彬原来在三桥镇上开摩的，结婚之后他从镇上搬来刘家村跟我一起住。"范莉说，"后来因为我不想要小孩的事情，他觉得挣钱也是便宜了我跟小洁，所以跑车也少了。"

"雷彬2018年以前的事情，你都清楚吗？"

"他在外面打过一段时间的工，挣了钱回来在镇上买了一套住房，还买了一套门店房。后来，他觉得在外面太累，就没有出去了。他把门店还有住房都租出去了，平时靠收房租和开摩的挣些钱。"

"那是什么时候的事？"

"应该是2015年开年的时候，他过年回来买了房就没有再出去。"

听到雷彬回三桥镇的时间与当年常桂芬案发生的时间一致，李毅心里的把握又增加了一分。

"警官，雷彬是不是有什么问题？"不待李毅和同事回答，范莉无法再控制自己的情绪，"人肯定是他害的！他不止一次说，如果小洁出事，看我怎么办！他就是为了报复我！他早就觉得小洁碍眼了！一定是他干的！这个禽兽！"

"你先不要激动，只是向你了解一下雷彬的情况，案件我们还在调查中。"李毅解释说。

（六）嫌疑

根据范莉的回忆，汤洁失踪当天，雷彬骑车载着她和汤洁去县城。雷彬把车停在一个麻将馆外，自己就进去打麻将了。

"我跟雷彬说好，让他在店里等我们，我们买好东西去和他会合。"范莉的情绪稍微稳定，回忆说，"我带小洁先去了服装市场，我答应过她，如果考上市区的高中，就给她买新衣服。"

给汤洁选好衣服，两人又来到文具店。据店主回忆，当时她正在算账，母女两人不知因为什么事吵了起来，之后汤洁和母亲赌气，把新买的文具装进新书包里，自己一个人从店里出去了。范莉付好钱，已经不见汤洁人了。

"你们因为什么事情吵架？"

"那天早上出门的时候，雷彬因为小洁的裤子短，说了她两句。小洁和雷彬顶嘴，说他自己思想龌龊还赖别人。小洁买衣服的时候，想买一个一字肩的。我想，回头雷彬又会唠叨，就没同意。小洁和我赌气，怨我什么都听雷彬的。"

范莉说着，眼泪再次流下来。

"到文具店的时候，小洁又跟我说，她爸爸联系她了，想要接她去一起生活。"范莉哭着说，"汤嘉恩根本就是个街溜子，欠一屁股债，我怎么可能让小洁去和他一起生活！而且，小洁之前从来没有跟我说过汤嘉恩联系过她，所以我更生气了，才说了她两句。如果早知道会这样，我肯定不会说她的呀！"

范莉失声痛哭，很久才缓过来。

"这些年我都是为了小洁。现在小洁没了，以后我还有什么可以指望的！我活着还有什么意思啊！就算你们找到凶手，我的小洁也不会活过来了啊！"

李毅递给范莉一张纸巾，安慰道："人死不能复生，找到真凶，这是我们唯一能为汤洁做的。"

过了好一会儿，范莉渐渐止了哭声。

李毅等她缓和过来才问："汤洁为什么说雷彬思想龌龊？"

范莉面露难色，倒不是为了维护雷彬，而是不想影响自己女儿的名誉。

"雷彬不老实……"范莉最后还是决心说出来，"本来我是不知道的，有天黄三妹跟我说，她有好几次看见雷彬盯着小洁的大腿看，还对小洁动手动脚，我才有了警觉，开始注意到雷彬有些不对劲。雷彬喝醉了酒是会打人，但是他清醒的时候，不会对小洁做什么。"

"你说的动手动脚具体是什么行为？"

范莉显得难以启齿："摸手、腰，还有大腿。"

"你亲眼看到过吗？"

范莉摇头："我没有见过，是黄三妹和我说的。我只知道那次雷彬喝醉了酒，打了小洁。"

"这件事你有没有问过汤洁？"

"我没有直接问。我问过小洁雷彬对她好不好……"

"汤洁当时怎么说？"

"她没有说这个，她就说自己很讨厌雷彬。"范莉啜泣着，"小洁这么说，我猜很可能黄三妹说的是真的。我后来再问，小洁也没有说别的。"

当天范莉以为汤洁直接去了麻将馆，便径直去菜市场，准备在汤洁去上学前做顿好吃的。但是，等她到麻将馆时，才发现汤洁并没有回麻将馆。她打汤洁的手机，显示关机。此时她都只认为汤洁是在和她赌气，心里猜想她可能自己回家了。范莉和雷彬到家后，发现汤洁当天并没有回家，两人慌忙去找人。汤洁的老师还有平时和汤洁玩得好的同学都问过了，他们也不知道汤洁去了哪里。因为找不到人，范莉决定报警。

文具店的监控显示，汤洁和母亲吵架后离开文具店是在上午10点12分，范莉到麻将馆给汤洁打电话并且发现她的手机关机是在11点10分，汤洁很有可能就是在这段时间遇害的。案发现场到县城足足有7公里，走路30多分钟根本到不了，汤洁应该是搭乘了交通工具。她身上没有捆绑的痕迹，说明她是自愿离开的。

专案组在文具店附近的街道走访调查，寻找目击者。一名目击者看见汤洁跟在一个中年男人后面。男人身高一米七左右，留着寸头，矮胖。目击者描述的中年男人的体貌特征与雷彬十分相似。经组织辨认，目击者指认当时看见和汤洁一起的男人就是雷彬。

当天与雷彬一桌打牌的麻将馆牌友也回忆起，雷彬曾经骑车离开过一段时间。当时他们还认为是雷彬输不起，所以躲出去了，几人还抱怨过几句，时间在9点50分到10点40分之间。

对于这个问题，雷彬称自己只是骑车出去买了两瓶酒。因为他肝不好，所以范莉一直不给他买酒。他趁范莉不在，偷偷去店里买了两瓶酒，后面才回到麻将馆。

但是，雷彬很显然是在说谎。麻将馆距离卖酒的商店不到两公里，骑车来回至多十来分钟，雷彬竟然用了将近一个小时。再加上目击者的指认，雷彬具有重大作案嫌疑。

根据目击者的证言，李毅在目击者看见两人出现的路段附近寻找监控视频。功夫不负有心人，道路旁的二楼上一个私人的面对路面的监控拍到了骑车载着汤洁的雷彬。

"我那天确实载过汤洁。"面对证据，雷彬只好承认，"我从麻将馆买了酒出来，在路上碰到了汤洁，她手里提着祭拜的东西。汤洁跟我说，她妈还要去买菜，让我带她去祭拜下她爷爷奶奶。"

"到了坟地之后，我在马路边抽烟等汤洁，但是过了很久也没有看见汤洁出来。我给她打电话，发现她手机关机了。"雷彬说，"没办法，我就进去找人。我不晓得汤洁爷爷奶奶的坟在什么位置，那边草又深，我找了好一会儿都没有人。"

雷彬咽了一口唾沫，继续说道："我又往旁边山林里走，那边没有路，我一边走一边喊。我以为是汤洁在整我，没想到……没想到我在树林里没走多久，就看见了一个人躺在地上，整个头都被砸烂了。我再仔细一看，认出了是汤洁。我吓坏了！"

雷彬说这些话时，他的恐惧不像是装出来的。他当时吓了一大跳，连滚带爬回到路边。

李毅在对雷彬进行调查时，确实看到了雷彬在 10 点 30 分左右给汤洁打过一通电话。

"我本来是想要报警的，但是当时那种情况，我怕警察来了，我说不清楚。我看周围也没有人，就想先回麻将馆再说。"

雷彬到了麻将馆没多久，范莉就来找汤洁。

"我见到范莉才晓得，她根本就没有说过让我送汤洁去给她爷爷奶奶烧纸钱。我不知道这到底是怎么回事，我害怕是有人故意想要整我。我不敢报警，也不敢去山里面看。警官，我没有杀人！"

不管雷彬的神情显得多么真实，但是他给出的说辞都显得苍白无力。范莉不仅没有说过要他送汤洁去祭拜爷爷奶奶的话，现场也没有找到雷彬说的汤洁带去祭拜的东西。

在之后的搜查中，李毅和同事还在雷彬的房间书桌里面发现了一张烟盒纸。烟盒纸非常旧，应该有些时间了，烟盒内侧写着"300978"这几个数字。据范莉辨认，雷彬从来没有抽过这种烟，她也没有见过这张烟盒纸。

李毅对这烟盒印象深刻，他记得燕应时平时抽的正是这种烟。但是燕应时看了烟盒纸和数字，也表示没有见过。

"袋子是什么样子的，现场是什么状态？"

"老年人对自己这种随身携带的钱袋子保管都非常小心，不太会不系上。"

李毅此时突然回想起多年前魏成说过的话。他打开电脑，找到了当年常桂芬案拍摄的现场照片。和烟盒纸的宽度一对比，他忽然明白了为什么常桂芬的袋子当时是半开的，袋子原来放着烟盒纸。因为袋子不大，放了烟盒纸之后，合不上。常桂芬的袋子里当时少了这张纸，但是燕应时平时对常桂芬的生活不太清楚，所以也不知道袋子里少了什么。

这六个数字不像是电话号码，魏成当年对凶手可能是求财的假设给了李毅猛地一击。这数字可能是银行密码！李毅到银行一核对，这六个数字果真是燕山曾经开的银行账户的密码，但是许多年前这个账号因为一直没有使用已经自动注销了。

凶手当年杀害常桂芬确实是求财，因为常桂芬曾经到银行扬言，要取10万元给儿子修房子。一直生活在当地的人都知道常桂芬精神不太正常，但凶手很有可能并不知情，误以为常桂芬有钱而一路尾随，最终抢劫杀人。这也意味着，凶手当年是在镇上第一次目睹常桂芬去取钱的人。

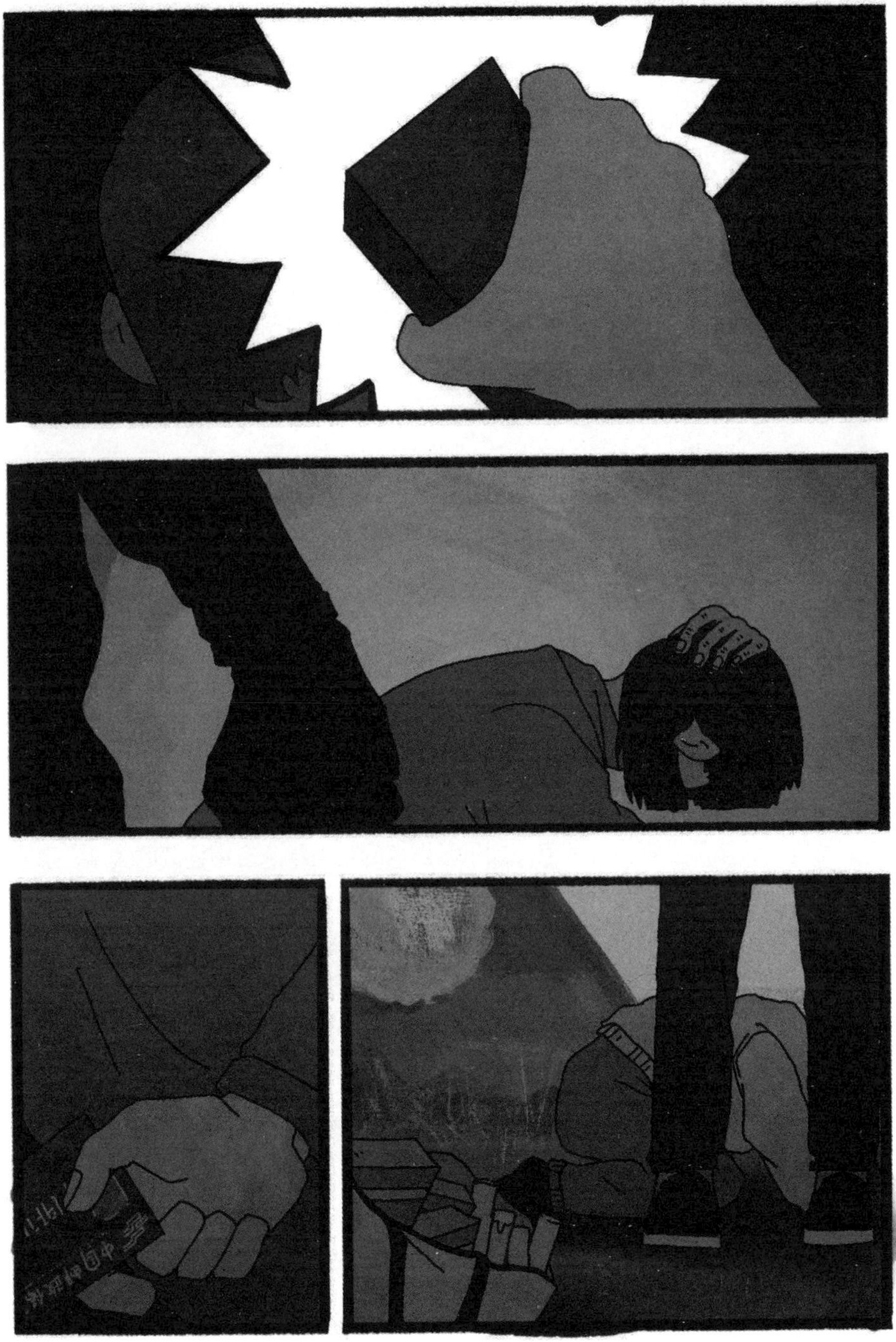

很快，燕山的银行卡也在雷彬家的抽屉里被找到。2023年8月24日，雷彬因涉嫌故意杀人罪被刑事拘留。

但雷彬只承认自己应汤洁的请求将她带到了坟地，否认杀人，更否认自己以同样的手法杀害了常桂芬。

靖江分局以雷彬涉嫌故意杀人罪提请检察院审查批准逮捕。靖江区检察院故意杀人案件的审查批准逮捕由第二检察部办理。因为此案与多年前的常桂芬案有牵连，魏成当时提前介入过常桂芬案，所以他临时被借到二部作为雷彬涉嫌故意杀人案件的承办人。

（七）存疑

因为涉及多年前的案件，魏成23号提前结束了休假，他从电话里听出来李毅非常兴奋。李毅告诉魏成，张健退休后对当年没有侦破的常桂芬案件始终不能释怀，所以去年退休后在三桥镇租了一套房子，每天没事就去三桥镇的各个村遛弯、打牌，希望能发现什么线索。如果雷彬真的是当年杀害常桂芬的凶手，那么张健心里的石头也终于可以放下了。

魏成一路上都在回忆常桂芬案件的点点滴滴，如果雷彬真的是凶手，那么沉寂八年的案件真相即将浮出水面。他与李毅一样抑制不住地激动。不过，当他看了案件材料，提审雷彬时，他激动的心逐渐冷静下来。

程序性提问过后，魏成进入正题："2022年9月3日上午9点50分至10点40分，你在哪里，做什么？"

"我去超市买了两瓶酒，打算带回家喝，路上碰到了汤洁。汤洁说范莉让我载她去给她爷爷奶奶上炷香，我就送她到了山上。"雷彬还是那套说辞，他忐忐地看看魏成，显得忧心忡忡，仿佛自己都不相信自己说的是实话。

"你接着说。"

"坟地那边草很高，而且汤洁的爷爷奶奶跟我也没什么关系，我不想进去，就把车停在路边，抽烟等她。可是我等了很久，汤洁也没有出来，我……我给她打电话，可是她手机关机。我又进去找她，坟地没有人。我一边喊汤洁一边往旁边树林里面走，就看见……就看见了汤洁的尸体！"

雷彬神情惊恐，接着说道："我本来要报警，可是村里很多人都知道我和汤洁关系不好，现在人又死了，坟地就我一个人，事情肯定说不清楚，我就马上回了麻将馆。"

雷彬一边说着，一边祈求一般地看着魏成。

"检察官，你一定要相信我，肯定是有人要整我！我回到麻将馆，范莉就问我有没有看到汤洁。她说自己和汤洁吵了架，她根本就没有和汤洁说过要我送汤洁去给她爷爷奶奶上坟。真的是有人要整我！我没有杀人！你们一定要相信我！"

"汤洁去找你时，都带了什么东西？"

"她背着书包，应该是新买的，我不知道里面有什么东西。她还拿了一个袋子，里面是纸钱。"

听完雷彬的供述，魏成眉头紧锁。如果雷彬所说属实，汤洁前脚刚和母亲因为雷彬的事情吵了一架，后脚就又让雷彬载她，这未免说不通。汤洁和范莉的争吵有文具店的店员可以证明，这也就是说，如果不是雷彬在说谎，那么就是汤洁的行为反常。

魏成姑且假设雷彬说的话都是真的，但是范莉并没有说过让雷彬带汤洁去祭拜的话。如果范莉也没有说谎，那就只能是被害人汤洁在说谎，故意把雷彬骗到了现场。可是，汤洁为什么要这么做？她没有道理做对自己不利的事情。

如果范莉说谎了，她的确说过让雷彬将汤洁送到坟地，那范莉就和杀害汤洁的真凶脱不了干系。可是，范莉是汤洁的母亲，她更加没有理由对自己的女儿痛下杀手。

现场也没有找到雷彬说的纸钱，对此，雷彬自己也解释不了。这案件怎么看，都像是雷彬在无耻地狡辩。但是，尽管有许多证据证明雷彬到过现场，却并没有直接证据证明雷彬就是杀害汤洁的凶手。对于常桂芬案，能够证明雷彬可能涉案的证据，只有在雷彬家里发现的燕山的银行卡和常桂芬的烟盒纸。

"你认识常桂芬吗？"

"我不认识，但是我听人家说起过，很多年前她被人杀了，杀人的人到现在也没有找到。"

"这张银行卡，还有这张纸，你有没有见过？"

"警察已经问过我了，检察官，我从来都没有见过！"

"这是燕山的银行卡，这张纸上是银行卡的密码，燕山的银行卡为什么会在你家里？"

"检察官，我真的什么都不知道啊！"雷彬声音颤抖，陷入深深的恐惧和疑惑，"肯定是有人要整我，我也不晓得那个东西是怎么在我家里的！我是被冤枉的呀！"

"2015年3月9日，你在什么地方，干什么？"

"这么多年前的事，我哪里还记得啊！"雷彬又努力回忆了一番，"我可能在跑车吧。我真的想不起来了。"

案件看上去似乎很明朗，种种迹象都表明雷彬就是杀人凶手，但是很多地方又显得疑点重重。雷彬的表现似乎不像是在说谎。鉴于雷彬本人拒不认罪，再加上很多关键问题都缺乏证据，魏成以事实不清、证据不足，决定不批准逮捕，并制作了不捕案件补充侦查的提纲。

（八）陷阱

李毅对魏成不批准逮捕的决定有些生气，收到不捕决定后，他找到了魏成。

"这么多年了，老魏，你还不知道我吗？肯定就是雷彬这小子干的！我还能冤枉他不成。"

"老李，你先听我说，这个案子除了证据薄弱，还有疑点。"

"你倒是说说，有什么疑点？"李毅气呼呼地在魏成办公室坐下。

"毅哥，你先喝杯冰水，凉快凉快。"向前给李毅递上一瓶冰冻的饮料。

魏成拉了一条凳子，坐到李毅对面说道："老李，先说一点，我完全赞同你常桂芬案件凶手也是汤洁案件凶手的观点。常桂芬案件的真凶确实即将浮出水面，但是这个真凶是不是雷彬，我要画一个问号。"

"那你说说，你怎么想？"李毅问。

"本来极有可能被常桂芬放在钱袋子里的银行卡和密码出现在了雷彬的家里，说明这两起案件肯定是有关系的。时隔八年，不管真凶是不是雷彬，凶手为什么再次以同样的作案手法杀人？"

"凶手作案手法会在某种程度上保持一定的稳定性，这是犯罪学的一种规律。你学刑法，你应该也知道啊。这没有什么奇怪的吧？"

"如果是雷彬杀人，他当天可以选择杀人的地方有很多，为什么偏偏要选择在几乎同样的地点，用同样的手法杀人？这不是更容易引起警方关注，进而联想到当年的常桂芬案吗？这已经不是犯罪手法稳定性可以解释的了。"魏成进一步分析说,"有两种可能性,一是凶手对这个地点和杀人手法有执念,二是凶手刻意为之。汤洁案的作案手法刻意的痕迹很明显,更有可能是刻意为之。"

"会不会是模仿作案?"向前说。

"第一起案件被害人的银行卡和密码出现在第二起案件的疑犯家,凶手应该是货真价实的,不会是模仿犯。"李毅喝了一口水,"第二起案件更像是第一起案件的刻意再现,而不是单纯的模仿,两起案件的凶手应该是同一个人。"

魏成点头:"我们现在基本上可以确定凶手八年前杀害常桂芬是为了求财,并不是什么杀人成瘾的变态。所以,在这八年的时间里,他都没有再作案,而是在安心过日子。这样性格的凶手,为什么偏偏选在八年后用同样的手法作案?凶手故意让我们把两起案件联想到一起,触发凶手杀人的契机是什么?"

"难道是因为健哥?"向前忽然想起来一件事,"健哥去年退休之后,就搬去了三桥镇。凶手会不会是认为健哥发现了什么,所以故意再现当年的案件,然后嫁祸给雷彬?"

几人沉默地评估着这个推测的可能性。

"燕山的银行卡和密码是指证凶手的重要证据,一般凶手都会直接销毁。如果雷彬真的是凶手,那他为什么要留着这两个关键证据呢?"

"可是如你所说,雷彬是被人设计的,那真凶为什么又保留这两项证据呢?"

"可能就是为了应对今天这样的局面。"

"对你这个假设,我持保留意见。"李毅愤愤道,"不过也算一种可能。"

"再说为什么我不认为雷彬就是凶手。"见大前提已经被接受,魏成继续解释道,"假设雷彬确实将汤洁带去现场之后残忍杀害,可汤洁和范莉刚因为雷彬的事情吵了架,汤洁为什么会愿意跟着雷彬走?"

"也有可能是雷彬想好了什么说辞,把汤洁骗上了车,比如他完全可以说是范莉让他来接汤洁的。"

"不排除这种可能，但是汤洁落单是因为和范莉吵架了，而雷彬是为了买酒从麻将馆离开，他碰到汤洁是偶然。如果他在此时临时起意想要杀人，他明知道牌友很可能清楚他什么时候走开，为什么不就近选一个地方，而非要去骑车来回需要四五十分钟的地方呢？"

"你认为雷彬没有说谎？"

"很有可能。雷彬要将汤洁带到现场有难度，但是如果是汤洁把雷彬骗到现场，如雷彬所说的，一切就顺理成章了。所以我认为，是汤洁把雷彬骗到了现场，而不是雷彬骗她。"

"汤洁为什么这么做？"向前问。

"汤洁讨厌雷彬，将雷彬骗到现场要做什么？这不可能是汤洁本人的主意，是有人在帮汤洁出谋划策。让汤洁把雷彬骗去现场的人，更有可能是本案的真凶。"

"如果事情真的是魏老师说的这样，那从雷彬家里找到的燕山的银行卡和写了密码的纸，岂不是也很有可能是汤洁在被骗的情况下放在雷彬的抽屉里的？"向前说。

"有一个问题，汤洁并不可能事先知道雷彬会去买酒。按照你的推理，汤洁应该是和凶手早有准备才对，她怎么知道去哪里找人？"

魏成拿出来打印的三桥镇的地图，在上面圈出了文具店、麻将馆、雷彬买酒的店，以及雷彬说碰到汤洁的地方。雷彬买酒的小店与麻将馆，以及两人碰面的地方几乎都在一条街上。

"这里还有一个卖杂货的商店，前几天我请健哥帮我去现场看过了，店里有卖祭祀用的东西。我们可能被事情的偶然结果迷惑了，在街上偶遇并不是汤洁的本意,她是要去麻将馆。"魏成指了指与麻将馆相反方向的车站,"如果汤洁当时想要去车站,就不会走这条路。从时间上看,她与范莉分开后,就径直到了这条街。所以是汤洁主动去找到雷彬,并让他将自己带到了案发现场附近。"

魏成看看李毅,又看看向前,两人都若有所思。

李毅盯着面前的图,半响后,他深吸了一口气,说道:"那需要我们补充侦查些什么?"

"汤洁在失踪前,都接触了什么人。范莉提到过,汤洁说她的父亲汤嘉恩见过她,想要接她一起去住。女儿出这么大的事,汤嘉恩却一直没有露面,这不是很反常吗?"

"汤嘉恩在三桥镇负债很多,所以不敢露面。"李毅说。

"既然不敢露面,他怎么联系汤洁?"魏成反问,"既然能联系,就说明他回过三桥镇。既然有本事回三桥镇,女儿死了,为什么不露面?"

(九)张健

姜欣下了车,跟着导航来到张健说的镇上那个清河茶馆。她上次见到张健,还是在她和魏成的婚礼上。张健穿着一件T恤衫,三年多不见,他面容苍老了许多,但是精神头还是那么好,完全看不出来已经60多岁。

姜欣见到张健,脸上笑开了花。

"小姜,这么多年怎么一点没变。"

"师父也没变啊。"

"我头发都白完了,还没变呢?"张健笑道,"这些年过得还好吧?前几天我女儿给我打电话,说给我外孙女买了一套故事书,作者就是你嘛。"

姜欣露出腼腆的笑容："希望您家小宝贝喜欢。"

"哪天我带来，你给我签个名，就写'请豆豆小朋友斧正！'哈哈哈！"张健说完又道，"你这马甲够多的呀，我前段时间看的一本恐怖悬疑小说，我看也是你的笔名嘛。我看你得当心，你这写作题材这么割裂，可别写到精神分裂啊。"

"师父，您就盼我点好吧！"姜欣埋怨道。

"你这就冤枉我了，我是关心哈。"

姜欣言归正传："师父，听说您到三桥镇是为了当年常桂芬的案子，有什么发现吗？"

"有发现，那能告诉你吗？"张健故意逗她。

"为什么不能告诉我，咱们现在都是业余人员了，地位平等。"

"你说的也对，我考你个问题，你如果答得上来，我就告诉你我的发现。"

姜欣瘪瘪嘴："那您说吧。"

"时隔八年，凶手为什么再次作案？"张健收敛了打趣的神色，严肃地问。

姜欣也变得严肃，回道："首先排除模仿犯，一般模仿犯模仿是为了混淆侦查视线，摆脱嫌疑，或者对被模仿对象十分崇拜，想要复刻心中的'经典'。汤洁的案件很明显不是这两种情况。"

尽管姜欣掌握的信息与魏成、李毅不同，但姜欣的想法与魏成相似。

"如果是为了混淆侦查视线，只需要作案手法相同就行，这起案件反而像是刻意复原当年的案件。常桂芬案和犯罪史上的那些恶性案件没有可比性，谈不上崇拜。所以不会是模仿犯。"姜欣看着张健，"更重要的是，我还是相信大部分犯罪人也是普通人。就像以前师父您经常说的，这世上哪有那么多心理扭曲的变态杀人案件？"

"那你说说,既然不是模仿,那是怎么回事?"

"既然不是模仿,那就只能是凶手本人了。八年都过去了,为什么又刻意将第二起案件和常桂芬案联系在一起?只能是凶手逼不得已。个人恩怨可能是一部分,还有一个非常重要的变量……"姜欣看着张健说。

"什么变量?"

"师父您。"她直言道,"您退休后在三桥镇的一年,很可能发现了什么。或者是当年的凶手认出了您,知道您是为了什么而来的,或者凶手以为您发现了什么,所以他慌了……不得已再次作案。"

"如果是担心我调查,那他更应该夹着尾巴做人才对。"

"如果凶手自认为已经藏不下去了呢?所以,他需要冒着风险再制造一起案件来转移注意力。"姜欣说,"如果是这样的思路,那也就意味着凶手肯定为自己选择了一个很好的替罪羊。这个替罪羊十有八九就是汤洁被杀案件的嫌疑人。"

"所以,你认为这是一起高智商犯罪?"

"师父您问我的,我都已经回答了,该我问您啦!"姜欣已经迫不及待,"所以,师父您到底查到了什么?"

张健笑笑:"我也想知道。"

(十)姜欣

张健将自己这一年的退休生活和姜欣聊了聊。他赞同姜欣的推测,他始终相信当年杀死常桂芬的人还藏在三桥镇,不会是流窜作案。他回到三桥镇也是希望通过日常的观察和闲聊找到当年调查走访时遗漏的线索。但是事实上,他确实并没有查到什么特别的线索。

"很多凶手都有在案发后回到犯罪现场的习惯，很多是为了打探消息，看看侦查的进度。如果常桂芬案件的真凶当年也回过现场，而且认出了我，或者我无意间触及了什么关键信息，让凶手感觉到了威胁，此时恰好又有现成的机会，于是便有了第二次作案。"

"那师父您来这边之后，有接触过什么特别的人吗？"

"这不是叫你来帮我这个老年人理理思路吗？"

姜欣从包里取出纸笔，张健见状笑道："这么多年，你这学生时代的习惯还留着呢？"

姜欣扮了一个鬼脸，在纸上写下关键的条目：

"第一，这个人八年前在现场出现过，可能是证人，也可能是围观的群众。总之，他出现在现场很和谐，不会引起别人的怀疑。

"第二，这个人对汤洁家的情况非常了解，足以让他设下圈套。

"第三，师父您在过去的一年中，准确地说，是您到三桥镇的第一天到去年，也就是 2022 年 9 月 3 日汤洁被害前，你们肯定接触过，或者您曾经向他了解过情况。"

张健也补充了一点："第四，我没有向谁表露过自己曾经是警察，我现在胡子拉碴，即使是燕应时也未必能认出我，所以这个人肯定不是从别人那里听说的我，而是和我面对面接触过。普通群众不会记得当年调查案件的警察长什么样，只有心里有鬼的真凶才会关注。"

"所以师父，在您接触的人里，有谁满足这些条件吗？"

"你让我想想啊，我这一时半会儿，还真想不起来。"张健愁眉苦脸地说，"现在年龄大了，记性也不好，不比你们小年轻了。"

姜欣看张健的样子，料定他短时间内也想不起来，就点了几个菜，准备让他边吃边想。

"我到三桥镇后深入接触的人不多，"张健摸摸头发，"我倒是想起一个人来……"

"谁？"

"我房东。"

（十一）汤嘉恩

李毅很快找到了汤嘉恩的下落，他一直躲在靖江区的一个镇上。汤嘉恩看见警察上门吓了一大跳，还以为自己的债主把自己给告了。

李毅说明了来意。汤嘉恩听说汤洁遇害，不敢相信，但是看到现场的照片，他一下子瘫软在地。

"我跟范莉离婚之后，东躲西藏，不敢和家里联系。范莉换了手机号码，我联系不上她。是谁？为什么要害我女儿？"汤嘉恩是个人高马大的汉子，在李毅和同事面前哭得像个孩子。

"你跟汤洁联系过吗？"

"去年8月份我们见过，因为我听说她考上了市区的高中，所以我想见见她，接她和我一起住，这样她上学也比较方便。"

"你不是联系不上范莉吗，她为什么让你见汤洁？"

"范莉才不会让我看孩子，我是找我发小帮的忙。"

李毅瞪大了眼睛："你发小是谁？"

"是范莉闺密黄三妹的老公华皓。几年前，他贷款盘下了镇上的糖厂，范莉在他的厂里上班。汤洁经常去厂里找范莉，我就麻烦华皓帮我悄悄安排我和汤洁见上一面。"

"那是什么时候的事？你们见过几次？"

"我记得是 8 月中旬，镇上有很多人找我还钱，我只回去过一次。"

"你之后还和汤洁联系过吗？"

"没有。"

"你有没有把你的联系方式给过汤洁？"

"没有，我的电话号码经常换。"汤嘉恩说完，擦了一把眼泪，"警官，是不是雷彬干的？这个禽兽！"

"你为什么会这么想？"

"汤洁跟我说过，雷彬对她不好。华皓也跟我说过，雷彬经常盯着我女儿看，还动手动脚的。所以，我当时才想把汤洁接过来和我一起住。警官，凶手究竟是不是他？"

李毅此时收到了张健打来的电话，说起了他发现的线索：他的房东正是华皓。

（十二）借刀杀人

华皓与汤嘉恩从小一起长大，两人都好赌，只是华皓知道收手，赌运也比汤嘉恩相对好一些。2013 年，两人一起到市区找工作，工作了近两年，钱没有挣多少，赌债倒是欠了一堆。

2014 年，华皓赌钱小赚了一笔。和汤嘉恩度假时，认识了来旅游的黄三妹。黄三妹见华皓出手阔绰，以为是大老板。华皓以前在糖厂工作过，就吹嘘自己家里是开糖厂的，家财万贯。2015 年 3 月，黄三妹带华皓回家见父母，恰好碰到三桥镇的糖厂要转让。没多久，黄三妹家贷款几十万元盘下了厂房，华皓在这里当起了老板。

糖厂门卫证实，2022年8月13日确实见过汤嘉恩，而且汤洁也经常去糖厂或者打电话到糖厂找范莉。李毅提取了华皓的鞋印，将其所反映的行走特征与常桂芬被杀现场所提取的鞋印进行了对比，两个鞋印显示穿着的人行走的重心等特征一致。

华皓因涉嫌杀害常桂芬、汤洁被靖江分局刑事拘留，随后靖江分局提请审查逮捕。

魏成和向前提审了华皓。华皓长得很白，眼神阴戾，像一只秃鹫。

"你认识汤嘉恩吗？"魏成问。

"认识，是我发小。"

"2022年8月13日，汤嘉恩来找过你，他找你做什么？"

"他想见他女儿汤洁，所以找我帮忙，让我把汤洁叫来。"

"汤嘉恩找过你几次。"

"就一次。"华皓说，"镇上很多人都要找他还钱，他不敢露面，他回去的时候，还是我开车送的。"

魏成向向前示意，向前取出一份汤洁手机的通话记录。

"这两个号码是你们厂的号码吧？"

华皓看了眼号码，点点头。

"这些号码是汤洁手机的通话记录，范莉说这个号码是自己办公室的分机号，这个是你办公室的分机号，对吧？"

华皓点头。

"汤洁为什么打电话给你？"

"我们关系都很熟，有时候汤洁打范莉办公室的电话没有人接，她就会打电话问我范莉在哪里。"

"既然如此，那汤洁在拨打你的分机号前，应该拨过范莉办公室的分机号。为什么她的通话记录里没有？"魏成质问。

"这，有时候也可能是范莉用她的手机跟我汇报工作，这么多通话记录，我也记不清楚了。"华皓推脱道。

"汇报工作是吗？"魏成随手指了几次记录，"这几次都是周末，汇报什么工作？"

华皓语塞："检察官，我真的记不清楚了，我平时事情那么多。"

"2022年9月3日，这天你在哪里？干了什么？"

"去年的事情，我也记不清楚，你们稍等，我应该是在办公室加班。"

"你在加班，还是在等汤洁电话？汤洁为什么这天上午10点给你打电话？"

"我不记得了，我没有接到过她的电话。"华皓还要狡辩。

"这就奇怪了，通话记录显示，你们通话有一分钟。难道你办公室当时还有别人？"

华皓低头不语。

"你厂区大门监控显示，你上午10点10分出门，11点30分回的厂区。你这段时间干什么去了？总不能也不记得了吧？"

"可能出去兜风，确实不记得了。"

魏成看看华皓，他能在三桥镇藏匿这么多年，自然是不会轻易坦白供述的。

"2015年3月9日，你在哪里，做什么？"

"这么久远了，我忘了。"

"忘了？那我帮你回忆回忆。黄三妹说，3月9日上午你跟她说去三桥镇的银行取钱。"

"可能是吧？"

"可能？你当时不是打算盘下现在的厂房吗？这么重要的事情，忘了？"

"我想起来了，我想去取钱。"

"你既然是去取钱，三桥镇上就有银行，你为什么跑去更远的小山镇？"

"我……"

"是怕被人发现吧？旁边小山镇的邮政储蓄银行的工作人员还记得，你拿过一张已经注销的银行卡去取钱，那张卡是怎么回事？"

"是我自己的银行卡，我不知道已经注销了。"

"你注销的卡号和燕山的卡号一致？"

华皓不敢抬头。

"你不说实话也没有关系。"魏成拿出了常桂芬现场提取的鞋印，因为人走路姿势、体重、身高等情况不同，因此鞋的磨损情况也会呈现一些特有的特征，"公安机关在常桂芬被杀现场提取的鞋印磨损特征和你的相同，你到过常桂芬被杀的现场，还使用了常桂芬随身携带的银行卡，你还是什么都不记得吗？"

华皓的头垂得很低，揉搓着双手，他最终还是承认了自己杀害常桂芬以及汤洁的事实。

2015年，华皓跟着黄三妹回家的时候，并不是真的想盘下糖厂，而是想趁机骗黄三妹家一笔钱。他称自己家里想要把这个厂盘下来送给黄三妹，自己以后也会在这里定居。实际上，他只是想以此为借口，骗黄家一笔钱偿还赌债。

为了显示自己的财力，华皓得拿出一笔钱来，但是他现在身无分文。他坐在银行门外的马路边，正在为怎么搞钱发愁的时候，常桂芬走了过来，还大声说要取10万元现金给儿子盖婚房。

他本来还想仔细听听，结果黄三妹过来把他叫走了。他心里打起了坏主意，于是找了个借口让黄三妹先回家。他再次回到银行，结果发现老太太已经不见了。他找了一圈，在街角买香烛的店里找到了常桂芬。

于是，他一路尾随常桂芬来到坟地，威胁老太太交出银行卡和密码。这时，远处有踏青的人经过。常桂芬想要呼救，华皓怕被人发现，于是用石头打死了老人，拿走了银行卡和密码卡片。因为害怕被发现，他不敢在当地取款，便去了小山镇。但是，他没想到那张卡早已经自动注销了。

后来，他才了解到常桂芬精神不正常。华皓知道，如果这时突然离开，肯定会引起警方怀疑。他只能硬着头皮向黄三妹承认错误，说自己的钱都拿去赌了。最后花言巧语说服黄三妹家里人贷款拿了一笔钱，真的盘下厂房，一直经营至今。

本来华皓的日子过得不错，没想到八年后碰到了退休的张健。常桂芬死后，他多次混在围观人群中，想要打探侦查情况。他一眼就认出了张健是当年办案的警官。华皓做贼心虚，担心张健是冲他来的。于是，他暗中观察许久，确定张健正是为了查出当年案件的真相而来。

"我想这么多房子他不租，偏偏来租我的，肯定是盯上我了。所以，我决定再制造一起案件来转移所有人的注意力。"华皓向魏成说。

恰好此时，汤嘉恩来找华皓帮忙。华皓意识到，雷彬与他来三桥镇的时间相近，而且经常扬言希望汤洁死。于是，他借题发挥，在汤嘉恩与汤洁见面后，以为汤嘉恩传话为借口，一直欺骗汤洁。

"我取得汤洁的信任后，和汤洁说他爸爸知道了雷彬对他不好的事情，要替她教训雷彬一顿，但是需要汤洁把雷彬约出来。"华皓回忆，"我先找机会让汤洁把常桂芬的银行卡，还有写了密码的纸藏到雷彬的抽屉里。我让汤洁骗雷彬说，范莉让雷彬送她给爷爷奶奶烧点纸钱。汤洁很听话地把雷彬带到了现场。后来我打死了汤洁，拿走了纸钱。后面的事，你们就都知道了。"

（十三）尾声

按照管辖规定，华皓涉嫌故意杀人案移送一分院审查起诉，跨越近十年的案件终于得以查清。

"我不应该去三桥镇。"张健喝着酒，虽然结案了，但是心里很不痛快。

随着案件告一段落，接近中秋节，魏成晚上亲自下厨，邀请张健、李毅、向前和向前的老婆孙航几人到家里吃饭。

"师父，您别想太多了，如果不是因为您继续追查，常桂芬案件的真相就永远不会有人知道了。"姜欣安慰说。

"华皓反常地一直留着银行卡和密码，就是为了某一天要脱罪时栽赃嫁祸。"魏成也说，"即使健哥你没有去三桥镇，当华皓感觉受到威胁时，他也还是会再杀人。"

姜欣和魏成说的道理张健也知道，但是他心里还是一直堵得慌。

"真是个畜生！"李毅联想到现场的情况狠狠骂道。

姜欣叹了口气，真相太过沉重，这也是她未能从事侦查工作的最重要的原因。

"不管怎么说，这件案子办得不容易。"向前说，"能破案总是好事。魏老师今天可是给自己放血了，做了这一大桌菜，我们不能浪费啊！"

张健提起酒杯，长舒了一口气，那口气混在饭菜的腾腾热气中消散了。

警察你好：我要举报自己

"你为什么要举报自己嫖娼？"鉴于高阳之前的态度，魏成开门见山，也不和他客气。

"我就是觉得好玩，挺刺激的。"

"你被公司处分，免去职务，还觉得刺激吗？"

"那我哪儿知道公司会这么不留情面，我好歹为公司做了那么多事情。"

"你是不知道公司会处分你，还是盼着公司给你处分？"

自夏天见面不久之后的 10 月，吴飞按照宋雯所说的地址找到了她租住的出租屋，见到了房东和宋雯的女儿。小姑娘模样很可爱，和宋雯一样有一双好看的大眼睛。宋雯每个月付钱给房东，请她帮忙照看。

吴飞把给小姑娘买的水果、零食和新衣服交给房东。昨天宋雯因为卖淫被行政拘留，这几天暂时回不来，所以她托吴飞帮她把房租和女儿的生活费转给房东。吴飞今天下午是专门请了假出来的。宋雯对他千恩万谢。他很爽快，回应道："都是出门在外的异乡人，能帮就帮嘛！"

宋雯女儿怯怯地看着吴飞开车走了，才从房东家里出来。她手里抱着吴飞送的洋娃娃，趴在窗台上看着吴飞离开。

回家路上，吴飞心里莫名有些低落，想到自己闺女现在应该放学，不知道她在学校的学习怎么样。他放了一首抒发乡愁的网络原创歌曲，跟着曲子哼唱着回到租住的地方。他刚到家没多久，正准备去洗澡，听见有人敲门。

"家在城西的小巷，梦里落满月光……"吴飞哼着刚才的歌去开门。

来人竟是两名派出所民警。吴飞因为涉嫌容留、介绍卖淫，需要到派出所去做个笔录。

（一）检联会

嫌疑人吴飞是易州技术公司的一名高级软件工程师，为了拉近与宏瑞科技集团公司研发二部部长高阳的关系，在对方暗示下，吴飞先后12次为其预订酒店房间，并联系卖淫人员宋雯到现场从事卖淫活动。事后，他还为高阳支付了房费和嫖资。

根据《刑法》第三百五十九条规定：引诱、容留、介绍他人卖淫的，处五年以下有期徒刑、拘役或者管制，并处罚金；情节严重的，处五年以上有期徒刑，并处罚金。吴飞多次为高阳介绍卖淫人员，并为其预订房间、支付房费，涉嫌容留、介绍卖淫罪。

本案审查逮捕时，魏成认为吴飞构成容留、介绍卖淫罪证据不足，于是作了存疑不捕的决定。公安部门对吴飞作了取保候审，继续侦查之后，移送检察机关审查起诉。

经过对在案事实和证据的审查，魏成仍然认为在案证据不足以证明吴飞构成容留、介绍卖淫罪，拟作存疑不诉。

案件在报审批时，蒋文渠主任认为吴飞构成容留、介绍卖淫罪，于是召开检察官联席会议进行讨论。当然，检联会各位检察官的意见只是参考，最终还是要魏成自己作决定。

魏成介绍了案件情况。据公安机关的侦查，吴飞从2019年开始就因为工作需要长期在凌江居住，与老婆两地分居。吴飞很长一段时间内都安分守己，但是时间久了，也耐不住寂寞。按照吴飞的供述，2022年一次偶然的机会，他在网上认识了从事卖淫活动的宋雯。

闲聊时，吴飞才知道宋雯竟然也上过大学。但是她在上学期间，不是跟着社会青年的男友混迹在酒吧，就是在宿舍睡觉打游戏。因为家里给的生活费不够她挥霍，她便在男友的利诱下开始涉足卖淫。没想到，她被同学举报，造成了恶劣影响，最后被学校开除。之后，她也不想去找一份正经工作，一直从事卖淫活动，并自称是大学生，因为这样价钱比较高。

几年前，宋雯发现自己怀孕了，她并不想要孩子。她本想用孩子拴住自己的一个"熟客"，所以一拖再拖，最后胎儿月份慢慢变大。如果这时打胎，将危及孕妇生命，宋雯这才不得已生下女儿，并取了小名叫苗苗。不出意外，那个"熟客"根本不会承认这个孩子。为了养活女儿，宋雯把女儿托付给房东阿姨。她每个月都会按时支付房东生活费，顺便去看看孩子。

吴飞很同情宋雯，对她也很满意，所以很"照顾她的生意"。在一次饭局上，吴飞的客户公司研发二部负责人高阳提到自己在一个"相亲"网站上认识了一个"小家碧玉"，并拿出了对方照片。吴飞一看，发现竟是宋雯。为了拉近关系，吴飞将宋雯的联系方式给了高阳，并主动为高阳安排酒店。他联系宋雯，并把她带到酒店房间。吴飞之后又多次在高阳的暗示下，安排其与宋雯见面，每次都是吴飞支付房费和嫖资。

魏成拟对吴飞容留、介绍卖淫案件作存疑不起诉处理。对此，他解释道：

"容留需要在自己控制的场所，虽然酒店房间是吴飞为高阳预订，并且支付了房费，但是吴飞预订入住的客人名字仍是高阳。酒店房间不能视为受吴飞控制，不能认定为容留。

"对于吴飞涉嫌介绍的行为，区分介绍卖淫与介绍嫖娼的关键在于，介绍人是为了组织、强迫、引诱、容留卖淫行为人的利益或者卖淫人员的利益介绍，还是为了嫖娼人员的非法需求而介绍，前者属于介绍卖淫，后者属于介绍嫖娼。"

他接着说道："吴飞与卖淫人员宋雯之间并没有约定，他是基于自己曾经嫖娼的经历，掌握到了卖淫人员的信息。为了讨好高阳，他为高阳安排房间，介绍宋雯，最后自己还支付了嫖资。所以，我认为这不是一种介绍卖淫的行为，而应该是介绍嫖娼，或者说是吴飞通过卖淫人员对高阳进行性贿赂。吴飞在高阳和宋雯的性交易中间牵线搭桥的行为，是在高阳通过不良网站已经搭识宋雯的前提下进行的。而且，每次行为也都是高阳给了吴飞暗示，吴飞才为其安排房间。所以，我认为在案证据不可以认定吴飞构成容留、介绍卖淫罪。

"至于是否构成对非国家工作人员行贿的问题，"魏成进一步分析，"财产性利益包括动产、不动产、债权以及其他经济性价值的利益。性贿赂一般不认为是经济性价值的利益，不属于行贿，但是如果性贿赂能折算成金钱对价关系，则属于行贿。宋雯作为卖淫人员，是'明码标价'的。吴飞为高阳安排卖淫人员，属于行贿行为。但是对非国家工作人员行贿是为谋取不正当利益，给予公司、企业或者其他单位的工作人员以财物，数额较大的行为。本案中目前没有证据证明，吴飞谋取了不正当利益。所以，吴飞的行为暂时也不宜认定为对非国家工作人员行贿罪。"

魏成说明了自己的意见之后，其他检察官就案件有疑惑的地方问了几个问题，之后参会的检察官开始讨论。

冯检察官说："我不同意魏成的意见。所谓容留，是指行为人为卖淫嫖娼者提供固定或者不固定的卖淫场所的行为。介绍则是指行为人在卖淫者与嫖娼者之间进行引见、沟通、撮合，便利卖淫嫖娼行为得以实现的行为。"

冯检察官接着分析道："本案中，嫌疑人吴飞为了和高阳搞好关系，明知高阳想嫖娼，仍为其预订房间和引见自己认识的卖淫人员，并引导卖淫人员到酒店见面，与高阳发生关系。吴飞为高阳预订客房，引见、撮合卖淫人员，是为嫖娼人员和卖淫人员牵线、搭桥，我认为是一种容留、介绍卖淫的行为，应认定为容留、介绍卖淫罪。"

"我的看法和冯老师的不一样，我倾向于魏老师的观点。"彭检察官说道，"吴飞是为了和高阳拉近关系，比如为了让高阳以后把自己公司的项目给他。在高阳的暗示下，吴飞为其预订了酒店，还支付了房费和嫖资。这和吴飞自己去嫖娼有什么区别？说个不太恰当的比方，吴飞在本案中的行为不就是他自己在餐馆里点了菜，但是自己没动，而是请自己的朋友去吃吗？我个人认为吴飞的行为是一种性贿赂，或者是刚才魏老师说的共同嫖娼。"

"最高检、公安部《关于公安机关管辖的刑事案件立案追诉标准的规定》关于介绍卖淫规定了，介绍卖淫的立案追诉标准之一是介绍二人次以上卖淫的。在吴飞介绍卖淫案件中，嫌疑人多次为高阳介绍卖淫人员宋雯，在高阳和卖淫人员之间引见、撮合、沟通，而且吴飞与宋雯之间已经形成了一种固定的联结，这就是一种便利卖淫嫖娼行为得以实现的行为。"

听了冯检察官的理由，魏成当即反驳："的确介绍卖淫的立案标准之一是介绍二人次以上的卖淫，但是我们现在讨论的就是吴飞的行为是不是属于介绍卖淫。不能用介绍二人次以上先认定吴飞进行了介绍卖淫的行为，而是要先确认吴飞的单次行为是否是介绍卖淫。如果他的行为是介绍嫖娼，那即使他不止两次，对行为的性质也不会产生影响。"

会议室里的讨论非常激烈，争议很大。有检察官认为，吴飞属于性贿赂，或者是介绍嫖娼的行为，不属于介绍卖淫；也有检察官认为，吴飞在宋雯与高阳之间牵线搭桥，虽然区别于传统的帮卖淫人员介绍客户，但是没有超出介绍卖淫规制的行为范畴，符合介绍卖淫的行为特征。

冯检察官对自己的意见非常坚持，说道："《刑法》将介绍卖淫罪确定为犯罪，对卖淫嫖娼行为作否定评价。否定评价的是卖淫嫖娼活动，行为人在嫖客和卖淫人员中间牵线搭桥，积极促成交易，怎么就不是介绍卖淫的行为？"

"《刑法》作否定评价的是组织、强迫、引诱、容留、介绍卖淫的行为，嫖娼并不是刑法规制的范畴，所以介绍嫖娼不构成犯罪。介绍他人卖淫和介绍嫖娼行为本来就容易出现重叠和混淆的现象，还是要结合主客观情况进行判断，不能扩大打击范围。"魏成也针锋相对。

蒋文渠见检联会上大家意见分歧较大，建议魏成还是先退回补充侦查，补充吴飞主观故意情况，以及吴飞究竟是为宋雯介绍，还是为高阳介绍的证据。

经过检联会的讨论，魏成也觉得有退回补充侦查的必要。不过在那之前，他准备再通知吴飞到检察院做一次笔录。

（二）"相亲"

吴飞作为软件高级工程师，平时忙于编写软件程序、满足客户需求。几年前，他初为人父，对女儿宠爱得不行，但为了给女儿多挣"奶粉钱"，他不得不去外地常驻客户公司，也就是宏瑞科技集团，承担已上线软件的运维和跟进其他合作项目研发的工作。2019年，吴飞在一个合作项目中与高阳认识，当时高阳还不是部门负责人。两人年龄相近，而且对技术都很精通，对于项目的观点很多时候都能够达成一致，所以十分聊得来，经常一起约着吃饭。

2020年，高阳升任宏瑞科技集团研发二部负责人，吴飞与高阳的交往更加殷勤。高阳也一直对吴飞称兄道弟，引为知己。2022年中秋节，高阳请几个朋友吃饭，其中有一两个同事，还叫上了吴飞。高阳今年35岁，未婚，在上市公司上班，收入高，虽然长相普通，但是说话十分温柔绅士，在相亲市场仍然很受欢迎。

高阳当然也知道自己的优势，朋友们也经常吹捧他是"钻石王老五"。他虽然一直在相亲，但是身边的女友从来没有固定过。他在很多相亲平台都注册了账号，还花了大价钱在一些相亲平台充了会员。这并不是说他有多么急于脱单，想步入婚姻殿堂，而是一些平台或者工作室能够给会员介绍在高阳看来"质量"更好的姑娘。对于他来说，相亲只是他猎艳的一种途径而已。

中秋节晚上，高阳到早了，在等其他人来的时候，他在一个不太正经的名叫"丽人佳缘"的"相亲"网站上注册了账号，系统很快向他推送了宋雯。晚饭时，吴飞到高阳座位上敬酒。高阳也知道吴飞偶尔会去找个人排遣寂寞。趁着酒劲，他向吴飞展示了今晚"相亲"对象的照片。吴飞立刻认出女人是宋雯。为了高阳不被"中间商赚差价"，吴飞主动向高阳说明，他认识宋雯。在饭局中，他将宋雯的联系方式推给了高阳，还为高阳预订了酒店。之后，他叫了车把高阳送到了酒店，帮高阳办了入住。接着，他把宋雯领到了高阳的房间，之后还为高阳结了房钱和嫖资。

根据吴飞的供述，之后高阳又多次暗示吴飞，为其安排宋雯到酒店房间，从事嫖娼活动。

"你一共为高阳安排过几次？"魏成问。

吴飞一直辩称自己是为高阳安排嫖娼，他不假思索道："从去年中秋节开始，大概有十多次吧，应该是12次，我在我手机日历上用'做好事'做了标注。"

"这算是哪门子的做好事！"向前在一旁忍不住吐槽。

"你说是高阳暗示你，他都怎么暗示你？"

"宋雯不是他在那种不正规'相亲'网站上认识的吗？所以他每次都问我说：'我那相亲对象最近怎么样了？'"吴飞解释说，"他这么一说嘛，我自然就懂了。"

"高阳知道你给他付嫖资吗？"

"他知道的。"

"每次都是高阳问你吗？"

"对，他们研发部忙，而且人家又是领导，我也不知道他什么时候有空，不敢贸然去问他，所以每次都是他当天问起，我才去安排。而且我平时工作也很忙，我们都是朋友，我就是帮朋友忙，哪能一天二十四小时盯着这点事儿呢？"

魏成翻看着移送的证据材料，12次涉嫌容留、介绍卖淫的行为中高阳与吴飞的聊天记录显示，的确都是高阳主动找的吴飞。

"你对宋雯的日常活动和安排情况清楚吗？"

吴飞摇头："我不清楚。"

"既然嫖娼都是高阳临时起意，你怎么确保宋雯有空？"

"我不能确保，所以也有几次高阳问起，我再去找宋雯，她跟我说有别的安排。"

"那你怎么和高阳解释？"

"我就照实说。"

"这种情况下，你没有替高阳安排过别人吗？"魏成问。

"没有。"吴飞赶忙回答，还不等魏成说话，他又补充解释道，"高阳跟我说过，宋雯长得像他初恋，所以对于高阳来说，宋雯也不是随便找个人就能代替的，我干吗要自讨没趣呢？"

吴飞这一举动让魏成心里也产生了怀疑，但是他没有在这个问题上过多纠缠:"你每次都是怎么和宋雯联系的?"

"我就和她说,高总请她出来玩。"

"你给过高阳宋雯的联系方式对吧?"

吴飞点点头:"对,中秋节吃饭那次我就给过。"

"既然高阳有宋雯的联系方式,为什么他每次都通过你?"

"检察官,人家不缺联系方式,人家缺的是有个人给他安排妥当。"

"你倒是眼中有活。"魏成冷冷地说道,"每次酒店的地方都是你选的?"

"在哪个酒店是我选的,不过高阳一般会说自己在哪里,我会在他周边选地方。"

"2022年10月22日这次的栖居酒店也是你选的?"

"不是,这次是高阳选的。他把位置发给我了,因为那天他刚好在那附近钓鱼,当时比较晚了,他就自己订了酒店。"

"还有别的要补充的吗?"

"没了。"

"你今天讲的是不是事实?"

"都是事实。"

向前将笔录打印出来递给吴飞:"这是今天的笔录,你看下,没有问题的话,每页都要按印、签名。"

吴飞走后,向前和魏成从办案区回到楼上办公室。

"吴飞为高阳安排了那么多次酒店,为什么之前都没有被举报,偏偏高阳自己选酒店这回被举报了呢?"向前说。

魏成也觉得案件有些不对劲,刚才他试探性地问了吴飞几个问题,包括有没有给高阳介绍过其他人。吴飞似乎有意无意地强调自己是在帮高阳,避重就轻,这反而让魏成觉得吴飞可疑。

（三）举报

吴飞容留、介绍卖淫案发是因为高阳嫖娼被抓。2022年10月22日晚上9点15分，有人拨打110报警电话，匿名举报有人在栖居酒店卖淫嫖娼。辖区派出所民警随即赶到酒店，将高阳和宋雯抓获，并带回派出所。为此，宋雯还托吴飞帮她照看一下女儿苗苗。

当高阳被问到怎么联系到宋雯时，他就把事情的来龙去脉一五一十地交代了，吴飞因此被发现涉嫌容留、介绍卖淫。

栖居酒店在靖江郊野公园边上，旁边是一个人工湖，环境很好，但是位置也非常偏僻。高阳当天自驾到郊野公园陪客户钓鱼，接近傍晚客户才离开。高阳住得远，当天又是周五，出游的人多，高速上肯定会很堵。他不想晚上很晚到家，就索性在附近的栖居酒店办了入住，住一晚，第二天一早再回家。

夜里晚风习习，酒店风景宜人。吃过晚饭后，高阳觉得无聊，良辰美景，如果没有佳人相伴，就少了些趣味，便给吴飞发了短信，暗示他把宋雯找来。吴飞收到高阳的信息是在晚上不到八点半，他刚在楼下的面馆里吃了晚饭，准备散散步。他看到高阳信息后，便联系了宋雯，到她家附近接上人，就开车到了栖居酒店，到地方大约是九点一刻。

案件已经退回补充侦查了。下午，魏成和治安支队负责这起案件的何帆警官也沟通过，主要特别说明希望加强吴飞主观故意方面的证据。吃过晚饭，姜欣拉着他一起看恐怖片，但他的心思却在案子上，总觉得哪里不太对劲。他转过头，眼睛余光扫到了书房挂的地图。这时，他灵光一闪，用手机搜索栖居酒店。

姜欣靠在魏成肩膀上，凑过来看了一眼魏成手机，说道："在找周末去玩的地方吗？这里好偏啊！"

魏成无奈笑笑："你倒是想得好。"

此时，他忽然意识到了案子的疑点所在。栖居酒店非常偏僻，而且高阳当晚在栖居酒店住宿也是临时起意，宋雯直接到户，举报高阳的人怎么知道高阳和宋雯在酒店房间从事性交易呢？

第二天，魏成向何帆了解了当时报警电话的情况。电话号码显示是从酒店的公用电话打出去的，时间是在晚上九点一刻左右，比吴飞与宋雯到达酒店的时间稍晚了一分钟。高阳嫖娼被举报看样子并不是偶然，举报人很有可能看到了吴飞将宋雯带到酒店，这也就意味着举报人对高阳、吴飞、宋雯之间的交易或许知情。否则，举报人怎么能够如此精准地判断出吴飞与宋雯并不是正常入住酒店的客人？同时，高阳入住酒店和联系吴飞都是临时起意，这或许也意味着举报人不可能事先预见卖淫嫖娼活动的发生，难道举报人一直在跟踪高阳？这个人或许是高阳公司的竞争对手。如果是这样，那么此人就是能够对吴飞、高阳、宋雯的说辞进行验证的人。找到了举报人，或许能够发现一些一直被掩盖的事实和被隐藏的证据。

（四）高阳

何帆调查了解到，这几年高阳在宏瑞科技集团混得风生水起，很受领导喜欢，但是他在公司并不受同事欢迎。三年前，高阳还因为个人作风问题一直被当时一部的负责人排挤。

高阳于2014年入职，是名校研究生毕业。读研期间，他还在国外留学一年，拿到了双学位。高阳因为面试时候的突出表现，一开始被当时研发一部的负责人刘舜要到了研发一部。刘舜当时对高阳很看好，有心提拔他。高阳工作能力很强，但是公司一直有他骚扰女同事的传言。为人正直的刘舜一直有所顾虑。几次因为高阳表现突出，刘舜向领导提出提拔高阳，没想到第二天领导就收到了高阳性骚扰女同事的举报。这样的情况出现了好几次，刘舜不想惹麻烦，也就断了这个念头，不愿意为提拔高阳而惹出什么乱子。虽然个人作风不检点，但高阳在工作上确实很有能力。

眼见着活没少干，却在刘舜手下得不到提拔。这样的情况维持了五年，高阳索性向研发二部示好。

研发二部的负责人汪庆当即表示自己用人向来"不拘一格"，向领导层开口把高阳要到了二部，并且直接把高阳提拔到了二部副部长的位置。刘舜自己没有说什么，但高阳因此招了不少公司里惦记这个位置的人的恨。一部的同事也因为这件事看他不顺眼，说他对不起刘舜的栽培，当然这么说的人也有不少是因为羡慕嫉妒恨。

因为高阳从一部跳槽到了二部，一部就缺了人干活。2020年，研发一部招录了一名新的技术研发人员孔鑫喆。孔鑫喆的履历非常光鲜，他还提供了自己的一项研究成果。公司当然非常欢迎这样的人才。一部在此基础上为下面一个子公司研发了一项新产品，并投入市场。没想到，该产品竟然被人举报侵犯了商业秘密。经司法机关查明，孔鑫喆涉嫌利用原公司研发的技术，违反了与原公司的技术保密协定，把原公司的技术成果谎称成自己的，用于现在公司新产品的研究和开发，涉嫌侵犯商业秘密罪被判刑。

子公司也因此扯上官司，遭受了不小损失。一部部长刘舜因此从部长降至了普通员工，一部的其他员工也被扣了奖金。公司有传言称，孔鑫喆的事情就是高阳举报的。虽然并没有证据，但一部被扣奖金的员工对高阳也是颇有微词。

刘舜下台之后没多久，汪庆因为身体不太好，申请辞去二部负责人的位置。公司担心高阳年轻镇不住场面，于是保留了汪庆的职位，但是很多事情实际上由高阳负责。

从何帆在高阳公司的调查结果来看，很多人都有举报高阳的动机。但是，何帆排查了高阳被抓当晚公司其他人的行动轨迹，并没有发现可疑的人。而且，以这些人与高阳平时的交情，不太可能清楚高阳与宋雯之间的事情。除非专门有人一天二十四小时盯着高阳，否则不可能这么精准、及时地举报。

还有一点何帆也觉得很奇怪，吴飞之前为高阳安排了十多次交易，为什么偏偏是这次嫖娼被举报。毕竟这一次是高阳临时起意。酒店当天入住的人里也没有高阳的熟人。难道高阳是被人偶然撞见？或者举报人一直在跟踪高阳，这似乎也不太现实。

因为电话是从酒店的公共电话拨出，不难找到举报人。酒店休息区域的墙上，挂着两部复古的电话机。这个位置是监控盲区，但是可以从附近的监控看见在举报电话的拨打时间段，谁靠近了这个区域。

何帆和同事调取了酒店监控，发现在举报电话拨出前，只有高阳一个人去过公共电话那边。何帆再次听了当时报警的电话录音，举报人的声音很沉闷，故意压着嗓子说话，但是能隐约听得出是高阳的声音。他们到派出所将高阳被询问的录音录像调出来，用音轨进行对比分析。很快，何帆心里有了答案，打举报电话的人确实就是高阳自己。

（五）处分

原本这只是一起卖淫嫖娼案件，没想到举报人竟然是高阳自己。高阳这么做有什么目的，竟然不惜以牺牲自己为代价。何帆不想打草惊蛇，去和高阳正面交锋，他想先从侧面摸清楚高阳这样做的原因。

"高阳这家伙到底在打什么算盘？"发现高阳才是举报人的第二天，何帆和当时办理嫖娼案件的派出所民警一起来到魏成的办公室，交流案件情况。

魏成对这样的结果也非常惊讶，暗暗责怪自己太大意了。

"高阳举报自己对他有什么好处？他这样做，要吃公司处分的吧？"向前道。

魏成给何帆两人倒了热水。

"谢谢魏老师。可不是嘛！高阳这件事影响很恶劣，加上他在公司本来名声就不好，一直被投诉纠缠女同事，属于屡教不改，公司还给过他记大过的处分。"

"他们公司记大过具体都有哪些处分内容？"魏成问。

"主要是影响当年考评，不能评良好及以上；取消当年调薪资格，同时必须做撤职、降职或者降级处理。"何帆说。

何帆了解到，对于高阳的处分，公司领导讨论了之后，认为高阳虽然个人作风不好，但是他对公司的贡献大家还是有目共睹的。而且，他们公司的纪律条款主要是规定员工工作上的一些纪律问题。高阳这次的行为只能勉强用纪律条款第一条造成公司损失来处罚他。但是，第一条的前半句是不尽职守，或消极怠工，或过失导致工作发生延误……

何帆解释说："公司出了这样的事情，本来就想早一点息事宁人。如果高阳再因为处分的事情去闹，恐怕影响会更大、更加恶劣。"

"何警官,他们的纪律条款你有吗?"

"我带了。"

魏成翻阅了高阳公司的纪律条款,的确都是关于员工在公司表现的一些处分,例如不服从工作安排、违反工作场所纪律、工作期间饮酒等,另外还有一些工作场所安全生产的相关纪律,的确没有一条针对嫖娼的处罚。换句话说,公司的纪律条款其实不能处罚高阳。

"高阳这么精明的人,明知道公司管理有漏洞,处分他没有依据,竟然就这么不声不响吃了撤职的处分,有些不合常理。"魏成疑惑道。

"高阳自己举报自己本身就很不合理,他是不是不想干了,就等着公司给他撤职呢?"向前说。

"魏老师,我感觉,不排除小向说的那种可能。不过,高阳去嫖娼本来就理亏在先,他应该也不想把事情闹大。"何帆也说。

"不管高阳出于什么样的目的,可能是他不想把事情闹大,也可能是公司管理层私下里给了他什么许诺,让他不要去吵,或者高阳本人举报自己就是为了吃个处分。假设高阳从让吴飞给自己介绍的第一次起,就是为了后面的举报作铺垫,这恐怕也会对吴飞的行为定性产生影响?"

"高阳这么做会不会是为了坑吴飞啊?吴飞在无意间得罪了他?"向前提出来。

何帆皱起了眉头:"你是说高阳蓄意让吴飞犯容留、介绍卖淫罪?这种情况的可能性有多大,这个假设不太靠谱吧。"

魏成说:"高阳这样精致的利己主义者,不到万不得已,不会把自己搭进去。他如果想要设套害吴飞,大可以让吴飞给其他人,比如他的同事、朋友安排介绍卖淫人员,为什么要把自己搭进去?"

"魏老师，您还是觉得高阳举报自己的原因出在他自己公司？"向前问。

"差不多，而且我怀疑，更大的可能和高阳的职位有关。"魏成说，"这里头说不定涉及公司的一些情况，让高阳不得已只能采用这样的方式。现在还说不好，不过能让高阳作出这样大'牺牲'，应该不会是小事。"

"我先了解一下情况，如果这个案子还牵扯到公司的经济犯罪或者其他的线索，那就得联系经侦的同志了。"何帆忧心忡忡道，"这样的话，也不适宜大张旗鼓地在高阳公司里面调查。"

（六）职务

考虑到高阳的反常举动极有可能与宏瑞科技集团有关，何帆只能借着调查吴飞容留、介绍卖淫案件到高阳公司了解情况。

宏瑞科技集团有限公司成立于20世纪90年代末，经营范围包括网络信息、计算机技术专业领域"四技"（技术开发、技术转让、技术咨询、技术服务）服务、机电设备工程专业承包、通信设备等。公司于2009年上市，并开设了几家子公司，经营环保设备等。高阳作为研发二部的负责人，主要做机电设备、通信设备等设备的研发。

何帆将调查的重点放在了项目研发上，但是并没有发现可疑线索，案件调查陷入了僵局。

魏成这天开完庭回来，心血来潮在网上检索宏瑞科技。一则绿洲环保设备有限公司发生安全事故的新闻跳了出来。魏成看到事故发生的时间是2022年10月18日，而且事故现场的照片里出现了高阳的身影。魏成一下子警觉起来。

"绿洲环保设备有限公司和宏瑞科技是什么关系？"

"绿洲是宏瑞科技的子公司，主要做环保设备，魏老师怎么了？"向前问。

"2022年10月18日发生了一起安全事故。"魏成说着，来到部门内勤办公室，打开了外网电脑，点开靖江区政府信息公开网页。他检索了安全生产事故调查处理，调查结果还没有出来。魏成见状，只好联系何帆。

"何警官，高阳在宏瑞科技负责哪些业务？"

"他负责二部的研发。"

魏成将从网上找来的图片发给何帆，问道："高阳为什么会在宏瑞科技子公司的安全事故现场？"

何帆看了新闻图片，也觉得很奇怪，随后向二部的人了解了情况。这才知道高阳不仅负责二部的研发工作，还因为汪庆对外宣称身体不好，所以也实际负责之前一直由汪庆统筹的两条生产线。在调查中，因为这两条生产线名义上还是汪庆在统筹，所以也没有人向何帆透露这一情况。何帆还了解到，其中的一条生产线就是移动式升降平台，其产品在绿洲环保公司车间试用，已经投入市场。

（七）事故

第二天，在何帆的邀请下，魏成与何帆等人一起向区应急管理局了解当时事故的情况。

绿洲环保设备公司主要经营垃圾压缩中转机械、垃圾分拣机、垃圾脱水机设备、环保及印刷机械制造、移动式升降工作平台等。2022年10月18日，周二这天，机修工韩晓斌和同事在维修起重机时，移动式升降工作平台突然倒下，导致站在工作平台的韩晓斌高坠。

事故发生后，区应急管理局会同公安分局、总工会、镇政府等组成了事故调查组，并聘请了研究所的有关专家参与事故原因技术分析。

调查组分析后初步认为，事故发生的直接原因是维修人员在未确认周围作业环境安全的情况下，站在升起的移动式升降工作平台内操作起重机遥控器，没有注意现场安全监护人员的提醒，致使移动式升降工作平台附近的起重机吊钩钩住了移动式升降平台的地盘结构，从而导致移动式升降平台整体倾覆。

返回的路上，魏成几人对了解到的情况进行了分析。事故和举报发生的时间太过接近，二者之间应该有什么微妙的关联。

"会不会钩挂只是直接原因，那个平台有近三吨重，会不会还有什么别的因素导致平台倾倒？"何帆说。

"比如平台的质量问题。"魏成道。

如果是平台质量本身存在问题，那么在外力钩挂的情况下，两种因素共同作用导致平台倾倒，也就解释了高阳和宏瑞科技管理高层之间的行为。

何帆分析说："正如我们之前推测的，高阳举报自己是为了被公司免职。因为平台生产线很有可能存在问题，从而导致了绿洲公司的事故。高阳这是想要逃避责任。"

"可是绿洲公司事故发生时的机器是他任职的时候试用的，就算他被免职，也依然逃避不了责任啊。"向前提出疑问。

"反常的地方，反而有它呈现这种情况的道理。"魏成说，"你说的高阳肯定也知道，可为什么他即使知道还是要举报自己，那说明他逃避的不是这次事故的责任，很有可能是未来事故的责任。换句话说，不是某一两台机器有问题，而是整个平台的生产线存在某种技术缺陷。高阳害怕之后再出什么岔子，所以才闹出动静让公司免他职。"

"如果他害怕出事，他大可以向公司请辞，为什么他不这么做呢？"向前也反驳道。

何帆想到了一种可能,说道:"很有可能对于这个平台生产线的问题,公司高层都是知情的,所以如果高阳在这个时候请辞,公司不会同意。高阳这才用举报自己的方式,让自己从这个坑里脱身出来。"

"何警官说的不错。"

魏成此时也想起来,高阳在公司本来声名狼藉,不论汪庆用人多么"不拘一格",或者高阳的才华多么好,在刘舜想提拔高阳当科长都费劲的时候,汪庆却大手一挥将高阳提拔为副部长。生产线原来就是汪庆负责的,这是他给自己想的李代桃僵、金蝉脱壳之计。高阳满心欢喜升到副部长,很快又成为部长,没想到却跳进了汪庆给他挖的坑。

"我还有一个问题,"向前说,"如果是平台有问题,高阳难道就不怕这次事故就查出来?如果这次就查出来,他的这些计谋不就白费了吗?"

"这说明高阳很自信,这次事故查不出来平台设备的质量问题。"魏成回道。

"高阳不像那种会心存侥幸的人,为什么他会这么认为?"

"会不会是他笃定事故鉴定不出来平台有问题。"何帆恍然大悟,"难道当时参与鉴定移动平台质量的专家有问题!"

(八)审讯

何帆与应急管理局牵头的调查组进行了沟通,调查组重新聘请专家对事故平台进行了鉴定,发现事故平台确实存在缺陷。事故是平台质量缺陷和钩挂共同导致的。何帆随后聘请专家对宏瑞科技生产的准备投入市场的移动式升降平台进行了鉴定,发现超过50%的平台本体存在可能引发重心失稳的质量问题,也导致了平台倾斜报警器无法正常工作。

经过经侦的配合侦查，一条清晰的犯罪和事故链条呈现了出来。宏瑞科技公司原本由汪庆负责的移动升降平台生产线出了质量问题，但是那时公司因为孔鑫喆侵犯商业秘密的事情已经遭受了较大损失，如果将已经生产的这批平台销毁，公司将会遭受更大损失。汪庆眼见难以改变公司的决定，他不想承担责任，发愁不知如何脱身。此时，高阳主动要求调到二部。汪庆便顺水推舟，用副部长之职把高阳诱到了负责人的位置，自己则称病隐退。

高阳接手工作后，一心扑在二部的研发项目上，没有发现手上移动平台生产线的问题。直到绿洲公司发生安全事故，他才明白过来汪庆为什么费这么大劲给自己铺路。此时，他陷入当初汪庆的困境难以脱身，最后想出了举报自己的方式，把事情闹大，借机让公司免去他的职务。

公安机关对高阳及其公司相关人员以生产、销售不符合安全标准的产品罪立案。但是高阳本人拒不承认，也不配合调查。高阳等人被刑事拘留，并移送审查批准逮捕。生产、销售不符合安全标准的产品属于第三检察部的案件，由于本案前期魏成参与较多，所以他又被临时借调过去办理这起案件。

高阳看到魏成的时候有些惊讶，他定了定神，像看见老朋友一样和魏成打招呼。

尽管有种种证据摆在面前，高阳在面对公安机关的讯问时，一概以不知道、不承认回应，态度十分不配合，也不承认自己买通了当时参与鉴定移动平台质量的专家。

"你为什么要举报自己嫖娼？"鉴于高阳之前的态度，魏成开门见山，也不和他客气。

"我就是觉得好玩，挺刺激的。"

"你被公司处分，免去职务，还觉得刺激吗？"

"那我哪儿知道公司会这么不留情面，我好歹为公司做了那么多事情。"

"你是不知道公司会处分你，还是盼着公司给你处分？"

"我不知道公司会处分我，谁会盼着处分呢？我好不容易才到今天的位置。"

"你在公司没少受到同事举报，你的前任部长跟你谈过，如果再接到举报，就会上报。有这回事吗？"

高阳显得不悦，回道："有。"

"那你就是明知道会被处分，还要举报自己了？为什么？"

"检察官，我举报我自己和我被抓然后被处分，没有必然联系啊。我怎么知道我一定会被抓？都说了，我当时是为了刺激。想想随时有人来，这不是很令人兴奋的事吗？"

"好，我当你是为了寻求刺激。监控和110平台记录了你拨打举报电话的时间是晚上9点15分。吴飞和宋雯到酒店是在9点14分，你回到房间是9点20分，派出所民警赶到现场是9点22分。"魏成抬头看看高阳，"你给自己预留的时间够短的。"

"……"

魏成继续说道："你当天根本就没有想过要和宋雯发生关系。宋雯也证明，你当天根本不急于和她发生关系。你是在等警察来。"

高阳不再说话。

"你在公司负责什么工作？"

"二部牵头的项目研发，还有帮汪庆看他的两条生产线。"

"你说的两条生产线，其中一条是移动升降平台吗？"

"对。"

"为什么是帮汪庆？他在去年 10 月 18 日事故发生前几个月就已经不负责具体工作了。"

"汪总虽然生病了，但是很多事情我一直都请示他的。"

"汪庆可不是这么说的。"

"那你们应该去问他。"

"我现在是在问你。"魏成厉声道，"移动升降平台生产期间，相关的各项审批是你签的吧？即便是汪庆决定，你只是橡皮图章，难道你自己不检查吗？"

高阳沉默一段之后说道："你说的这些我不知道，都是部门秘书向汪庆直接汇报。"

"但是你的秘书说，她是跟你汇报，也是你签字决定的。"

"……"

"这个人你认识吗？"向前拿出参与绿洲公司"10·18"高坠事故鉴定的专家照片。

高阳看了看，回道："认识，他是当时来事故现场勘查的专家。叫什么我忘了。"

"忘了？你们不是很熟吗？"魏成反问。

"不认识。"

"吴飞可不是这么说的。他清楚记得，去年中秋节聚会，你邀请的人里头就有黄鸣。"

魏成提审高阳前，已经见过了吴飞，并且说明了高阳就是举报人。

吴飞知道后非常气愤，大骂高阳为了一己之私出卖朋友。

"太不是东西了！表面上跟我称兄道弟，背地里却捅刀子！这孙子！"吴飞破口大骂。

"如果你还知道高阳的什么情况，现在还可以说。"

"去年中秋节，高阳请客，来吃饭的人里有黄鸣。"吴飞说，"他们两个人认识，暗地里关系不错。"

吴飞越想越气愤，继续说道："我本来也不知道这件事，高阳没有多说。但是我看当时的新闻发出来，黄鸣和高阳都在现场。我后来问过高阳，他只是说，黄鸣是到现场去鉴定产品质量的。"

因为吴飞的证言，公安结合其他证据，突破了黄鸣。

高阳眼看着吴飞、黄鸣都指认自己，一时间哑口无言。过了好一会儿，他似乎才不得不接受自己已经被揪出来的事实。

"检察官，如果我检举，是不是可以从宽处理？"

"揭发他人罪行，如果查证属实，或者提供了重要线索，从而得以侦破其他案件等立功表现，可以从轻、减轻处罚。"魏成看着他，"如果有重大立功，可以减轻或者免除处罚。"

"实话跟你们说吧，为了拿到我们公司的项目，吴飞可不止给我一个人介绍过卖淫。"高阳嘴角露出瘆人的笑容，说完哈哈大笑起来，"就我知道的，就有好几个人！"

（九）尾声

何帆根据高阳提供的线索，果然查到吴飞并不只是联系宋雯一人为他人提供性服务，宋雯认识的几个小姐妹也在吴飞的介绍撮合下接了不少"生意"。

宋雯出于对吴飞平时"照顾"的感激之情，将他当成自己的大哥，所以并没有把自己和其他几名女性受吴飞安排，与其他客户发生性关系的事情说出来。

经侦查，吴飞为高阳介绍宋雯的行为虽然不能认定为容留、介绍卖淫罪，但吴飞与其他几名卖淫人员形成固定联络关系，为自己的目标客户提供性服务的行为，已经构成介绍卖淫罪。

高阳及其公司相关责任人员则因为生产、销售不符合安全标准的产品罪受到了处罚。涉案的不合格产品也被处理，所幸没有流入市场。

绿洲环保公司事故则是作业人员缺乏安全意识，没有注意到现场安全监管人员的提醒，致使发生钩挂，再加上移动升降平台的质量问题，预警失灵，综合作用下导致作业人员的伤亡。各项因素在其中所起的作用各占多少，调查组也聘请了专家重新调查鉴定……

为了暗恋的男神，她毁了自己的容貌

顾颂本来十分享受邵琳的"报应"，听到真相的她直勾勾地看着李毅，不敢相信自己报复错了人。她咬着牙，眼里蓄满了泪水。她扭过头去，不让别人看见她眼泪掉下来的模样。

5月立夏之后，气温开始攀升，距离高考已经不足一个月。吴美霞是一名中学历史老师，也是班主任。教室里同学们正在上自习课，为了迎接考试紧张地复习。

吴美霞从走廊经过，看见认真学习的同学们，心里十分欣慰。她的视线不由自主地看向第三排最靠窗户的位置，那里现在坐着一个瘦小的女同学。去年这个时候，这里是邵琳的座位。

邵琳是一个微胖、可爱的女孩子，看起来斯斯文文的。她家庭条件不错，学习成绩优异，模样不算惊艳，但十分讨人喜欢。

吴美霞叹了口气，如果不是因为意外，邵琳现在应该是大一下学期快结束了。她很喜欢邵琳。去年夏天邵琳考入了一所985高校，吴美霞很为她高兴，但是大学开学前几天，这个小姑娘从自己家楼上一跃而下……

吴美霞知道这个消息的时候不敢相信。去医院探望时，邵琳的妈妈抱着吴美霞哭得几乎晕厥。

邵琳的模样让吴美霞觉得既恐怖又心疼。邵琳的脸上和身上有多处溃烂，有的溃烂处已经结痂，留下了黑色瘢痕，有的溃烂处还在流脓，脓水渗到衣服上，散发着一股难以名状的臭味。据邵琳妈妈说，她也是发现女儿脸上皮肤溃烂才知道，高中时邵琳暗恋班上一个男同学，毕业时向男生表白被拒了。她觉得男孩子是嫌弃自己胖,所以背着家里悄悄去一家美容工作室打了溶脂针。

没想到,打了第一针之后,皮肤开始出现小红点;打了第二针之后,浑身皮肤溃烂;第三针之后,皮肤不仅溃烂,还开始流脓。邵琳觉得没脸见人,一时之间想不开,选择了轻生。

(一)离异

"龚珍妮,我们是凌江市靖江区人民检察院的工作人员,你涉嫌非法行医一案由凌江市公安局靖江公安分局提请我院审查起诉。今天依法对你进行讯问,对于我们的提问,你要如实回答。如果如实供述,依法可以从宽处理,你听清楚了吗?"

魏成说完,将权利义务告知书放在龚珍妮面前。

龚珍妮眼睛红红的,双手有些颤抖,回道:"听清楚了。"

龚珍妮今年四44岁,中专文化,因丈夫出轨而离异,独自抚养女儿龚媛。龚媛与被害人邵琳同龄,去年案发时上高二,今年高三,正是学习非常关键的时候。

十多年前,龚珍妮和前夫刘军自由恋爱。结婚时,刘军还是一个穷小子。龚家本来不同意两人结婚,但是龚珍妮看上刘军对她很好、人老实,也很上进,便不顾家里反对和刘军结了婚。

"有时候老实人不是真老实,而是不得不老实。如果有机会,指不定玩得多花。"龚珍妮回忆起那段不堪回首的岁月,"就像我小的时候,家里没什么水果,所以最喜欢吃番茄。后来长大了,自己挣钱了才知道,可以吃的水果多了去了,番茄甚至都算不上是水果。能吃别的水果,谁还会念番茄的好呢?"

她悠悠地叹了口气，继续说道："可是当时年轻啊，哪里知道这些。"

婚后，考虑到家庭经济情况，龚珍妮平时生活非常节俭。眼看着一家人日子逐渐好过了，家里付了新房首付，也买了车，女儿学习成绩也很好。刘军一直想要一个儿子，龚珍妮也尝试怀二胎，但是一直没有成功。龚珍妮的精神和身体都经历了很长一段时间的糟糕状态，不想再折腾。或许也正是在这一段时间，一向老实的刘军出轨了公司新来的女同事。龚珍妮气不过，和刘军闹离婚。没想到，这正合了刘军的心意。龚珍妮反而进退两难，稀里糊涂把婚给离了。

离婚之后，刘军刚开始还能按时给女儿生活费，后来开始玩失踪。龚媛的生活费、学费都得靠龚珍妮。龚珍妮在离婚前是一名家庭主妇，婚前是超市店员，和前夫结婚十多年，已经和社会彻底脱节。

"离婚后，我一直找不到合适工作。即便这样，我还要还房贷，还有媛媛的学费、生活费要交。我爸妈都是乡下人，也帮不上什么忙。每次他们拿来家里的粮食和瓜果蔬菜，我都想大哭一场。我心疼啊……"龚珍妮说着，忍不住泪如雨下，"我爸妈给的东西和每个月的房贷比，什么都不是，但是我也知道，他们只能给我这么多，他们尽力了。我有时候想，可能也是我命不好吧……"

那段时间，龚珍妮的生活过得非常苦。一开始，她还能向亲友借钱还房贷和支撑日常生活开销，但是因为没有稳定工作和收入来源，身边的亲友担心对龚珍妮母女的帮助会是一个无底洞，就逐渐疏远了她。

"龚珍妮没有做错什么，却遭到了众叛亲离。"在提审龚珍妮之前，向前向李毅了解情况后感叹。

魏成沉默不语，翻阅着龚珍妮非法行医案件的案卷。

那段时间龚珍妮感觉前所未有的无助，经常半夜惊醒，然后又哭着入睡。为了挣钱，龚珍妮在朋友的推荐下，尝试到外地工作。她到了外地，钱并没有多挣多少，反而在人生地不熟的地方受了不少委屈，最后还是决定回凌江找工作。

龚珍妮回凌江后，四处奔走，中间数不清经历了多少曲折，终于在朋友的介绍下到一家超市上班。但是，超市上班的工资远远不够支付家里的开销。龚珍妮想把房卖掉，但是想了想，还是咬牙坚持。

"既然缺钱，为什么不把房子卖掉？"魏成问。

"卖房子，我舍不得。我心里有气，我想房子卖掉了，我和女儿就真的没有家了。而且，要是房子卖掉了，再想买房，我拿不出这么多首付来。再说，以后媛媛成家，家里总要有套房吧。"龚珍妮说，"你们说，女的结婚要求男方有车有房，男的结婚不也要看看女方的家庭条件吗？"

"那现在你的房贷还完了吗？"

"还有10万块钱不到，媛媛今年要考大学了……"龚珍妮话说到一半，或许想到这里并不是谈论她未来计划的场合，没有再说下去。

每到月中要还房贷的时候，龚珍妮都非常头疼。交完房贷的头几天是她最轻松的几天，之后又开始为下个月的房贷发愁。每每想到这些，她都会大哭一场，一半恨刘军无情无义，一半恨自己有眼无珠。

一次偶然的机会，她认识了来超市买东西的顾颂。顾颂打扮入时，甚至有一些妖艳，经营着一家美容店。顾颂前夫也是出轨，两人因此离婚，但是顾颂没有小孩，生活比龚珍妮轻松不少。

（二）美容店

龚珍妮和顾颂因为遭遇相似，彼此惺惺相惜，很快成为要好的朋友。顾颂也非常大方，经常请龚珍妮母女俩吃饭。熟络之后，龚珍妮才知道，顾颂的美容店是她的前男友出钱帮她开的。

顾颂的个人关系比较复杂,个性也很开放,男朋友经常换,用龚珍妮的话来说,活得非常"潇洒"。顾颂自己没有小孩,当年和老公也是因为这个离的婚。她很喜欢龚媛,觉得龚媛聪明伶俐,学习还好。但龚媛不是很喜欢这个阿姨,顾颂叫她吃饭,她经常以学习为由躲在家里不去。

"2021年下半年,媛媛学校快开学了,但是我刚还了房贷。我妈当时身体也不太好,做了手术,手头没钱……我当时在为媛媛的生活费发愁……"龚珍妮说,"我想到了顾颂。她平时对我们也很好。我实在没办法,就想到问她借点钱,让我先交了媛媛的生活费。"

顾颂非常大方,当即借了钱给龚珍妮,也让龚珍妮不用急着还钱。

"我后来拿了工资还是先还钱了,毕竟总是欠着人家也不好。后来,我又借了几次钱。不过,顾颂的收入其实也不稳定,有时候有钱,有时候又没钱……2021年12月份,我因为凑不齐房贷,又想到找顾颂帮忙。恰好她当时和前男友因为店出了点事情。"

"什么事情你清楚吗?"魏成接着问。

"那个店是她前男友出钱开的,前男友喊她还钱,她拿不出来。不过,就算有,她也不会还的。"龚珍妮回忆道,"挂了电话,我很失望,不晓得怎么办才好。没想到第二天快到吃晚饭的时候,顾颂给我打电话,说两个当老板的朋友请她晚上出去吃饭、唱歌,想认识下我,问我愿不愿意去。我本来是不想去,因为晚上我本来要出去摆摊,但是顾颂说,这两个老板很有钱,我借钱的事说不定可以帮忙,我就去了。"

吃饭的地方很高档,吃完几个人还去唱了歌,中间一个叫曾健的男人一直找龚珍妮聊天。唱歌结束,龚珍妮跟着曾健去了酒店。曾健借给龚珍妮五千块,还给了龚珍妮几百块，让她买衣服，就当交个朋友。

"曾健和顾颂是什么关系？"

"曾健是美丽再造高端美容培训机构的老板，顾颂在那里参加过培训。"

龚珍妮之后几次也因为缺钱主动联系过曾健。曾健每次都有求必应，也没有催过她还钱。一来二去，三人关系也更熟了。

"你接着说。"

"顾颂跟我说，以后媛媛考上大学，用钱的地方只会更多。超市上班的工资根本不可能够，让我不如像她那样，开一个美容店。"

"这是什么时候的事？"

"2021年12月。"龚珍妮继续说道，"当时我跟顾颂说，我对美容的事情一点也不懂。顾颂说没关系，她介绍我去曾健开的美容培训机构培训，学费她可以先借给我。培训结束后，培训机构会发放美容行业上岗证，培训班还能提供开店扶持，我只要出一万块就行。顾颂跟我说，她自己的那家店因为前男友来闹，关门了。那家店其实也是和培训班合作开的，虽然培训班要分成，但是总比自己给别人打工强。而且，如果以后我不开店，也算有一技之长。我想来想去，觉得顾颂说的有道理，所以就去了曾健开的那个美容培训的地方学了两个月。那会儿，曾健跟我关系很好，没有收我学费。培训结束，他们发了证书。我用顾颂借给我的钱入股开店。外面店面租金都很高，我想家里的房子也不用交房租，就在家里开了珍妮高端美学馆。开店的全部费用加在一起差不多三万多块。"

"你培训学的课程是什么？"

"有一些美容的基础课，还有一些实操的课。理论学了皮肤分类，实操学了面部皮肤护理、肩颈护理、手部护理，另外还学了化妆、美甲、修眉，以及丰胸、减肥这些身体护理。"

2022年2月，嫌疑人龚珍妮在自己居住的小区里开办"珍妮高端美学馆"，并在朋友圈招揽客户。

"珍妮高端美学馆主要提供哪些美容项目？"

"主要就是我刚才讲的那些护理，还有化妆、美甲，另外还有按摩、丰胸、减肥。"

"珍妮高端美学馆有营业执照这些经营证照吗？"

"有的。"

"有医疗机构执业许可吗？"

"没有。"

"你本人有执业医师、执业助理医师资格吗？"

龚珍妮摇头："我没有。"

"顾颂有执业医师或者执业助理医师资格吗？"

"就我知道的，她应该也没有。"

（三）溶脂针

据龚珍妮供述，培训班其他学员的学费一般是一万一千元，顾颂借给她一万块钱。不过曾健没有收她培训的学费。后来在家里开店，因为没有房租和装修，一共用了三万多块。龚珍妮自己出了一万块，就是找顾颂借的那一万学费，剩下的钱由培训班出。美容店的收益一年内也按照1:2来分成，两年之后，双方五五分成。

"我本来觉得这样是划算的，但是后来我发现并不划算。店里每个月差不多可以挣到一两万块，但是店里很多设备、材料按照合同约定都需要从培训班采购,不允许从别的地方买,不然就算违约。从店里出去的本钱都进了培训班的口袋。就拿我一个月如果挣两万块来说,成本要去掉几千块,剩下一万多块,我只能拿三分之一,培训班实际拿到的钱比三分之二还要多。而且,店可能还要免费带培训班的学员的实习课,总的来看是亏的。幸亏我不用出房租,否则根本经营不下去。"

"所以你和顾颂就想到了悄悄开设溶脂针项目?"魏成问。

龚珍妮点头,表示默认。

2022年4月至8月期间,嫌疑人龚珍妮、顾颂在未取得医疗机构执业许可的情况下,在"珍妮高端美学馆"内开设"无创溶脂"项目,由龚珍妮负责市场推广、提供客户和场地,顾颂负责采购气压枪、安瓿头,还有"溶脂"针剂,在龚珍妮开办的美容店内实施溶脂注射操作,并约定分成。

"打针这些我不懂,顾颂知道怎么打,之前每次打针都是她来的。"

"气压枪、药剂的来源你清楚吗?"

"都是顾颂在负责,我不清楚。"龚珍妮解释,"我主要是提供场地,另外也在朋友圈发发广告,向来店里的客人推荐。"

"针剂的功效和原理你也不清楚吗?"

"我见过顾颂操作,原理我不懂,但是操作我看不复杂。"龚珍妮摇头,"顾颂跟我说过,'无创溶脂针'不是使用针头,是通过气压枪把针剂打进身体里,可以不打针不吃药就能瘦。我也是这么跟我的客户说的。"

龚珍妮又说了一些顾颂告诉她用来招揽顾客的一套话术。

"2022年从4月份起到7月案发,有几个人在你们店里打过溶脂针?"

"我记得不包括邵琳有7个人,都是顾颂打的。"

按照龚珍妮的供述,7月邵琳通过网上搜索,找来龚珍妮店里。趁顾颂没在,龚珍妮自告奋勇，给她注射了溶脂针。

"既然你不会操作，之前也都是顾颂注射，为什么要自己给邵琳打溶脂针？"魏成问。

"针剂都是顾颂弄来的，利润我们五五分。溶脂针三个疗程，每个疗程打一针，三针一共2万块钱，利润还是很大的。店里有针剂，顾颂平时也不会注意清点。我看她平时操作也不难，所以我就想不告诉顾颂自己打。这样，我就能净赚2万块。"龚珍妮解释，"我想多挣点钱，提前把房贷还了，这样以后也可以给媛媛多存点钱。"

魏成抬头看看她，没有说话。

龚珍妮的情绪看起来很稳定，态度也非常配合，并没有讯问中常见的或激烈或你来我往的试探的拉扯感，这让魏成感到有一丝疑惑。

邵琳在接受注射后，皮肤上注射的位置先是出现了小红点，之后变成了红斑。龚珍妮知道后向她解释，这是过敏和正常的发炎现象。随后，她用生理盐水给邵琳清洗了红斑，但红斑并没有消退。第二次注射后，红斑变得更加严重，邵琳的皮肤开始大面积地感染和溃烂。在注射第三针之后，邵琳的身上出现了脓肿流脓。接受过注射的7个客人中，有一两个也出现了小红点，但是都没有邵琳这么严重。

"邵琳因为红斑去找你的时候，你怎么跟她说的？"魏成问龚珍妮，"怎么处理的？"

"我说是正常的发炎，然后用生理盐水给她清洗了。"

"店里其他客人出现过红斑吗？"

"有两个客人注射的位置起了小红点，顾颂和她们讲是正常的。"

"这么说，你没有见过顾颂处理客人出现红斑，甚至溃烂的情况。"魏成追问道。

龚珍妮迟疑了一下，点点头。

"邵琳第二次注射的时候，感染已经非常严重，你又是怎么解释、怎么处理的？"

龚珍妮被魏成刚才的问话弄得有些慌张，似乎在思考魏成为什么要这么问。但是，她一时间又想不明白，只好吞吞吐吐道："还是那么说的，给她用生理盐水洗了。"

"你自己也说，店里其他客人没有出现过皮肤溃烂的情况。你没有学过相关的注射知识，是自己第一次偷偷给客人注射。客人身体出现这么反常的情况，你当时就没有感到害怕，没有想过要去问问顾颂是怎么回事？"

龚珍妮陷入了沉默。

"那你怎么知道应该用生理盐水清洗的？"

"……我在网上查的。"

"为什么不向顾颂求助？"

"如果求助，不就被她知道了吗？"

"你就不怕出事？"

"我……我也怕的，但是……万一没事呢？"龚珍妮吞吞吐吐地说。

"你就这么放心？"

"……我也不知道，可能就是脑子一下子短路了吧。"

邵琳跳楼后，龚珍妮和顾颂非法行医案发，龚珍妮因涉嫌非法行医被刑事立案。

经鉴定，邵琳溶脂注射后引起感染，并且全身多处体表皮肤遗留瘢痕，构成轻伤二级，评定为医疗事故八级伤残；另7名被害人注射溶脂针后，其中两人有不同程度的感染，但尚未构成轻微伤。邵琳因皮肤溃烂、留疤害怕被同学嘲笑，于 2022 年 8 月 22 日在住处跳楼。好在抢救及时，但造成了比较严重的神经和骨损伤，双下肢截瘫，恢复概率比较低。

因龚珍妮属于初犯，并且表示愿意认罪认罚，人身危险性小，随后被公安机关取保候审。虽然顾颂对龚珍妮为邵琳注射溶脂针的事情并不知情，没有构成犯罪，但是她有非法行医的行为，依法被给予行政处罚。

这起案件的舆论争议很大。一部分人同情龚珍妮的遭遇，认为她一个离异的单身女人为了抚养孩子，算是误入歧途，而且女儿今年马上就要参加高考，应该多一些宽容，对她从轻处理。而另一部分人则同情邵琳和她的母亲，认为龚珍妮造成花季少女毁容后轻生，毁了邵琳一辈子，应该从重处罚。

（四）针剂

龚珍妮店里出事之后，顾颂挨了行政处罚，她从一个男性朋友那里借钱交了罚款，现在在一家美甲店工作。顾颂化着浓妆，虽然实际年纪比龚珍妮大不少，但看起来却比龚珍妮年轻许多，她在保养上应该花了不少钱。顾颂和龚珍妮的说法相近，针剂是她从一个朋友那里代购来的。

看见魏成和向前来店里，顾颂把手里的活交给店里其他店员。顾颂向两人说起她和龚珍妮合作开店的一些前因后果。

"我前男友刘涛是做美容美发的，我一开始在他店里帮忙。我看他赚了不少，自己当老板也不操心，就想还是应该自己有店，自己当老板划算。刘涛刚好认识曾健，他介绍我到曾健的培训班上了一段时间的课。培训结束，刘涛出钱帮我开的店。后来我跟刘涛分手，他让我要么把开店的钱还给他，要么把店给他。他还到店里闹过几次。那个店面其实也是培训班和学员一起出的钱。自己没本钱的时候，是赚的，但是肯定还是自己干更好。所以，那家店我就没要了。我问朋友借了点钱，自己另外开了一家。"顾颂回忆，"现在生意不好做，我店里赚得不多，付了房租，每个月其实赚不了几个钱，后来我就索性把店铺转让出去了。"

"溶脂针是怎么回事？"

"之所以转让店铺，是我发现溶脂针这样稳赚。像龚珍妮这样的店，她也没什么赚。所以我和她商量，在她店里卖这个针剂，我负责买针剂，利润和她一人一半。这样我只需要付针剂的成本，不用付店面费。龚珍妮也缺钱，她当时立马就同意了。"

"溶脂针剂从哪里来的？"

"一个在国外的朋友帮我买的。药是她从正规渠道买的，不是假药，我注射的几个人都没有出什么大问题。"

"开店后，你给几个人注射过。"魏成进一步问。

"有7个人吧。"

"你在你那个朋友那里买了多少？"

"一个疗程是1针，一共3个疗程，前前后后，如果我没有记错的话，一共代购过27针。这玩意儿不便宜，一般是有人预约或者来新的客人，我再找我朋友帮忙买，而且因为每个疗程中间也有时间间隔，如果有新的客户，可以先用之前客户的。不过，国外代购时间上不能保证，所以店里一般会有三四针的存量。"

"针剂平时都是谁保管？"

"是龚珍妮保管。客人的疗程也是她记录，我不清楚。"

"那你怎么知道什么时候买药？"魏成追问。

"龚珍妮会跟我说，拿客户的信息给我看，不过我不会细看的。"

"你平时检查过店里有多少针剂吗？"

"我哪有那工夫。再说，就那几支，有什么好检查的。"

"你平时很忙吗？"

"忙倒是不忙，我喜欢玩牌，空闲时间都在打牌。"

魏成看看手里记录客户的材料信息，里面记录了其他7名客户的信息，问道："邵琳来店里的事情，你清楚吗？"

"我不清楚。那天我去过店里，邵琳当时说不打。后来是出事了，我才知道龚珍妮背着我给其他客人打过针。"

魏成注视着顾颂，那眼神像是要把人看穿。顾颂有些退缩，她在椅子上挪了挪，似乎这样可以避开魏成的审视。

"7月份，龚珍妮有没有问过你，或者向你提起过，如果客人注射针剂后出现感染应该怎么处理的问题？"

"没有。"

"一般这种情况，你会怎么处理？"

"一般是用生理盐水给客人清洗，因为要保持皮肤清洁。另外，可能会让客人少吃辛辣的东西，不要吃海鲜。"

"还有什么要补充的吗？"魏成似乎意有所指。

顾颂摇头："检察官，珍妮会被判很重吗？"

"怎么判，我说了不算。"

"我不应该拉珍妮一起做溶脂针的生意。"

看得出来顾颂有些伤心。

这时顾颂的手机响了，她到前台拿起手机一看，立即眉开眼笑。

"曾总，您老人家怎么想起我来了？"

此时的顾颂与刚才担心朋友愁眉苦脸的样子简直判若两人。

向前看见顾颂手机壳上挂了一个看起来有些旧的福袋，福袋的正面绣着寺庙的名称，背面是祈福的文字。

顾颂手机上的福袋绣着"求子"，但她已经离婚多年，至今"单身"。

向前暗示魏成，魏成此时也注意到了顾颂手机上挂的福袋。顾颂见魏成看见她手里的手机，便转过身去，接着和曾健说笑。

（五）研判

接下来的几天，魏成和向前围绕案件和侦办案件的李毅进行了沟通，补充侦查了一些情况。这天一大早蒋文渠主任打来电话，说分管他们的甄振宇副检察长要听案件的审查情况。

魏成带着案件材料，跟着蒋文渠来到领导办公室旁边的会议室。二人坐定后，魏成大概汇报了案件的基本情况和审查情况。

魏成说道："甄检，龚珍妮非法行医的案子，我有一些新的想法。"

蒋文渠担心魏成又闹出什么幺蛾子，说道："你还是先给领导把旧的想法汇报清楚。"

"都说说看吧。"甄振宇说。

魏成说道："市药监局鉴定反馈，无法认定涉案'无针注射器'是医疗器械，涉案的溶脂针剂也无法认定为假药。"

虽然公安机关将此案以非法行医罪移送审查起诉，但魏成也不得不考虑龚珍妮以及顾颂是否构成销售假药、劣药或者销售不符合标准的医用器材罪或者妨害药品管理等罪名。

因为无法认定涉案针剂是医疗器械或者假药，龚珍妮和顾颂的行为不能评价为销售假药罪或者销售不符合标准的医用器材罪。案件中涉及的溶脂针剂也不符合销售伪劣商品罪中的"在产品中掺杂、掺假，以假充真、以次充好或者以不合格产品冒充合格产品"的情况。

"李警官核实了顾颂说的情况，涉案的针剂在顾颂同学所在的 A 国家是合法上市的。在国内虽然属于未取得药品相关批准证明文件的生产、进口药品，但并不是药品本身造成了对人体健康的损害，不属于妨害药品管理罪中违反药品管理法规，足以危害人体健康的情况。所以对于本案的定性，暂时还是考虑非法行医。"

所谓医疗美容，是指用手术、药物、医疗器械以及其他具有创伤性或者侵入性的医学技术对人的容貌和人体各部位形态进行修复与再塑。所以开设医疗美容机构需要经过严格的审批，获得医疗机构执业许可证，负责医疗美容行为的人也必须取得相关的执业医师证书。

魏成接着说道："龚珍妮和顾颂使用的'无创溶脂针'是通过气压枪的高压，把溶脂针剂注射进顾客身体。使用'溶脂针剂''气压枪'等具有创伤性、侵入性等医学技术对人的容貌和人体各部位形态进行的修复与再塑属于医疗美容。不具备医疗执业许可的一般美容机构及其没有行医资格的人员非法提供医疗美容业务，属于在非医疗机构超出服务范围进行诊疗的非法行医行为。

"皮肤是人体最大的器官，因医疗美容造成皮肤软组织溃烂、感染属于非法行医罪中'器官损伤导致一般功能障碍'的情形。龚珍妮在未取得医疗机构执业许可及执业医师的情况下非法行医，属于非法行医造成就诊人器官组织损伤，导致一般功能障碍的情况，符合非法行医的构成要件。

"顾颂和龚珍妮虽然是共同犯罪，但顾颂对邵琳这一次注射并不知情，她只能对另外 7 次非法行医行为负责，但这 7 次按情节严重程度还不足以认定为非法行医罪。顾颂的行为已经被公安机关行政处罚。"魏成继续说，"同时，虽然龚珍妮构成非法行医罪，但是非法行医罪对就诊人造成的身体健康损害必须是非法行医行为本身，而邵琳的双下肢截瘫不属于非法行医行为直接造成。因此，龚珍妮只是属于非法行医，情节严重，处三年以下有期徒刑的情形。龚珍妮本人认罪认罚，可以从宽处理，还有自首情节，可以从轻处罚。但是考虑到案件的恶劣影响，综合考虑下来，建议两年有期徒刑，并处罚金比较适宜。以上就是我之前的审查意见。"

"那你的新意见是什么？"甄检问。

"顾颂有问题，甄检、蒋主任，这个案子有大问题。"

（六）疗程

"怎么回事？"蒋文渠问，"是案子有什么新情况吗？"

魏成把 8 名客人注射的信息整理在了一张表格上，并重点对 6 月至 7 月的注射情况进行了分析。

"龚珍妮和顾颂用的这个溶脂针一共 3 个疗程，每个疗程是 1 针，疗程的间隔时间是 7 天。针剂从代购到到货的时间是 10 天左右，一般针剂到货第二天给客人注射。"魏成把图纸放在会议桌上，向主任和分管解释道，"从 2022 年 4 月到案发的 8 月，除邵琳，一共有 7 名客人。顾颂说过，这个针剂不便宜，所以一般有客人上门来预订，才会找朋友代买。除了 4 月，之后一般会至少多买 3 个疗程，也就是 1 人份的针剂。"

魏成拿出案卷材料里顾颂和朋友的聊天记录以及转账信息。

"4月有客人A，顾颂4月2日找朋友代购了3副针剂，差不多10天之后到货。在4月27日，3个疗程注射完毕。"

"因为当时顾颂不能确定这个针剂销路好不好，所以只买了3个疗程的。"魏成补充说。

"5月来了两名客人B和C，分别是在5月初和中旬。顾颂在5月1日代购了3副针剂，在5月16日代购了6个疗程的针剂。两次代购的针剂分别在5月25日和6月11日注射完毕，余下3个疗程。

"6月18日有一名客人D，使用的是5月16日代购的针剂，第一针注射日期是6月18日当天，7月2日注射完毕。顾颂在6月18日当天代购了9个疗程的针剂，6月30日到货。

"邵琳是7月3日去的店里，当时店里还剩下9个疗程的针剂。邵琳的注射时间是7月3日、7月10日和7月17日。

"但是在邵琳之前的6月28日来了两名客人E和F，因为当时针剂没有到货，所以两人的第一针注射时间预约在了7月4日，第二针是在7月11日，第三针是在7月18日。刚好7月4日这天也来了一名客人H，当天注射。"

魏成解释："按照顾颂的说法，她一般只会在店里预留三针的量。顾颂并不知道邵琳的存在，所以对于她来说，三名客人，9针针剂是够用的。三名客人7月4日注射第一针，7月10日注射第二针后，剩下3针在7月18日注射。因此按照她预留3份针剂的习惯，她在7月10日或者11日代购针剂是合适的。7月18日，三名客人全部注射完毕，新购买的针剂预计在7月20日左右也就到了。"

魏成手上的笔在表格上移动，他继续解释道："但是如果算上了邵琳，针剂的实际使用情况是——7月3日，邵琳注射第一针后，余下8针；7月4日，三名客人注射第一针后，余下5针；7月10日，邵琳注射第二针后，余下4针；7月11日，三名客人注射第二针后，余下1针；7月17日，邵琳注射第三针后，7月18日三名客人将没有第三针可以注射。"

"我们现在知道，实际情况是7月18日，三名客人注射了针剂，并且到案发，店里还余下了3针。这说明顾颂在中间肯定补过货。事实也证明顾颂的确在这期间，也就是7月4日，补了6份针剂。"

"按照你的意思，顾颂补货的时间和数量都很能说明问题。"蒋文渠说。

"对，先说时间。如果顾颂不知道邵琳的存在，那她最佳的补货时间是在7月10日或者11日。因为在7月11日三名客人注射第二针后，店里还有3针的余量。这个时候没有新的客人来，剩下的3针恰好够三人第三针。而且如果后面再有人来，也不至于等太久。"魏成说着在表格上圈出7月4日，"但是顾颂的补货时间却是7月4日，为什么？因为多了一个邵琳，在7月4日这天，顾颂就发现等到了7月17日这天，所有的针剂都被注射完毕，三名客人7月18日将没有针剂。针剂到货时间差不多要10天左右，为了避免这样的情况，所以顾颂在7月4日当天又下单了6份针剂。"

甄振宇思考片刻，说道："不排除你说的这种可能，不过顾颂也未必完全遵循她补货的时间规律。假设顾颂对邵琳的事不知情，7月4日当天确实也来了三名客人，她补货也有可能是为了有预留的量。"

"那补货的数量怎么讲呢？他们生意并没有那么好，在针剂够用的情况下，预留3针的量比较符合顾颂平时补货的习惯吧。"魏成说。

"这个疑点还是太薄弱了。"甄振宇摇摇头说。

蒋文渠也赞同分管领导的意见，问道："还有别的疑点吗？"

魏成取出其他材料，回道："其他疑点还有四个，从顾颂的采购记录看，店里的存货其实并不太多，即使不专门清点，也能知道有多少存货。这种情况下，少了几支针剂，顾颂会发现不了吗？另外，按照顾颂之前的代购习惯，一般来新客人的当天或者第二天会补充新的针剂。既然顾颂声称自己对邵琳来店里打针并不知情，那为什么要在邵琳去店里的第二天，也就是7月4日补充针剂？第三个疑点，龚珍妮供述是'偷师'顾颂给邵琳注射，但是其他几个客人都没有出现过这么严重的感染情况，龚珍妮怎么知道应该如何处理？她说是网上查的，但是李警官调查了她的上网记录，根本没有相关的搜索记录。第四，龚珍妮或许为了钱，敢背着顾颂给客人注射，但是出现问题的时候，她不可能忍住不去旁敲侧击地求助于顾颂。在有没有向顾颂求助这个问题上，两个人的回答出奇地一致，这一点不得不让人怀疑。"

"你还是认为顾颂对邵琳的事知情？"蒋文渠问。

"对。"魏成点头，"这也是我觉得本案奇怪的地方，龚珍妮和顾颂是出于什么动机，隐瞒了顾颂知道邵琳来店里注射的事情。假设顾颂知情，也有一个问题。"

"什么问题？"

"假设两人一口咬定顾颂不知情，是为了让顾颂不承担责任，但这是基于邵琳已经出事了的角度来假设的。如果从事中来分析，有一个地方说不通。"魏成分析说，"顾颂在邵琳去店里第二天就买了针剂，那说明顾颂至少在第二天，也就是7月4日就知道了龚珍妮擅自给邵琳注射针剂的事情。因为要备货，所以顾颂预定了新的针剂。这也就解释了邵琳在注射第一针身体出现红斑之后，龚珍妮知道怎么处理的问题，因为是顾颂告诉她的。龚珍妮没有相关经验，她不可能知道怎么处理感染的情况。这样一来，刚才说的疑点都合理解释了。但如果是这样，在那之后，顾颂没有道理再让龚珍妮继续注射，而应该自己来。在注射第二针的时候，如果顾颂自己给邵琳注射，很有可能不会出现更严重的感染情况。而且邵琳在注射第二针之后，皮肤情况进一步恶化，龚珍妮也没有吱声。如果顾颂知情，为什么不避免情况进一步恶化呢？哪怕建议邵琳去看医生？"

"确实，如果顾颂在第二天就知道邵琳的事情，她完全可以避免后面严重感染的发生。"蒋文渠说。

"你的这个假设还有一个问题，"甄检说，"龚珍妮是为了钱才背着顾颂给邵琳注射，既然是这样，龚珍妮为什么向顾颂坦白？当时并没有发生什么紧迫的情形，比如邵琳皮肤感染，让龚珍妮不得不向顾颂求助。"

"会不会是因为7月4日店里突然来了一个新客人H。"蒋文渠说，"因为在7月3日前，龚珍妮知道店里有9份存量的针剂，6月28日有两名客人预约，7月3日的时候，针剂的量是足的。但是后来4日突然来了一个新客人，针剂突然不够用了。所以，龚珍妮不得已才告诉顾颂。"

几人点头，不能排除蒋文渠说的这种可能。之后因为案发，顾颂不想承担责任，两人便决定撒谎称顾颂不知情。

"如果顾颂和龚珍妮在顾颂知情这件事上撒谎，那么顾颂很有可能给了龚珍妮什么好处。"蒋文渠进一步推测，"而且如果邵琳在注射第一针之后，顾颂就知情，那也就是说顾颂对邵琳之后的感染是放任的态度，她就有可能和龚珍妮构成非法行医的共同犯罪。"

"蒋主任说得对，这个问题，还要请公安的同志再侦查侦查。"甄振宇说，"小魏，你认为呢？"

"我赞同蒋主任的意见。"魏成回道。

如果顾颂对邵琳的事情知情的这个假设成立，顾颂为什么不接手后续的注射？甚至在邵琳皮肤出现感染之后，不采取措施，继续放任龚珍妮，她究竟是出于什么样的目的?

（七）补充侦查

李毅围绕顾颂和龚珍妮之间的财务往来，以及龚珍妮、顾颂和被害人邵琳及其家人的社会关系等进行了补充侦查。

"在邵琳到珍妮高端美学馆的当天下午，也就是7月3日，顾颂从银行取出了十万元存款。顾颂本人的相关消费和交易并没有相关的记录。"李毅在电话里和魏成沟通案件情况，"我去顾颂店里找过她，她说这钱是借给一个男性朋友的，但是她没有借条。十万块，又不是十块钱，顾颂也不是什么有钱人，我不信这么多钱连个借条也不打。所以我就当场向顾颂说的那个男性朋友老杨核实。你们猜怎么样？"

李毅轻轻哼了一声，继续说道："电话居然是空号。据顾颂说，她和这个老杨是在KTV唱歌认识的。顾颂自己说借给人家十万块，但是却连这个所谓的老杨的真实姓名、电话号码、家庭住址、工作单位这些基本信息都一无所知。这个老杨根本就是她瞎扯的。"

"我查了，钱也没有进龚珍妮的账号。如果钱真的是给了龚珍妮，那可能是给的现金。"李毅接着说道，"但是如果顾颂是为了让龚珍妮背锅，她应该是在案发后才给钱才对，为什么那么早就准备钱？除非……"

三人此时想到了一种更合理的解释。

"除非，这十万块不是封口费。"向前说，"而是顾颂给龚珍妮的'佣金'，为了让龚珍妮给邵琳注射溶脂针。"

之前与分管领导以及部门主任讨论案件时，魏成就已经隐隐怀疑，只是还不能确定。这也就是为什么顾颂明知道龚珍妮给邵琳注射了溶脂针，在邵琳皮肤出现严重感染的情况下，没有接手后续的注射工作，也没有帮邵琳处理感染的原因。

现在看来，邵琳皮肤感染正是她想要的结果，是她花费十万元想要得到的结果！

"如果是这样，龚珍妮和顾颂就不是非法行医，而是故意伤害。"魏成说。

但是顾颂为什么这么做？李毅暂时还没有查到动机。

"我调查了顾颂、龚珍妮还有邵琳一家的社会关系，除了非法行医这次案件，几人之间没有任何交集，各自的亲戚朋友也没有什么过节。"李毅说，"平白无故的，顾颂为什么要害一个刚高中毕业的小姑娘。"

"会不会是顾颂和邵琳的父母有什么过节？"向前问。

"这个我也查过了，邵琳的父母和顾颂，甚至是顾颂一家根本不认识。"

"顾颂的社会关系比较复杂，她交往的人里会不会有人和邵琳一家有什么纠葛？"魏成问。

电话那头的李毅叹了口气，回道："老魏啊，我就知道你会这么问，这一点我们也已经查过了。但凡和顾颂有过瓜葛的男人，我都核查过了，答案还是没有任何交集。还是那句话，八竿子打不到一块儿。"

"这就奇怪了。"魏成听完自言自语道。

"老魏你也别急，今天太晚了，散了吧。"李毅说，"我再接着挖一挖。俗话说，这个世上没有无缘无故的爱，也没有无缘无故的恨。如果顾颂真的是故意的，她花了大价钱，不可能平白无故去害邵琳，总归能查到一些痕迹。"

（八）福袋

人民检察院审查案件，对于需要补充侦查的，可以退回公安机关补充侦查，也可以自行补充侦查。不过，检察机关自行补充侦查，重在补充，不是代替其他部门办案，越俎代庖。针对顾颂与邵琳一家是否存在过节的侦查，没有什么进展。

与魏成通话之后，李毅又深入走访调查了一段时间，包括顾颂与邵琳两人所在的社区、学校，也没有发现线索。魏成这天上午庭审刚结束，他就想带着向前再去和涉案人员都谈一谈，看看有没有什么遗漏的地方。

龚珍妮处于取保候审中，向前打电话告诉她，他们将上门找她了解情况时，她很惊讶。

魏成打量着龚珍妮的家。之前店里的设备，除了和案件有关的，其他的都被挪到了房间一角，家里收拾得挺整洁。

厨房里有炒菜的香味，看样子龚珍妮已经在给龚媛准备晚饭了。

"这段时间一直在家里吗？"魏成问。

"我今天休息，还在原来的超市上班。"龚珍妮请两人坐下，"媛媛今天模拟测试，所以就想趁休息给她做点好吃的。"

"有几个情况，还想向你了解一下。"

"你们说。"

"顾颂一般都什么时候会来店里？"

"她平时不来，如果有客人要做溶脂针项目，我会打电话通知她过来。有的时候客人问得比较细，我也会打电话给她，请她过来。"

魏成意味深长地看看她，问道："7月3日当天，顾颂去过店里吗？"

"来过。"

"顾颂那天来做什么？是因为邵琳要做溶脂针，还是别的事情？"

"不是！"龚珍妮慌忙解释，"她那天只是过来看看。"

"她来的时候，邵琳在店里吗？"

"在的。"

"你把当时的情况再说一下。"

260

龚珍妮回忆说："那天顾颂路过，顺便到店里看看。她看见邵琳来做减肥项目，就跟小姑娘推荐了溶脂针，但是小姑娘表示不想打针。顾颂走了之后，我和小姑娘闲聊，问她为什么要减肥，才知道她是因为被喜欢的同学拒绝，所以想要减肥。我又问她为什么不打针，她说怕疼。我就跟她说，溶脂针见效快，3个疗程，半个月就能瘦。而且，溶脂针也不是真的针。她被我说动了，就同意了。我想顾颂也不在，平时她操作时，我也在旁边看着的，就自己给她打了第一针。"

"这么说，顾颂见过邵琳，对吧？"

龚珍妮点头。

"顾颂7月3日从你店里出去之后，给你打过一次电话，她跟你说了什么？"

"她，她问我客人考虑得怎么样，愿不愿意打溶脂针？我说不愿意，然后又闲聊了一会儿。"

"那会儿邵琳还在店里吧，你晾着客人不管，闲聊了半个小时？"

"曾健安排到我店里来实习的学员小张也在的，我让她给客人做减肥按摩，我自己出去接电话了。"龚珍妮说，"小张业务也算熟练，没什么问题。"

"你知道龚珍妮在7月3日从银行取了10万块钱出来吗？"魏成接着问。

"我不知道……我没有听她说起过……"

"顾颂有一个叫老杨的朋友，你认识吗？"

"我没有听说过。顾颂的男性朋友有很多，我不清楚。"龚珍妮解释道。

"对于顾颂之前的婚姻和感情情况，你知道多少？"魏成转而问。

见魏成不再追问案件情况，龚珍妮舒了一口气，回道："顾颂的情况和我很像，都是因为老公出轨，所以离婚了。"

"顾颂手机上挂了一个求子的福袋，孩子和她离婚有关系吗？"魏成问，"我记得你离婚也是因为小孩吧。"

魏成此话一出，龚珍妮立刻变得警惕："我前夫是想要儿子，我没有怀上二胎，所以他跟我离婚了。顾颂当年的事情我也不是那么清楚……她也不想和我说得太细，我只知道她老公因为和她没有生育，所以离婚了……其他我不清楚。"

从龚珍妮家离开后，魏成两人又来到邵琳家。邵琳从医院回来之后就不愿意见人，后来在母亲的劝说下，她同意见魏成和向前。

邵琳平时的穿着非常朴素，但是实际上他们家的家庭条件很不错，住在靖江很有名的一处别墅小区。

邵琳母亲让魏成把车直接开到家里地下车库外面。两人从车库上楼，来到一楼客厅。

邵琳和她母亲都不记得在案件之前见过顾颂。

"我不认识这个人。"邵琳母亲说着转头擦了一下眼泪。

"这个人我在店里见过，但是以前没有见过。"

对于顾颂的亲友，邵琳和她母亲也不认识。正如李毅他们所了解的，邵琳一家和顾颂八竿子打不到一块儿，没有任何交集，两人只好无功而返。邵琳母亲送两人离开，从房门来到地下车库的楼梯。魏成注意到，车库里放着好几辆自行车。刚才在客厅，他看到邵琳小时候的照片中有不少是骑着自行车的。

"这些自行车是最近才收起来的吗？"向前问。

"哦，那些自行车啊？琳琳初二之前都很喜欢骑自行车，后来就不骑了，以后恐怕也用不上了……"邵琳妈妈说着擦了擦流下来的眼泪，"我是得让她爸爸把这些自行车处理掉了。"

"我看客厅还有邵琳参加自行车少年越野赛的获奖照片，怎么突然就不骑了？"

"小孩子的事情，都是三分钟热度，怎么说得准。"邵琳妈妈的眼神明显在躲闪。

虽然魏成和向前没有在邵琳和她母亲这里得到答案,但是邵琳的老师和同学却告诉了他们邵琳不骑车的原因。邵琳最后一次骑自行车是在上初二的时候,当时学到岩石和地貌,她和同学跟着地理老师去郊区矿坑公园看岩层。

邵琳突然说有事就先走了。从那天之后,她就再也不愿意骑自行车了。

"会不会是因为那次去矿坑公园发生了什么不愉快的事,所以邵琳才不愿意骑自行车?这和案件好像也没什么关系。"从邵琳学校回检察院的路上向前说道。

恰好此时,他们接到了李毅的电话。魏成打开了免提,李毅的声音在车里回荡。

(九)意外

李毅在对顾颂的恋爱关系进行调查时,发现和顾颂交往的人无一例外都是抱着和她玩玩的心态。他从顾颂前男友刘涛那里调查到,顾颂和她前夫高松是高中同学。刘涛也告诉了李毅顾颂和高松离婚的原因。顾颂和高松婚后怀过一个孩子,但是后来因为一次事故,顾颂流产了,之后就再也没能怀上孩子。李毅又调查了当年事故的情况。顾颂怀孕后,受激素水平影响,心情也阴晴不定,经常无缘无故发脾气。高松决定带她去矿坑公园散散心。

2018年9月15日,因为是周六,公园人多,两人当天去得晚,车没能停在停车场,而是停到了比较远的地方。离开的时候,高松去开车,顾颂在公园外的路边等他。等顾颂老公回来时,发现顾颂摔在马路边的排水坑里,血流了一地。

据顾颂回忆,当时一个戴头盔的小青年把自行车骑得非常快,她很害怕。

为了躲避车，她一不小心摔到了路边的排水沟里。她在坑里起不来，也看不到马路上的人，但是听见有个女生的惊呼声。一个女生走了过来，之后很快又跑了。虽然顾颂隐约看见了那个女生的脸，但是当时路边没有监控，而那附近骑行的人非常多，所以当时并没有找到那个骑车的人。

顾颂出事的时间和地点跟邵琳当年的情况都吻合。

"刚才我们在邵琳家，邵琳妈妈的态度很不对劲，难道害顾颂摔倒的人正是邵琳？"向前说。

"我们去见过顾颂，她不承认认识邵琳。"李毅说。

魏成和向前想到邵琳母亲的态度，如果当年真的是邵琳"肇事"，想必邵琳母亲也不会那么容易开口。

几人思来想去，李毅决定还是从顾颂的那10万块钱的去向入手。

（十）冠字号码

顾颂取款之后，没有相关的大额的线上或者线下的消费。龚珍妮这边也没有钱款存入银行，也没有大额消费或者其他资金的异常现象。龚珍妮本人也一口咬定自己是财迷心窍，才擅自给邵琳注射溶脂针。

如果不能证明顾颂和龚珍妮之间有过这10万块的"交易"，顾颂很可能就会逍遥法外。李毅想从邵琳这边寻找突破口，但是对于当年的事故，邵琳和她母亲也讳莫如深。案件调查陷入了僵局。

李毅没办法，只能沮丧地和魏成沟通补侦结果。

"按照手上的证据，不能证明顾颂和龚珍妮有伤害的故意。"

"邵琳那边的工作做过了吗？"

"做了，没做通，挨了一顿骂。"李毅无奈道，"按照现在的证据情况，只能认定龚珍妮非法行医。"

会议室的几人陷入了沉默。良久之后，魏成问道："老李，如果顾颂要给龚珍妮钱，又不引人注意，你认为她会什么时候给？"

"肯定不会去外面给。"李毅说，"顾颂应该会到龚珍妮的店里给客户注射，如果是我，会选在去给客户注射的时候。这个时候最合理，而且要避开邵琳去店里的时间，否则她不知情的说法就站不住脚了。"

"那就是顾颂到店里给其他三名客户注射的7月4日、7月11日，还有7月18日。"向前翻出之前的注射时间表，"顾颂自己应该也不好拖太久，如果她给过龚珍妮钱，那最早7月4日，最晚7月18日，因为7月17日邵琳注射完毕。"

"不会是7月4日，如果邵琳没有感染，钱岂不是打了水漂。"魏成说，"7月18日是最合适的时候。龚珍妮冒这么大风险，而且注射第二针的时候，邵琳感染的情况已经非常严重，不可能一点甜头都没见到。7月11日比较适当。至少7月11日应该有一部分'定金'，7月18日是'尾款'。这个时间龚珍妮和顾颂都能接受。"

"知道龚珍妮什么时候拿了钱也没什么用嘛。"李毅说，"只要龚珍妮不使用，谁知道她把钱放在哪里了。别说她放着这笔钱不动，就算她化整为零，我们也查不到啊。"

李毅的话提醒了魏成："龚珍妮现在在超市上班多少钱一个月？"

"3100元。"向前说。

"龚珍妮每个月都有大额消费，只是我们没有反应过来。"魏成说。

"什么大额消费。"李毅也明白过来，"你是说房贷？"

"龚珍妮的房贷还剩下不到10万元。"

李毅随即调查了龚珍妮每个月还贷情况。龚珍妮的还贷日期是15日，在去年7月之前，她将钱存入房贷账户的日期很不稳定，这也和她的经济状况有关。但去年7月之后，她都固定在7月14日将现金存入账户。这笔现金很有可能就是顾颂的那笔钱。

"明天恰好是7月14日。"李毅的眼睛放着光，"我现在就去银行查顾颂取款的现金冠字号码！"

人民币纸币上的编码又称冠字号码。可以将顾颂所提取的现金编码与龚珍妮存款的现金编码进行比对，确定其同一性。

7月14日，龚珍妮带着现金来到平时存款的柜员机，碰到了在此"恭候"多时的李毅。龚珍妮手上的现金和顾颂取款的编码一致。龚珍妮脸色煞白，她知道一切都结束了。可惜，她的房贷还有5万元没有还完。

（十一）故意伤害

龚珍妮向李毅供述了她在顾颂指使下，为邵琳注射溶脂针，故意让她毁容的事实。她想要钱，想要给女儿龚媛更好的物质条件。所以7月3日顾颂在电话里告诉她，愿意给她还剩下的房贷，只要她愿意给邵琳注射，让邵琳毁容。龚珍妮想也没想就答应了。

在证据面前，顾颂也终于承认，她见到邵琳时，就想起来当年正是这个女孩导致自己流产，毁了自己十分美好的家庭和生活。本来她想自己动手，但又怕暴露，所以离开后她让龚珍妮怂恿邵琳注射溶脂针，希望她毁容。

"没想到事情比我预想的更好！我认罪认罚，但是我不觉得我做错了！如果她当时及时打急救电话，我的孩子也不会没了，我也不会变成现在的样子！我

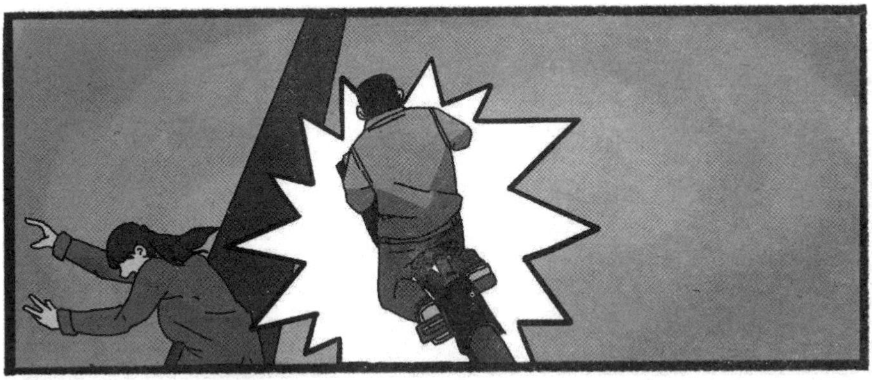

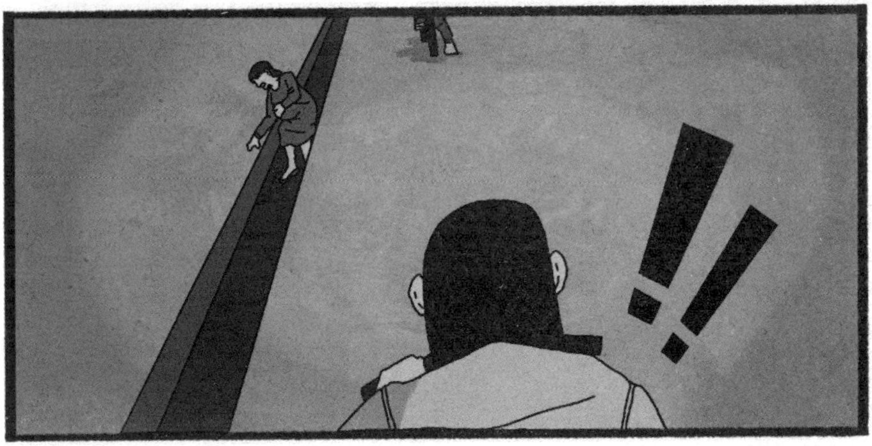

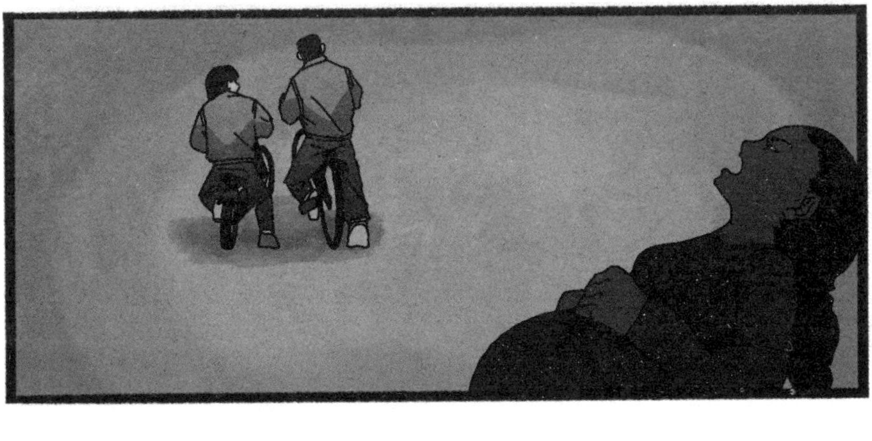

是犯罪了，但是我没有错！"顾颂歇斯底里道，"她活该！"

"那天差点撞到你的人不是邵琳。"李毅说。

顾颂一愣："什么？"

顾颂被刑拘后，李毅再次找到邵琳母女，问起当年的真相。邵琳终于明白了这场无妄之灾究竟是因为什么，决定不再隐瞒。

"当时差点撞到你的是邵琳暗恋的那个男同学。"

邵琳当时提前离开是因为看见了暗恋的那个男孩子路过公园，因为回市区的方向相同，所以她就提前走了，要去追上那个男孩子，制造偶遇。没想到，等她和老师同学告别，追上男孩子时，却目睹了事故。邵琳本来想报警，但是被那名男同学拦住。

男同学求她保密，邵琳不想违背喜欢的人的意思，所以最后被他劝走了。回家后，邵琳越想越害怕，所以这么多年再也没有碰过自行车。她没想到被顾颂误会是自己撞了人。

顾颂本来十分享受邵琳的"报应"，听到真相的她直勾勾地看着李毅，不敢相信自己报复错了人。她咬着牙，眼里蓄满了泪水。她扭过头去，不让别人看见她眼泪掉下来的模样。

顾颂想要毁掉邵琳，就像她"毁掉"了自己曾经美好的生活一样。但她毁掉的不仅是邵琳，还有龚媛母女，还有自己的生活。

顾颂因为故意伤害被捕，而龚珍妮的行为涉嫌非法行医和故意伤害，考虑到主客观相一致，两人均以故意伤害罪被移送起诉。

不要喝陌生人的饮料，里面很可能加了"听话水"

孙副检察长问："徐晟本人对听话水怎么解释？"

魏成说："他辩解说自己想写一本犯罪小说，所以才去网上搜索那些内容。他说自己是一个体验派，听话水也是给自己用的，为的是能够准确描述被害人的感受。对于听话水是从哪里买的，徐晟不说，从他的网购记录里也没有查到。"

（一）检委会

　　魏成在会议室外等候，会议室内正在召开本院检察委员会会议。过了一会儿，上一项议题结束，汇报人从会议室出来。

　　"魏老师，到您了。"检委会秘书小赵来到会议室外提醒魏成。

　　魏成和向前走进会议室，魏成在放有汇报人席卡的位置上坐下，向前则在会议室后面列席。

　　检察委员会是检察机关的最高业务决策机构，由若干名委员组成，负责审议重大、疑难、复杂等案件，以及与检察业务有关的重要事项。按照规定，抗诉案件需要经本院检委会讨论决定。

　　检委会十一名委员正在翻看议题材料，也就是魏成准备汇报的关于是否就徐晟抢劫案提出抗诉的请示。

　　"各位领导、委员，下面我简要汇报徐晟抢劫案件的基本情况。"

　　肃静的会议室里，只能听见魏成汇报案件情况的声音，委员们神情严肃，对魏成汇报的情况和汇报材料中记录的情况进行斟酌和研判。在今天的会议之前，委员们已经看过会议材料，对这起案件的情况也已经有了大致了解。

"被告人徐晟，男，1986年7月出生，硕士研究生学历，无业。2020年6月至7月期间，通过网络社交平台结识多名女性。该年6月26日，与被害人王淅约会，并将其带至约定的快捷酒店房间内，随后趁王淅昏睡，使用王淅的指纹解锁手机，窃取王淅手机支付软件账户内人民币2000元。徐晟分别在同年的6月和7月采用同样手段，在酒店窃取被害人卢悦、周君人民币1400元、1600元。7月10日，徐晟被抓获归案。10月24日，公安机关以徐晟涉嫌盗窃罪移送本院审查起诉。"魏成介绍。

魏成在审查案件时，被害人王淅控诉，她可能被徐晟下药了。因为她平时酒量还算不错，但约会当天，她只喝了一瓶啤酒就觉得非常困，直到第二天下午两点，酒店催退房，她才醒过来。中间发生了什么事情，她一点记忆也没有，但是她身上没有被侵犯的痕迹。随后她检查了钱财，手机收到了通过支付软件给徐晟转账2000元的短信提醒。她猜想自己被抢钱了，但是也不敢肯定。回家后第二天，她和家人商量后决定报警。

另外几名被害人也差不多是同样的情况，与徐晟见面吃饭，喝了徐晟提供的酒精饮料，然后陷入昏睡。魏成怀疑徐晟可能使用了药物。如果这个怀疑成立，那徐晟就不只是盗窃，而是抢劫。

案件在审查起诉阶段经过两次退回补充侦查、一次延长审查起诉，固定了相关证据。2021年，靖江区人民检察院以抢劫罪对徐晟提起公诉，指控徐晟约见被害人王淅，在吃饭过程中，趁其不备，向饮料中投放可致人昏迷的不明物质，并将被害人带至酒店。其间，趁被害人昏睡之际，使用被害人指纹解锁，将对方支付软件中的钱款转到自己账户。之后如法炮制，从被害人卢悦、周君等处取得钱款，共计5000元。2022年3月18日，凌江市靖江区人民法院作出一审判决，认定徐晟用秘密手段窃取被害人钱款5000元，并认为徐晟能基本如实供述盗窃犯罪事实，退缴赃款，以盗窃罪从轻判处徐晟有期徒刑一年十一个月，并处罚金 5000 元。

"承办人认为一审判决认定被告人徐晟犯盗窃罪系事实认定错误、适用法律不当、量刑畸轻。徐晟的行为符合抢劫罪的构成要件，应当认定为抢劫罪。"

"部门有什么补充的吗？"主持会议的检察长转向蒋文渠问道。

蒋文渠作为部门负责人作了补充，他倾向于同意魏成的处理意见，认为徐晟的行为是抢劫而不是盗窃，希望提起抗诉。分管领导甄振宇副检察长也作了补充，也认为可以提出抗诉。

"下面请各位委员提问。"检察长说。

（二）争论

"法院一审判决认为，不能认定被告人徐晟构成抢劫的原因有以下几点，"一位姓高的委员看了看材料说，"不能证实被告人徐晟向被害人饮品中投放了不明物质，不能证实被害人的血液、尿液中有可致人昏迷的不明物质，不能证实被害人系在'不知反抗、不能反抗'的状态下被劫取财物，因此认为检察院指控的抢劫罪名不能成立。这几点在起诉时，承办人是怎么考虑的？"

抢劫罪是使用暴力、胁迫或者其他方法抢劫公私财物的行为，要求使用"强制手段"足以压制一般人的反抗，使被害人不能反抗、不知反抗或者不敢反抗。所谓"强制手段"，包括暴力、胁迫或者其他方法，使用致人昏迷的药物显然属于其他方法。

高委员这个问题在魏成的意料之内，他解释道："公安李毅警官在被告人的住处找到了 γ - 羟基丁酸，也就是俗称的'听话水'。听话水的血检有效时间是 8 小时，尿检时间为 12 小时。听话水生效期间，被害人基本处于无意识的状态，三名被害人在酒店苏醒时已经很晚了，也没有第一时间意识到自己被下药。报案时间已经过去了一两天，这个时候药物已经代谢掉了，所以血检和尿检都没有提取到药物残留。但是几名被害人都提到，自己在与徐晟吃饭之后，先是头晕，接着意识不清，随后昏睡。几名被害人之间并不认识，她们同时提到这样的情况，不可能是偶然。被害人这样的症状符合被下药的情况。而且，哪个正经人家里会有听话水？"

"听话水"也被称为"迷奸水""神仙水""失忆水"，主要成分为 γ - 羟基丁酸，是第三代新型毒品，无色无味。γ - 羟基丁酸可作用于神经受体，让人产生兴奋感，剂量达到一定程度就会让人陷入昏迷、嗜睡。只需要几滴混于饮品中，饮用后短时间内就可以使人昏睡，过量饮用甚至可能致人昏迷或死亡。

"正经人的确不会在家里放听话水，你可以推测被告人徐晟可能将其用于违法犯罪，但是这不能代表徐晟在被害人身上用过，这个在证明上确实有一点问题。"高委员听完魏成的解释，仍然摇头。

"小魏，你接着说吧。"检察长道。

魏成接着解释："除了从被告人徐晟家里发现听话水，徐晟也曾经向自己的研究生同学炫耀过给人下药并发生关系的事情。饭店的监控也显示，被告人在与被害人用餐期间外出购买含微量酒精的饮料，并向被害人提供。监控录像、被害人陈述与证人证言相互印证，证实被害人确实是喝了被告人提供的酒精饮料，之后陷入昏睡。从徐晟本人的手机和电脑浏览记录也可以看到，他曾经多次查询'听话水可以被检测到吗''女人被下药后会有意识吗'等信息。所以综合全案证据，被告人徐晟通过社交网络平台结识年轻女性，并同时与多名女性交往，交往中劝说对方将手机解锁方式改为指纹解锁，并提前预订酒店房间。见面后，被告人观察被害人手机支付方式，打探支付密码，给被害人提供酒精饮品，随后将饮用酒精饮品后意识不清的被害人带至酒店房间，实施犯罪。"

又一名姓刘的委员问道："被告人曾经和同学炫耀自己给人下药，这个能确定是哪一名被害人吗？"

"徐晟当时只是提到自己给人下药，没有说是谁。"魏成回道。

"目前案件的三名被害人都没有提到过被性侵害的事情，是否存在其他被害人的情况，当时有没有进一步查证过？"刘委员继续追问。

"当时查证了，三名被害人都否认遭到过性侵害。而且，徐晟说起的这件事是在案发前一年。刑侦支队那边按照徐晟的通讯录和聊天记录，对被告人徐晟搭识的其他女性也去逐一核实过，没有发现别的被害人，不排除徐晟只是喝醉酒在吹牛。"魏成回道。

孙副检察长问："徐晟本人对听话水怎么解释？"

魏成说，"他辩解说自己想写一本犯罪小说，所以才去网上搜索那些内容。他说自己是一个体验派，听话水也是给自己用的，为的是能够准确描述被害人的感受。对于听话水是从哪里买的，徐晟不说，从他的网购记录里也没有查到。"

"那本所谓的小说，你见过吗？"孙副检察长接着道。

"没有。"魏成略微摇头，"徐晟自己也说不清楚小说在哪里，我怀疑是他为了脱罪而胡乱编造的。"

"我看你提到了一个细节，就是三名被害人去见徐晟的时候，都是自己带了饮料的，但是徐晟却一直劝说被害人饮用他提供的酒水。这一点确实可疑。"孙副检察长说。

魏成点点头："是的，三名被害人中，只有王淅平时有饮酒的习惯。

"据王淅说，她的酒量很好，不可能喝一瓶啤酒就不省人事。另外两名被害人卢悦和周君,平时都不喝酒,但是徐晟一直在劝说她们饮酒。在多次被明确拒绝后,最后他还是说服她们喝了气泡酒饮料。这很可能也是徐晟为了逃避追查。"

"这个案子有没有请示过分院,分院是什么意见?"检察长问。

"按照规定,以部门名义请示了分院。分院同意我们的意见,也认为在案证据能够证明徐晟符合抢劫罪的构成要件。"蒋文渠说。

之后,检委会委员又围绕案件当时的情况提了一些问题。检察长宣布开始表决。

按照检委会的相关议事议案的规定,检委会委员们开始按照进入检委会的顺序,从后往前开始表态发言,之后由检委会专职委员、分管副检察长,以及主持会议的检察长发言。

最初提问的高委员摇头说:"我先说一下我的意见,我不同意承办人提请分院抗诉的意见。徐晟这个家伙九成有问题,而且非常狡猾。从这个案子也看得出来,魏成下了很多功夫,两次退回补充侦查,一次延长审查起诉。但是即使这样,也没有找到能够证明被告人徐晟下药的证据。刚才魏成也说了,听话水血检和尿检有时间限制。如果我们提出抗诉,而且分院也决定支持我们抗诉,我们还是没有办法解决几名被害人是否被下药的问题。不能证明被害人被下药,就没法证明是抢劫。至于说听话水的问题,你很难说他究竟有没有把听话水用在被害人身上。而且重要的是,三名被害人都喝了酒,或者含有酒精的饮料,你也很难说三名被害人陷入昏睡究竟是因为喝了酒,还是真的被下了药。从存疑有利于被告人的角度,我个人认为证据链条在这一环还是薄弱的。"

刘委员接着说道:"我也谈一下个人观点,我同意承办人的意见,在案证据能够证实被告人徐晟构成抢劫罪而不是盗窃罪。理由有以下三点。第一,在案证据能够证实被告人徐晟在被害人的饮品里投放了可以致人昏迷的药物,饭店有监控,被告人向同学的炫耀,虽然他辩解购买听话水是为了创作自用,但是他自始至终都拿不出所谓的犯罪小说，可以排除他的这个辩解；第二，现有证据可以证实被害人与徐晟之间不存在正常的经济往来，被害人的转账都是发生在被害人意识不清甚至是昏睡的情况下，被害人不可能主动给徐晟转账；第三，在案证据已经形成完整证据链条。刚才小魏也已经说了，三名被害人之间互不认识，出现同样的情况不可能是偶然。而且，徐晟还有一些可疑的检索记录。三名被害人也证实了，在吃饭中徐晟劝说他们把手机密码支付改为指纹支付。基于以上考虑，我同意承办人的意见，对徐晟抢劫案提出抗诉。"

随后，其他几名委员也发表了意见。

孙副检察长说："我也同意承办人的意见，除了刚才魏成已经提到的在案证据能够证明被告人徐晟构成犯罪，这些我就不说了，主要是徐晟这个人社会危害性是很大的。从他提前预订酒店，并且一定要被害人饮用含酒精的饮品，说明他预谋充分，并且具有很强的反侦查意识。徐晟曾经跟同学炫耀，说自己给人下药并发生性关系，但是我们案件里的三名被害人实际上都没有遭到过侵犯。当然被告人自己也是不承认的。这个时候我就要问了，被告人说的话到底是吹嘘还是事实？如果是事实，那徐晟就可能还触犯了强奸罪。我同意承办人的意见，就徐晟抢劫案提出抗诉。如果能发现新证据就更好，否则很可能会放纵犯罪。"

经过表决，除一名委员不同意，其余10名委员均同意提出抗诉。检委会作出决定，按照检委会的多数意见提出抗诉，同时和分院沟通汇报好案件情况，为分院支持抗诉做好准备。

（三）徐晟

根据检委会提起抗诉的决定，魏成向分院提交了抗诉书以及检委会的相关报告和决定通知书等相关材料。分院案件承办人又是张穆。

张穆是出了名的"保守派"，也以严谨著称。但是他的严谨和魏成的严谨不同，如果说魏成是大胆假设、小心求证，张穆则是小心假设、小心求证。之前在办理罗勇故意杀人案时，他们就曾出现过不同的意见。

事实上，明明知道一个人有罪，但是证据条件不能支撑这样的情况在办案中并不是什么罕见的事情。魏成和李毅都认为徐晟很有可能还有别的问题，但是苦于没有找到其他证据，哪怕是线索。

2022年，徐晟36岁，按道理，以他的研究生学历和留学的经历，应该是职场上的香饽饽，但是自从毕业后，他一直无所事事，靠着父母留下的财产过活。

徐晟有一颗高傲的心，说得不好听一些，就是好高骛远。本科毕业时，他本想保研上本校，但没有成功。之后，自己考上了本校研究生，研究生毕业后考博又耽搁了两年。之后在亲友劝说下，徐晟开始加入求职行列。由于是非应届生，体制内岗位只能报考凌江市本地，他不愿意，最后决定去外企。他投了几次简历，也面试了几家公司，但是都不太顺利。要么是他对公司不满意，要么是公司对他不满意，就这么耽搁下来。

徐晟当然也不着急，父母攒下来几套房，即使是吃房子的租金，他也不会饿死。

魏成也算是和各色嫌疑人打过交道的，徐晟给他的感觉是表里不一，文质彬彬的背后掩藏着极大的戾气和怨气。

在审查批捕阶段提审徐晟时，徐晟对于被害人的指控一律否认，态度十分抵触。

"你和被害人是怎么认识的？"

"通过原创音乐软件，她们喜欢我翻唱的歌。我们在软件上留言聊了几次，后来就加了好友。"徐晟举起手推了一下眼镜。

"2020年6月26日是你和王淅第一次约会？"魏成问。

"对。"

"我看你6月26日早上预订了酒店，第一次见面你就提前预订酒店？"

"不可以吗？"

"从你们之前的聊天记录看，你们的关系只到普通朋友的程度，你怎么确定她一定会去酒店？"

"我就是想试试，万一人家姑娘愿意呢？"徐晟反驳道。

他的长相不算帅，已人到中年，看上去非常颓废油腻。

魏成眼神严厉地看着徐晟，继续问道："你把被害人到酒店之后的事说一说。"

"6月26日晚上我们吃完饭，王淅说自己有点喝醉了，想找个地方休息，我就扶着她到了预订好的酒店。后来她就睡过去了，我也没办法做什么，所以我就回去了。"

"都是什么时间？"

"到酒店可能是晚上8点左右吧，然后我送她上去，给她收拾好。等到她睡着，已经9点30分了，我还去了一趟厕所，我走应该是快到10点的时候。"

"既然被害人9点30分已经睡着了，那为什么9点45分会有一笔给你的转账？"

"那是她中途醒了，非说要跟我换现金，所以就给我转了账。"

"她为什么跟你换现金？"

"她喝醉了呀，我哪里知道为什么。"

"这么说，你接受转账后，然后给了被害人现金？"

徐晟点头："对呀。"

"你身上为什么会放这么多现金？"

徐晟露出不可思议的表情："我身上放点现金怎么了？这是个人习惯的问题，犯法吗？"

"不犯法。"魏成知道徐晟狡辩的成分很大，越是狡辩，越容易露出破绽，于是他继续问道，"你说的这件事为什么被害人说不记得？"

"她们喝醉酒了，不记得很正常吧？兴许撒酒疯呢？"

"既然你知道被害人可能是在撒酒疯，你还给她钱？"魏成反问。

"我乐意呀。"徐晟翻了一个白眼，"这也不犯法吧。"

魏成见徐晟的状态，猜想他大概是要对抗到底了，接着问道："为什么在被害人身边没有发现这笔现金？"

"这我哪里知道，反正我给了钱了。可能她早上起来，忘了这件事，钱被酒店打扫的人拿走了也说不定。这个应该是你们要解决的问题吧？"

"卢悦和周君给你转账的 1400 元和 1600 元，也是要和你换现金？这么巧？"

徐晟淡淡地说："她们不是换现金。"

魏成看看他："既然不是换现金，那她们又是为什么给你转账？她们到酒店的时候已经失去意识，为什么会在昏迷的时候给你转账？"

"她们也是中间醒了，给我饭钱，还有付房费。"徐晟狡辩道。

"好，就当是饭钱和房费。当天吃饭多少钱？酒店住宿多少钱？"

徐晟不说话了。

向前取出材料说："你和卢悦当晚在川渝荟消费 300 元，酒店房费是 420 元；和周君晚上在小娟家常菜消费 278 元，酒店房费是 300 元。她们为什么转给你这么多？难道不应该是 AA 吗？即便是她们要请客，也没有道理多给你那么多吧？"

"她们怎么想，我怎么知道？"徐晟反驳。

"王淅支付软件里面恰好只有 2000 元，卢悦和周君的支付软件里也恰好是 1400 元和 1600 元。先不说她们都巧合地在昏迷的时候给你转账，还要顶格把软件里的钱全部转出去。你认为是怎么回事？"魏成问。

"您二位可以去问她们呀。"徐晟恼怒地说，"我不知道。"

关于听话水，徐晟辩解是自己使用。至于劝说被害人饮酒，徐晟则狡辩说是想让大家都嗨一点，喝酒能让人兴奋，这样他和被害人的关系或许就有机会得到更进一步的发展。

徐晟拒不认罪，他的辩解虽然漏洞百出，但是又有一定解释的空间，这正是这起案件最困难的地方。

（四）遗漏

张穆请魏成和侦办案件的李毅到分院对案件的相关情况作一个介绍和说明。张穆查阅了案卷材料和相关的抗诉材料，他也认为徐晟有问题。

"在徐晟的这起案件里，区分究竟是盗窃还是抢劫，很重要的一点是被告人是否使用暴力、胁迫以外的其他方法使被害人不能反抗以劫取财物，也就是徐晟有没有下药的问题。李警官，当时去徐晟家里的搜查情况是什么样的？"张穆问。

"徐晟是家里独子，父亲去世早，母亲是外企高管。后来徐晟母亲也在徐晟留学的时候生病去世了，所以徐晟一直自己一个人住。"李毅回道。

徐晟母亲去世之后没多久，他也完成了学业。徐晟家在靖江老城区有5套房，回国后他把其中四套租了出去，自己住剩下的那一套。

"我们当时搜查了他自住的那套房子，最后在厨房找到了那瓶听话水。要说这家伙反侦查意识很强，他把药瓶用密封袋装着，放在了泡菜坛子里。"

"他有没有其他分装听话水的东西？"张穆问，"这样一瓶药水如果作案，也不会随身携带吧。"

"这也是他的狡猾之处，我们没有发现其他分装。很有可能他是作案当天进行分装，使用之后扔掉。"李毅说，"我们当时也想过在徐晟和被害人用餐的餐馆附近垃圾桶等地方查找，但是被害人王淅报案的时间距离两人吃饭已经超过了两天，餐馆垃圾早已经被处理掉了。另外两名被害人卢悦和周君压根就没有报案，还是在王淅报案后，我们根据徐晟的收款记录调查走访时，她们才说自己也被偷偷转走了钱的情况。"

"徐晟和朋友说给女的下药然后发生关系又是怎么回事？"张穆说。

"那是徐晟参加研究生同学张栋和袁薇的婚礼，中间闹了点不愉快，徐晟和研究生时候的室友胡晓勇因为口角吵起来了。徐晟打了胡晓勇，其他人怕他破坏婚礼现场，就赶忙把他拉走去吃消夜了。"魏成解释，"徐晟那天心情不好，所以喝多了，然后就说起来这件事。"

"他和室友因为什么事情发生口角？"张穆追问。

"哦，我当时也问了。"李毅说，"胡晓勇给徐晟介绍过对象，但是徐晟连女方的好友申请也没有通过，这让胡晓勇很没面子。所以，胡晓勇就在婚礼吃饭的时候，当着其他同学的面挖苦了徐晟几句，说徐晟眼高手低，还嘲讽徐晟表面上一副正人君子的模样，背地里却偷偷在家看淫秽物品。徐晟感觉自己面子上挂不住，一气之下就把胡晓勇给打了。"

"是这样。"张穆自言自语说。

"徐晟在自己家里看淫秽物品,这是真事?"魏成冷不丁问。

在场的几人一愣。

"谁知道真的假的?"李毅道,"也有可能是胡晓勇故意说来恶心徐晟的。"

魏成摇摇头:"听你的描述,徐晟更像是恼羞成怒。"

"魏老师,这个问题怎么了吗?"张穆问。

"老李,你应该还记得,当时为了查找是否还有别的被害人,你们检查过徐晟的电脑还有各种通信软件,还恢复了他电脑上删除的一些搜索记录,但是他的电脑和浏览记录里没有色情网站或者软件吧?"

"你这么一说,还真是。"李毅回想了一下说,"不过,如果他确实比较清高呢?"

"老李,你能不能再问问胡晓勇这件事。"见大家比较疑惑,魏成解释说,"如果胡晓勇说的是实话,那么徐晟可能还有别的电脑或者手机。如果能找到他有其他电脑或者手机,就有可能发现新线索。"

"你这倒也是一个思路……"

"如果有新的证据出现,确实对我们办案会有很大帮助。"张穆说。

张穆随后又对案件的一些细节向魏成和李毅了解了情况。综合全案的证据情况,张穆也认为徐晟构成抢劫而不是盗窃罪,这一点倒是令魏成有些意外。

张穆说道:"被告人徐晟通过网络社交平台专门结识年轻女性,同时与多名被害人交往,交往中劝说对方将手机屏保改为指纹解锁。他还提前购买精神类药物,预订酒店房间,见面后又观察被害人的手机支付方式,打探支付密码,在含酒精的饮料中投放精神类药物。随后,他将饮用微量酒精饮料后意识不清的被害人带至酒店房间,实施犯罪。在案证据可以证明徐晟是有预谋、有准备地采用投放药物致人昏迷的惯用手段，多次实施抢劫。"

之后，凌江市靖江区人民检察院向凌江市第一中级人民法院提出抗诉，并报请凌江市人民检察院第一分院支持抗诉。

（五）视频

从分院回来的第二天快到中午时，李毅给魏成打来电话："老魏，我找胡晓勇问过了。这人拍着胸脯跟我保证，当天晚上他确实听到了声音。"

根据胡晓勇的回忆，那天他们同学毕业十周年聚会，因为结束后大家都还不想散，聚会的地方离徐晟家近，刚好徐晟又一个人住，不像其他人都拖家带口的不方便，于是几个人便决定买消夜到徐晟家接着玩。后来同学们都喝醉了，就在徐晟家的客房还有客厅睡了。他半夜起来上厕所，听见徐晟的书房里有暧昧的声音，像是在放电影，中间还夹杂着女人的哭声，但是断断续续，听不清楚。

"胡晓勇知道徐晟没有女朋友，当时想徐晟可能是寂寞久了，看的东西也这么重口。他还敲了一下书房门，想要吓吓徐晟。胡晓勇敲门之后里面就没有声音了。"李毅说，"所以，后来他才想到给徐晟介绍对象，也算是出于好心。没想到徐晟一点面子也不给，搞得他很尴尬。所以之后在张栋和袁薇婚礼上，他才拿徐晟看片的事嘲讽徐晟。"

魏成陷入沉思："毕业聚餐是什么时候的事？"

"他们毕业十周年应该是2019年夏天的事。所以后来胡晓勇给徐晟介绍对象，直到后面国庆节时两人在张栋和袁薇婚礼上闹翻。"

魏成想到一种非常可怕的可能：徐晟手法熟练，根本不像是头一次作案。徐晟和胡晓勇打架之后，曾说过自己给女人下药，然后与其发生关系，这或许是真的。

"假设徐晟还有别的通信工具或者电脑,那这里面是否会有他和其他被害人的聊天记录?"

电话那头,李毅沉默片刻后回道:"很有可能。可是现在手机号码是实名制,很多社交软件账号也是和个人手机号绑定的,如果徐晟还有别的手机或者通信工具,我们没道理查不到。而且,如果 2019 年甚至更早之前,他就已经犯案,那为什么一个被害人报案的都没有?"李毅说,"就算是强奸案件被害人因为羞耻心不愿意报警,总不能所有的被害人都不愿意报警吧?"

"会不会不是被害人不愿意,而是不敢或者不知道。"魏成说,"如果魏成当晚看的不是电影呢?"

"啥?啥意思?"

"当晚好几个同学在徐晟家里留宿,徐晟平时一个人住,他什么时候看片不好,偏偏选在有那么多人都在他家不太方便的时候?"

"你的意思是?"

"胡晓勇提到曾经听见女人的哭声,"魏成解释说,"如果徐晟当时看的不是其他视频,而是被害人的视频呢?"

(六)被害人

但是这都只是魏成的推测,没有证据佐证。在侦查阶段以及之后的审查起诉阶段,李毅和魏成也曾怀疑过徐晟可能不仅仅实施抢劫这么简单,但是苦于没有证据。没想到因为胡晓勇的一句话,让他们发现了新的重要线索。如果魏成的这个假设被证实,那他们很有可能查出徐晟强奸的犯罪事实,这也就意味着有了新的犯罪线索需要侦查。

"老魏，你等我十分钟，我们面谈。"李毅也顾不上吃饭，就带着徒弟直奔魏成的办公室，商讨案情。

李毅两人到的时候，向前恰好拿了外卖，几个人便在办公室一边吃外卖，一边讨论案情。

"徐晟并不缺钱，为什么要大费周章，又是请吃饭，又是提前预订酒店？如果他确实还有想强奸被害人的意图的话，那似乎说得过去。"向前说出了心里的一个疑点，"但是你们不觉得三名被害人，特别是王淅，长得很漂亮吗？如果徐晟真的是'劫财劫色'，为什么会单单放过她们三个人？"

"王淅报案后，酒店现场我去看过。王淅本人在生理期，会不会是这个原因？"李毅说。

"那卢悦和周君又怎么解释呢？"向前道。

"听话水药效很强，被害人被下药之后，有时候发生了什么，可能被害人自己也不知道。"李毅说，"不过，如果发生过什么，应该不会一点痕迹都没有留下。"

想到这里，李毅回想起了卢悦和周君的反常表现。当时只有王淅是主动报警，如果不是他去找卢悦和周君了解情况，她们也不准备主动报警。李毅和同事上门走访时，她们本来不承认认识徐晟，直到李毅拿出了聊天记录和转账记录。

李毅当时只当被害人是不想给自己惹麻烦，现在看来，或许她们是另有忌讳。难道她们真是因为有把柄在徐晟手上？

如果魏成的推断没有错，其他两名被害人没有报案也就可以解释了。徐晟很可能保留了当时的视频，并且以此为要挟，不许被害人报警。所以当李毅找卢悦和周君了解情况时，两人知道转账记录抹不掉，只好承认钱没了，但是却隐瞒了被侵犯的事情。

李毅把自己的怀疑和两人一说，几人都陷入了沉思。

"我还有一个问题。"向前说，"就像刚才魏老师说的，假设徐晟手上真的有被害人的视频，那他为什么要选在有人在家的时候看呢？难道他不怕被同学听见或者看见吗？事实证明，胡晓勇就听见了。"

"不是只有徐晟自己在看，除了他，当时书房里应该还有别人。"魏成思索片刻后说道，"徐晟这样谨慎的人不会把自己的罪证给不相干的人看，当时和他在书房里看视频的人应该就是视频里的被害人。"

"什么？"

（七）袁薇

根据胡晓勇等当晚参加同学聚会的人回忆，当晚一起去徐晟家的只有一个女同学，就是张栋现在的老婆袁薇，当时她和张栋还没有开始交往。因为只有她一个女生，所以她自己一个人睡在次卧。

在许多性侵害案件中，一种情况是被害人感到羞耻，另一种情况是许多有家室的被害人害怕破坏家庭关系，所以保持缄默。袁薇新婚没几年，如果她真的是被害人之一，很有可能不愿意旧事重提。事实上，在侦查阶段，李毅在向袁薇了解徐晟的基本情况时，她的回应非常平淡。

抱着试试的态度，李毅和同事再次来到袁薇家，想要旁敲侧击，向她了解徐晟的一些情况。

张栋和袁薇刚吃过午饭，开门的是张栋。看见有警察找上门，他感到十分惊愕。李毅随即说明来意，是因为徐晟的案件，警方在对他的同学进行走访。

李毅两人向张栋了解了一些徐晟的情况，之后便提出也和袁薇谈一谈。

"袁薇和徐晟不熟，两位警官确定要和袁薇也谈吗？"

"打扰两位过二人世界了。"李毅笑道。

"哪里，"张栋尴尬地笑笑，"都老夫老妻了。"他说完去楼上叫袁薇。

袁薇局促地坐下，迫切想要结束这段还没有开始的谈话，好像她才是嫌疑人一样。

"李警官，你们想问什么，我和徐晟不熟。"

袁薇一句话把李毅噎得够呛，他嘿嘿笑笑："主要是了解一下徐晟平时的交友情况。"

"我们只是同学，不熟。"袁薇重申。

"徐晟私下里有没有联系过你？"李毅正色问道。

"我们毕业后就没怎么联系了。"

"这么说，毕业前你们联系比较多了？"

"同学之间的正常联系。"

"袁女士你不要紧张。"李毅宽慰道。

"那你们到底想要问什么？我知道的都和你们说过了！"袁薇情绪激动，突然哭了出来，"我跟徐晟一点关系都没有！"

"袁女士，徐晟的一审判决下来了。法院判决徐晟犯盗窃罪，刑期是一年多。我们怀疑他还涉嫌强奸。如果你知道或者听到过什么线索，请你务必和我们联系。"

张栋听见声响，从旁边房间跑出来，说道："不好意思两位，袁薇今天心情不好。"

李毅见状也不好再问，张栋将两人送到门口。

"不好意思两位警官,我们今天吵架了,刚好是因为徐晟,所以袁薇态度不好。"

"怎么了?"

"也不是什么大事,前段时间我看到徐晟一审判决下来了,就随口提了一下,没想到袁薇听了很不高兴。我说她对同学冷漠,她很生气。我觉得她情绪不太对,就问了两句,没想到越问她越急。"张栋说,"后来我无意间看到徐晟以前给袁薇发过骚扰短信,所以她才这么生气吧。"

"理解,没事。"因为没有证据,李毅也不好多说什么。

无巧不成书,就在李毅到访的第二天,或许是李毅的到访触动了袁薇,袁薇在张栋的陪同下到派出所报案,指控徐晟强奸。袁薇的指控让陷入困境的案子一瞬间柳暗花明。

(八)房东

那天,李毅两人离开之后,张栋本想哄哄袁薇,没想到袁薇情绪太过激动,对着张栋劈头盖脸一顿骂,张栋也忍不住回了两句,于是两人大吵了一架。

晚上张栋冷静下来,觉得自己作为男人,应该多担待一些,便主动求和,袁薇这才告诉张栋真相。

"老魏,你猜的没错,当晚在徐晟家书房的人就是袁薇。"李毅做完笔录联系魏成。

徐晟毕业后就和袁薇失去了联系。2018年,徐晟不知道从哪里拿到了袁薇的联系方式,就喊袁薇一起到他家里吃饭。当时徐晟还喊了张栋,但是张栋当天晚上因为加班来晚了。没想到徐晟竟然在饮料里下了药,让袁薇失去了意识。后来徐晟不仅趁袁薇昏迷与其强行发生了关系，还把过程录了下来，但是袁薇当时并不知道还有视频。张栋到的时候，徐晟只说袁薇喝醉了。张栋也没有多想，就送袁薇回家了。

后来徐晟总是有事没事给袁薇发信息，要约她出来吃饭。袁薇当时已经在和张栋接触，不想和徐晟再有什么瓜葛，就直接拒绝了他。但是在同学聚会时，徐晟突然发信息给袁薇，说手上有她的视频。

"袁薇追问什么视频，徐晟说她晚上留下来参加第二场聚餐就知道了。"李毅说，"后来徐晟在书房当着袁薇的面播放了当时的视频，之后徐晟又以视频为要挟，威胁袁薇和他发生过几次关系。"

警方恢复了袁薇的手机信息，发现了徐晟使用的另一个手机号。号码属于徐晟曾经的一任租客赵进。赵进回忆，因为工作单位提供了工作手机，所以原来上学用的旧手机和卡号没有用，退租的时候被他扔在了出租屋。

这个号码同时还在一个IP地址经常登录，但是手机定位的地址和电脑的IP地址都不在徐晟家。再查之下，警方发现地址竟然是徐晟名下其中一套租出去的房产。这个号码还在另外三个IP地址使用过，而另外三个地址也无一例外，都是徐晟出租的房屋。而且这四套房屋都是有租户长期居住的。

魏成受邀参与对涉案的房屋进行搜查，但是租户对徐晟来过的事情并不知情。

李毅找来了物业做见证人。在搜查第一套出租屋时，他们发现有一间杂物间，里面放着一些桌椅等家具，还有一些箱子。

"这是房东的东西，还有上一个租客留下来的。房东说放在这里，我也没办法扔掉。"

魏成和李毅对视一眼，很快从这堆杂物里面找到了电脑和手机，以及分装好的听话水。另外几处房产也是如此，一共三部手机。电脑加密区域存储了2016年至2020年7月间的大量不雅视频和照片，涉及包括袁薇在内的十余名被害人。李毅之后找到这些被害人时，多名被害人甚至都不知道自己遭受过侵犯。

可怕的是，四处出租的房屋里都安装了隐形摄像头，让徐晟可以掌握租户的出行情况。因为徐晟在出租房屋时，特别提出希望对方是独身居住、有稳定工作、上班朝九晚五的年轻人，所以这几名租户基本上工作日的白天都不在家。徐晟就视情况到其中一家或者两家，用出租屋里的其他电脑和手机观看、存储照片，联系被害人。

据徐晟供述，除了赵进的手机号，在出租屋的两个旧手机号是他父母的。那是老手机号，当时只是为了留个念想，所以没有销号，一直交话费养着，没想到能派上这种用场。

"用去世父母的手机干这种龌龊的事情，你不觉得是一种亵渎吗？"

徐晟冷冷地看着魏成和张穆几人，回道："随你们怎么说。"

（九）尾声

凌江市第一中级人民法院采纳检察机关意见，裁定撤销原判，发回重审。魏成对徐晟涉及的强奸、强制猥亵等新事实和证据进行了审查，补充起诉，指控被告人徐晟于2016年至2020年间，采用在饮料中投放精神类物质致被害人昏迷的方式，劫取被害人薛锦等人支付软件中的钱款一万余元；指控被告人强行与袁薇、卢悦、周君、侯芳芳等13人发生性关系，强制猥亵高虹。

关于徐晟听话水的来源，警方也从徐晟作案使用的电脑顺藤摸瓜，将贩卖听话水的毒贩抓获。

在徐晟强奸、猥亵相关线索的侦查过程中，有一件事让魏成等人非常意外，就是徐晟写小说的事情。李毅在其中一间出租屋的电脑里，确实发现了一份长达20多万字的电子文稿，里面竟然是徐晟的作案过程以及与被害人发生性关系的露骨描写。

因一起"盗窃案"挖出的抢劫、强奸、强制猥亵案件，等待着人民法院的审理……